L'Enfant des Maures

Frédérick d'Onaglia

L'Enfant des Maures

ÉDITIONS
FRANCE
LOISIRS

Édition du Club France Loisirs,
avec l'autorisation des Éditions Calmann-Lévy.

Éditions France Loisirs,
123, boulevard de Grenelle, Paris
www.franceloisirs.com

ISBN : 978-2-298-07496-3

*Pour vous chers lecteurs du Club,
le destin émouvant de Maurine,
médecin de campagne dans le massif des
Maures dont les paysages âpres et rebelles
recèlent d'inavouables secrets...*

Avec toute ma sympathie

Frédérick d'Onaglia

À Michel Goujon,

avec mon infinie reconnaissance.

À Frédérique Hébrard,

gramací per l'amitia.

Prologue

La frêle silhouette se recroquevilla dans le réduit obscur, sous l'escalier. L'enfant avait si peur… Il resserra les genoux contre sa poitrine et se mit à trembler, terrifié à l'idée que son beau-père le frappe à nouveau. Il avait bu, comme tous les soirs, et venait de lui administrer une solide correction à coups de ceinturon avant de l'enfermer ici, dans le noir. Comme chaque fois, il l'oublierait, puis il le libérerait au petit matin.

Le garçonnet avait eu l'idée d'aménager sa prison. Quelques jours plus tôt, il avait rempli le réservoir d'une lampe à pétrole qu'il avait dénichée dans le grenier. Il devait faire vite. Mais son beau-père, alerté par un bruit, revenait sur ses pas.

— Qu'est-ce que tu fais là ? rugit-il, prêt à l'étriper.

L'enfant tressaillit et, dans sa panique, renversa la lampe. Le pétrole se répandit sur le sol. L'homme observait la flaque sombre et luisante qui avait souillé les semelles de ses chaussures. Il se figea. Par réflexe, la petite victime s'empara d'une boîte d'allumettes à sa portée, la serra entre ses doigts afin de trouver la force de croiser le regard de son bourreau. Pour la première fois, le gamin y lut la peur qu'il inspirait. Il prenait le contrôle, ce qui l'incita à poursuivre. Lentement, il ouvrit le petit étui cartonné, en extirpa une allumette, puis, sans quitter des yeux son beau-père, craqua le bâtonnet et le jeta entre eux. Les flammes jaillirent, pleines de lumière. L'homme se mit à crier, piétinant de terreur. Mais il était déjà trop tard, son pantalon avait pris feu… L'enfant s'enfuit. Personne ne sut qu'il était sur les lieux de l'accident. Son beau-père mourut de ses blessures pendant son transfert à l'hôpital.

Plus jamais il ne l'enfermerait sous l'escalier…

1

La main en appui sur la poignée, Maurine Casténat prit une profonde inspiration. Elle savait ce qui l'attendait derrière cette porte. Elle allait devoir affronter le regard de Carole, sa sœur, en proie au désespoir ou en colère de s'être rangée à ses côtés. Rien n'était léger dans leurs rapports depuis que Maurine, huit mois plus tôt, s'était réinstallée au Lambert, le domaine familial. Pourtant, à cette époque, elle avait pensé que Carole lui aurait été reconnaissante de la voir renoncer à une brillante carrière de chercheur. Sans l'ombre d'une hésitation, Maurine avait en effet choisi de devenir médecin de campagne à Collobrières dans le seul but de s'occuper de leur père malade, et ainsi de décharger un peu son aînée de la lourdeur du quotidien. Mais il en avait été tout autrement…

Carole était-elle vraiment soulagée par ce retour? Maurine en doutait de plus en plus. C'est à peine si elle reconnaissait sa grande sœur, la confidente, la protectrice et l'amie. Fini le temps de l'insouciance, des fous rires et des complicités. Carole, qui dirigeait maintenant la confiserie Casténat, avait l'apparence et les manières élégantes de la parfaite notable de province, figée entre deux âges.

Maurine, elle, respirait une farouche joie de vivre. Si son métier l'amenait à côtoyer la maladie, la souffrance ou la mort, elle éprouvait une réelle satisfaction à soulager les maux, à sauver des vies parfois. C'était son but, une vocation dont elle avait pris conscience très jeune, peu de temps après le décès tragique de leur mère Anaïs, mortellement blessée après une chute accidentelle dans le gouffre du Destéou tout proche. À trente-deux ans, Maurine avait la beauté des femmes que la maturité sublime et qui savent garder l'impétuosité d'une jeunesse pas si lointaine. À cette grâce s'ajoutaient l'intelligence, l'obstination et un bel esprit d'analyse, ce qui lui avait évité bien des écueils. « Chaque acte a une conséquence. » Maurine connaissait la formule par cœur, et jamais elle n'établissait un diagnostic sans s'être posé toutes les questions ni sans avoir obtenu toutes les réponses. Elle passa la main dans son épaisse chevelure, puis elle poussa la porte.

— Tu as fait vite, remarqua Carole sans même se retourner.

Debout devant l'évier, elle remplissait le réservoir d'eau de la machine à café. Maurine préféra ne pas relever le sarcasme et s'assit sur le banc en bois de chêne, à la table de la cuisine.

— J'en prendrais bien un, moi aussi…

Son regard doré parcourut la pièce massive et voûtée où tant de décisions avaient été prises par les générations de Casténat qui s'étaient succédé au Lambert, jusqu'à leur pauvre père aujourd'hui hospitalisé dans un centre spécialisé pour les malades d'Alzheimer. À l'extérieur, une nuit d'automne plongeait les courbes du massif des Maures dans une mer d'encre. C'est à peine si Maurine devinait les contours des deux menhirs plantés en vis-à-vis, à la lisière du domaine. Un léger courant d'air la fit frissonner. Le lustre à six branches au-dessus de la table monastère bougea imperceptiblement, les reflets de ses ampoules en forme de bougie projetèrent leurs ombres sur le mur blanchi à la chaux. Les cuivres, sur la hotte de la cuisinière, et les étains alignés sur le manteau de la cheminée prirent un éclat. Maurine porta alors son regard sur sa sœur qui essuyait fébrilement les gouttes d'eau sur le plan de travail. Elle replia ensuite le torchon et le glissa sur la tringle du four, veillant à ne laisser aucun pli. Puis elle mit en marche la machine à café.

— Papa est très bien installé, dit Maurine pour essayer de détendre l'atmosphère. Il a une chambre lumineuse et qui donne sur la mer. Quant au personnel soignant, je l'ai trouvé particulièrement efficace et sympathique.

Carole déposa sèchement le cappuccino devant sa sœur et répliqua d'une voix sourde :

— Et je présume que ça te suffit !

— Arrête, Caro..., gémit Maurine.

À cet instant précis, elle aurait aimé un peu de solidarité, à défaut d'un semblant de compassion. Elle aussi souffrait de la situation. Elle avait conduit leur père dans une maison spécialisée parce qu'elles ne pouvaient plus le garder chez elles et elle avait vécu cela comme un supplice. Elle avait eu l'impression de le renier, de le bannir de sa vie. Mais Henri Casténat n'était plus le même et il représentait un danger, à commencer pour lui-même. Les deux sœurs n'avaient pas eu le choix. Dès les premiers symptômes de la maladie, Maurine ne s'était fait aucune illusion et elle avait préparé Carole à l'inéluctable en évitant de lui donner de faux espoirs. Mais sa sœur n'avait rien voulu entendre. Leur père s'en sortirait, un point c'est tout.

— Regarde les choses en face, bon sang ! s'indigna Maurine.

— Oui, justement. Tous tes rapports de toubib n'alignent que des chiffres, rien d'autre. Là, il s'agit de notre père. Tu entends ? De papa ! Il s'est remis de la tuberculose quand il avait huit ans, d'un cancer quand il en avait cinquante-trois. Il est fort, c'est un battant. Pourquoi a-t-il fallu qu'il quitte sa maison ? C'était le meilleur endroit pour qu'il guérisse.

Maurine n'insista pas. Au printemps, l'état de santé de leur père s'était dégradé, au point de nécessiter une présence et des soins constants. Les sœurs Casténat s'étaient relayées à tour de rôle, vingt-quatre heures sur vingt-quatre, jusqu'à ce que Carole se rende enfin à l'évidence. Huit jours plus tôt, alors qu'elle gardait le lit à cause d'une mauvaise grippe, son père avait failli se casser les os dans l'escalier. Maurine était absente et Carole avait eu très peur. Anéantie par la décision qui s'imposait et devant l'insistance de sa sœur, elle avait fini par signer les formulaires d'admission.

Carole but son café d'une traite. Puis elle rinça sa tasse et se dirigea vers la porte.

— Déjà ? s'écria Maurine, désabusée. Tu ne restes pas un moment avec moi ?

— Désolée, une grosse journée m'attend demain à la confiserie et je suis claquée. Je vais me coucher.

— Mais… Reste encore un peu. S'il te plaît !

En croisant le regard de sa sœur, Maurine fut saisie par sa froideur. Rien, elle ne voyait rien. Il semblait résolument vidé de toute compassion à son égard. Et pour la première fois, elle eut même la terrible impression que Carole se réjouissait de la savoir malheureuse.

— Reste, murmura Maurine d'une voix presque implorante. J'aimerais qu'on parle.

— Je n'y tiens pas, siffla-t-elle, les lèvres pincées. Il est peut-être temps pour toi de comprendre que tout ne va pas toujours dans ton sens. Tu te comportes en petite dernière. Tu éprouves des remords à avoir fait interner papa ? Eh bien, tant mieux ! C'est tout ce que tu mérites. Moi, j'ai passé toute ma vie ici auprès de lui. J'ai repris la confiserie par devoir, par respect pour la famille. Toi, tu as tracé ta route sans te poser de question.

Maurine déglutit avec peine. Carole poursuivit sur sa lancée très calmement :

— Où étais-tu ces dernières années, alors qu'il devenait chaque jour de plus en plus dépendant ? Tu as attendu que tes engagements soient terminés pour t'impliquer. Pour soulager ta conscience, sans doute ? Mais c'est trop tard. Alors si tu attends le moindre remerciement de ma part, tu risques de prendre racine.

Sans ciller, elle se retira, laissant Maurine interloquée.

*

À une encablure du golfe de Saint-Tropez, le massif des Maures semble avoir été préservé de la course du temps et revêt quelque chose de sacré pour qui sait regarder et écouter avec son âme. La magie est partout présente, dans les moindres replis de ses vallons. La forêt dévoile ses mystères dans une langue étrange, où la musique cristalline des ruisseaux se mêle au bruissement des feuillages sous les couverts des châtaigniers. Au détour d'une courbe apparaît soudain Collobrières, et la départementale qui débouche sur le boulevard Lazare-Carnot. Plus loin, sur la place de la Libération, à deux pas de l'hôtel de ville, se trouve la boucherie Fabrégat. « De père en fils depuis 1912 », comme l'indique l'enseigne peinte sur la devanture.

— Peuchère, gémit Gilou en déposant sur la balance la tranche de rumsteck qu'il venait de découper, tout ça est bien triste…

Maurine s'attendait à ce que son parrain réagisse ainsi. Elle connaissait bien le plus fidèle ami de son père, il n'avait pas la réputation de mâcher ses mots.

— Et ce qui l'est davantage, reprit le boucher avec son accent chantant, c'est que toi et ta sœur vous vous déchirez. Ça me fend le cœur, ma pitchoune. Je te le dis comme je le pense.

Après avoir replacé son crayon derrière l'oreille, il sortit une terrine de la banque réfrigérée et en coupa une tranche généreuse.

— Mousse de canard aux cèpes. Typiquement locale, et de saison. Tu m'en diras des nouvelles…

Il disposa ce « cadeau de la maison » dans le sachet plastique contenant la viande et le tendit à Maurine. Il suspendit son geste tout en fixant la jeune femme droit dans les yeux.

— Ne reste pas en froid avec Carole, vous devez vous serrer les coudes. D'autant plus maintenant. Ce pauvre Henri n'aurait pas aimé ça. Et puisqu'il ne peut pas vous le dire, alors c'est moi qui m'en charge.

Il insista encore, avant de donner la viande à Maurine. Elle n'avait rien dit, mais elle était touchée par la sollicitude de son parrain.

— Accordez-vous sans plus tarder, sinon je vous botte les fesses à toutes les deux.

Gilou Fabrégat semblait particulièrement éprouvé par cette brouille, et plus encore d'avoir appris qu'Henri venait d'être conduit en maison spécialisée. Pour tous, le chef du clan Casténat incarnait un exemple de vertu et de courage. Le patron de la confiserie, l'un des fleurons de Collobrières, était toujours resté digne et fort dans l'épreuve. Aussi, quand les gens du bourg avaient appris sa maladie, peu de monde avait voulu le croire. Cette figure emblématique ne pouvait pas finir ainsi.

Maurine embrassa son parrain avec une tendresse appuyée. Pour Gilou, qui n'avait pas eu d'enfant, Carole et Maurine représentaient l'avenir de cette famille. Un lointain cousinage, qui se perdait dans les ramifications de leur généalogie, unissait les Fabrégat aux Casténat.

—Sois tranquille, je te promets de faire le nécessaire, dit-elle avec douceur avant de poursuivre tristement : Bon, il faut que j'y aille.

À peine avait-elle achevé sa phrase que Gilou la retint par la main.

—Quelque chose ne va pas ?

—Non, tout va très bien.

—Galéjade ! Je suis vieux, mais pas couillon. Alors ? Tu parles ou tu attends que l'aïoli vire ?

Maurine s'en voulut de ne pas mieux dissimuler ses émotions. Gilou avait déjà reçu un sérieux coup sur la tête en apprenant l'hospitalisation de son meilleur ami, elle n'allait pas l'inquiéter davantage avec ses problèmes. Problèmes qui n'en étaient pas vraiment, du reste, simplement, elle se posait des questions. Depuis huit mois qu'elle avait ouvert son cabinet à côté de la boucherie, la salle d'attente restait quasiment déserte. Les rares patients qui poussaient la porte souffraient de maux superficiels et n'avaient même pas honte, pour la plupart, d'avouer qu'ils se trouvaient là parce que le Dr Mazeret ne pouvait pas les recevoir. Au début, Maurine s'était dit qu'il fallait du temps pour se constituer une clientèle. Lorsqu'elle s'était installée, Gilou l'avait recommandée au pharmacien, au maire, et à tout ce que la commune comptait de notables influents. Mais son carnet de rendez-vous en ville restait vide. En revanche, elle passait ses journées, et bien souvent ses soirées, à sillonner les routes et les chemins des environs pour se rendre auprès des patients qui ne pouvaient pas se déplacer. Et quand, dans les coins les plus retirés du massif, son Land Rover ne pouvait plus passer sur les pistes escarpées, elle terminait à pied jusqu'aux derniers mas, avec son sac contenant les soins de première urgence. Elle avait fini par se demander si elle avait fait le bon choix en ouvrant un cabinet ici. Peu de gens avaient besoin d'elle, dans le fond. Peut-être ferait-elle mieux de retourner dans un hôpital et de poursuivre son internat. Plus rien ne l'obligeait à rester à Collobrières, ni son père, maintenant placé, ni même sa sœur, qui ne tenait pas tant que ça à sa présence.

— Sois confiante, dit Gilou en l'embrassant à son tour, tôt ou tard, les gens finiront par venir à toi. Et puis Mazeret décrochera bien un jour. Pour l'heure, ils t'observent. Ici, on a tendance à être méfiant. Non pas qu'ils aient peur de toi, *oh pôvre*. Mais vois-tu, chez nous, on a l'habitude de suivre le métier du père. On est formé à la succession dès le premier babillement. Toi, tu es la fille d'Henri. Une Casténat. Tu es née au Lambert. Votre domaine, c'est la confiserie, pas la médecine. Je sais, c'est peut-être vieux jeu, mais que veux-tu, c'est comme ça. On ne mélange pas les figues et les champignons dans le même panier.

Ils se tenaient sur le seuil de la boucherie. Leur attention fut soudain attirée par un attroupement sur le trottoir d'en face, devant les deux hautes fenêtres du cabinet de Mazeret, au rez-de-chaussée d'un hôtel particulier de style classique provençal, sans nul doute le plus bel édifice du quartier.

— Regarde-les barjaquer... Faut pas se demander de quoi ils parlent.

Gilou leva les yeux sur Maurine, qui ne réagissait pas.

— De la Malamousque, pardi ! La parcelle va être mise en vente la semaine prochaine. Ne me dis pas que tu l'ignorais !

Maurine avait bien surpris quelques bribes de conversation entre Carole et son père lors d'un des rares moments de lucidité de ce dernier, mais elles avaient vite été étouffées sur son passage. Manifestement, ce nom reliait les Casténat à un passé douloureux sur lequel Henri ne voulait pas revenir, un sujet tabou dans la famille, dont on évitait de parler, comme si on voulait conjurer le mauvais sort.

— Tu sais comment sont les gens. Cette vente de la Malamousque, tant d'années après le crime des Laucarte...

Même Gilou n'osa pas aller plus loin. Ce drame hantait toujours la bonne conscience de la commune. Une tragédie horrible. À l'époque des faits, d'un bout à l'autre de la France, les médias avaient relaté l'histoire de ce couple brûlé vif dans l'incendie criminel de leur maison... Un véritable climat de délation avait plombé la quiétude qui régnait alors, et les fenêtres des maisons accolées les unes aux autres étaient devenues autant de postes d'observation pour épier son voisin. Aussi, quand les événements avaient pris un tournant décisif avec le bouclage de l'enquête et l'arrestation du coupable, personne ne s'en était plaint. Tout Collobrières avait souhaité oublier cette affaire au plus vite.

— Et puis tu oublies ce qu'a vu Carole il y a quatre jours, près des menhirs du Lambert…

— Oh non, Gilou, pas toi ! s'insurgea Maurine.

N'ayant aucune envie de poursuivre cette conversation, elle s'éloigna. Le boucher la suivit sur le trottoir tandis qu'elle regagnait sa voiture, bien décidée à ne plus écouter ces bêtises à propos de cette Dame blanche qui apparaissait miraculeusement pour avertir quelqu'un de l'imminence d'un danger. Et dire que c'était arrivé à sa propre sœur le soir où leur père était tombé dans l'escalier. Carole, qui s'était levée pour fermer les volets, avait remarqué près des menhirs une silhouette qui avait aussitôt disparu dans un halo de lumière. Intriguée, mais surtout inquiète et voyant là un mauvais présage, elle s'était confiée le lendemain à Gilou et Viviane Briand, une vieille amie de la famille qui travaillait à la confiserie depuis de nombreuses années. Puis elle était revenue sur ses déclarations, pour finalement nier tout en bloc.

— Avoue que c'est troublant. Les derniers témoignages sur la Dame blanche remontent précisément à la veille de l'incendie de la

Malamousque. Elle réapparaît maintenant, et regarde ce qui arrive à ton père…

Maurine s'arrêta de marcher et fit face à son parrain, un sourire éblouissant aux lèvres.

— Non, mais je rêve ! On nage en plein obscurantisme. Il y a toujours des explications à tout, j'en suis convaincue. Et s'il le faut, je le prouverai.

— Ne plaisante pas avec ça, pitchoune.

Elle allait répondre, son regard tourné vers les gens qui s'agitaient devant le cabinet du Dr Mazeret, quand, soudain, elle comprit ce qui se passait.

— Pardon, laissez-moi passer, s'il vous plaît, lança-t-elle en se frayant un chemin parmi les badauds, je suis médecin.

Un homme était agenouillé, un couteau à la main, et tentait de rassurer un gamin visiblement tétanisé par la peur.

— On n'a pas le choix, mon bonhomme. Le toubib n'est pas là. Il faut agir tout de suite pour extraire le venin, et c'est le seul moyen.

— Mais vous êtes complètement fou ! s'écria Maurine en lui retirant le couteau des mains.

Elle s'agenouilla à son tour. Avec la chaleur qui régnait encore sur les Maures en cette fin septembre, une morsure de vipère n'était pas rare.

— Sois tranquille, tout va bien se passer. Ne t'inquiète pas. Avant tout, reste calme et respire profondément. Ça ne fera pas mal, je te le promets.

L'enfant sembla s'apaiser. Maurine commença par lui retirer le garrot de fortune. Il était trop serré, ce qui était particulièrement dangereux, contrairement aux idées reçues.

— C'est bien. C'est très bien. Tu t'appelles comment ?

— Arthur.

Après une hésitation, il reprit :

— Dites… Je vais mourir ?

— Quelle drôle d'idée ! fit-elle d'un ton volontairement désinvolte tout en nettoyant la plaie. Ce n'est pas la petite bête qui va manger la grosse, non ?

Arthur dodelina de la tête, rassuré.

— Voilà ce qu'on va faire, reprit Maurine. Dans un premier temps, on va aspirer le venin, mais ne t'inquiète pas, ce n'est pas douloureux. Ensuite, tu appuieras sur le bouton de cet applicateur, c'est un sérum antivenin.

— Ça fait mal ?

— Non, tu ne sentiras qu'un léger picotement. Et on va prévenir ta maman ou ton papa. Ils t'emmèneront dans un centre de soins pour s'assurer que tout va bien. Dès demain, tu pourras jouer avec tes copains. Ça te va ?

— Dac' ! Mais ce sera mon père. Ma mère est morte.

— Je dois partir maintenant, un malade m'attend. Quelqu'un va rester avec toi le temps que ton papa vienne te chercher, répondit Maurine avec douceur, comme si elle voulait faire oublier sa maladresse.

Quelques minutes plus tard, sur la route menant à la chartreuse de la Verne, un couvent à quelques kilomètres du centre-ville où elle avait été appelée, Maurine ne pouvait s'empêcher de repenser à ce gamin. Elle avait fait une gaffe et elle s'en voulait terriblement. Furieuse, elle frappa le volant du Land Rover.

— Quelle conne !

Comment avait-elle pu poser une question pareille ? Une question qu'elle-même redoutait tellement étant enfant. Elle s'était toujours sentie cruellement différente de ses petits camarades après la mort de sa mère, et elle avait vécu chaque temps fort de sa scolarité en orpheline. Seule Carole pouvait comprendre ce qu'elle ressentait à l'époque, aucune de ses amies n'ayant perdu un parent, comme elles. Et là, pour la première fois, elle avait blessé un enfant en remuant le couteau dans la plaie.

Elle balaya d'un revers de la main cette pensée qui l'avait contrariée. Pour l'heure, elle se rendait au chevet d'une des moniales, sœur Marie-Céleste, et cette perspective accapara son esprit. Sœur Marie-Céleste était la sœur cadette de sa mère et vivait retirée dans un monde de silence et de dévotion. Maurine avait toujours été fascinée par cette tante que l'on évoquait toujours furtivement lors des réunions familiales, avant de passer bien vite à autre chose. Il y avait bien Mme Slotti, une laïque qui assurait la liaison entre la congrégation et les services publics, pour apporter parfois quelques nouvelles, mais petit à petit, sœur Marie-Céleste était juste devenue une sorte d'esprit bienveillant qui flottait sur leur famille. Maurine était tout excitée à l'idée de la rencontrer. Bien sûr, elle venait la voir aujourd'hui en tant que médecin et elle ne lui parlerait pas de sa mère ni de son autre tante, Édith Garcin. Du reste, Maurine se dit qu'elle ne connaissait guère mieux l'aînée des sœurs, celle-ci ayant vécu en Suisse avec son mari lorsque celui-ci avait pris sa retraite, ne séjournant dans la région qu'une fois par an. Pourtant, en juin dernier, elle avait fait savoir à Carole et à Maurine qu'elle s'installait au château du Frioul, sur les hauteurs de Collobrières.

Maurine ralentit à l'entrée du virage en épingle à cheveux, à l'orée de la forêt de la Verne. Un véhicule roulait à vive allure en sens inverse et occupait toute la chaussée. Surprise, Maurine eut le réflexe de donner un coup de volant sur la droite. Le Land Rover fit une embardée et termina sa course sur le bas-côté, contre un talus. Le pneu avant éclata.

— Vous ne pouvez pas faire attention !

Furieuse, elle était descendue de sa voiture et se dirigeait vers l'autre véhicule en hurlant de rage. Le pick-up était immobilisé au beau milieu de la route. Maurine ne se démonta pas. Au contraire, elle était bien déterminée à dire ce qu'elle pensait à ce chauffard. Si un enfant s'était promené à vélo, il l'aurait fauché, sans aucun doute. Maurine détestait ces assassins en puissance dont les victimes envahissaient chaque jour les urgences des hôpitaux.

— Mais vous êtes malade de conduire comme ça ! s'écria-t-elle.

La personne était debout devant son véhicule, à trois mètres d'elle. C'était un garde de l'Office national des forêts.

— Ça va ?

— Comment ça, « ça va » ? Eh bien, non, ça ne va pas ! Vous venez de m'envoyer dans le fossé.

Le garde, qui avait repéré le pneu crevé du Land Rover, s'excusa pour les dommages et se proposa de l'aider. Il avait l'air sincèrement ennuyé, mais surtout visiblement pressé de se remettre en route. Maurine se radoucit.

— C'est bon, je sais changer une roue.

L'homme la considéra avec étonnement et gratta sa barbe naissante, comme s'il la mettait au défi. Blessée dans son orgueil de femme indépendante, elle ajouta, piquée :

— Vous voulez parier ?

Le garde de l'ONF esquissa un léger sourire et leva les pouces pour signifier qu'il acceptait le pari.

2

Maurine gara sa voiture devant la chartreuse de la Verne. Mme Slotti accourut aussitôt. Cette retraitée vouait sa vie à servir la congrégation des moniales de Bethléem, de l'Assomption de la Vierge et de saint Bruno.

— Dieu merci, vous êtes là ! Sœur Marie-Céleste est au plus mal. La fièvre la fait délirer.

Mme Slotti pressa le pas, Maurine allongea ses enjambées. Au premier coup d'œil, l'édifice en pierre ressemblait à un rempart de château fort, sans aucune ouverture sur l'extérieur. Mais si l'on portait son regard sur la chartreuse dans son ensemble, l'attention était forcément concentrée sur la porte majestueuse, au centre, ornée d'un fronton datant de 1772, en serpentine noire de Cogolin[1].

Le soleil se fondait derrière la ligne de crête. La lumière dorée de septembre, si particulière à

---

1. Marbre volcanique que l'on trouve dans le massif des Maures. Au XVIIIe siècle, tout le monastère a été orné de cette pierre extraite d'une carrière de La Môle, un village proche de Cogolin.

cette heure de la journée, ramena Maurine des années en arrière, lorsqu'elle venait ici même, enfant, avec sa sœur et Jérôme Briand, leur copain de toujours. À l'époque, la chartreuse était un vaste chantier de restauration. Depuis une trentaine d'années, pierre après pierre, quelques passionnés fortunés s'étaient acharnés à relever les ruines, offrant ainsi de nouveaux espaces à explorer à nos détectives en herbe, en quête d'un fabuleux trésor. Un terrain de jeu fantastique qu'ils avaient sillonné dans tous les sens, se faufilant à travers le grillage qui interdisait l'accès au monastère. Maurine, quoique étant la plus jeune, se démarquait des autres par sa témérité. Elle les entraînait là chaque mardi soir, le jour de la semaine où Jérôme dormait au Lambert. Ils traversaient la forêt de châtaigniers aux mille secrets et descendaient de quelques mètres en direction de la chartreuse, en contrebas du plateau du Lambert. Après le départ du dernier contremaître, l'aventure commençait. Mais cette époque d'insouciance avait pris fin brutalement à la mort d'Anaïs.

— Je ne comprends pas, avoua la laïque de la congrégation, une main à plat sur la lourde porte qu'elle s'apprêtait à ouvrir. Je l'ai croisée dans la matinée et elle semblait en pleine forme. Plus tard, en allant aux vêpres, elle a fait un malaise dans le cloître. La pauvre s'est blessée en tombant. Avec la mère supérieure et quelques autres moniales, nous l'avons transportée dans son lit et avons nettoyé la plaie. Sœur Marie-Céleste était brûlante. C'est à ce moment-là que je vous ai appelée la première fois. Nous lui avons administré de l'aspirine pour faire descendre la température, et puis elle s'est mise à délirer, alors nous l'avons enveloppée dans une couverture avec de la glace.

— Vous avez bien fait. Nous allons voir ça.

Mme Slotti entra la première. Maurine fut immédiatement saisie par l'atmosphère qui se dégageait de la première salle, une pièce austère de six bons mètres de haut, meublée avec parcimonie. Elle avait la sensation de pénétrer dans une autre dimension, entièrement vouée au spirituel, où le vide semblait plein. Elle eut la même impression en traversant les autres dépendances pour rejoindre le petit cloître.

— C'est là qu'elle est tombée, précisa Mme Slotti à voix basse.

Maurine vit une trace de sang au pied de l'arcade en serpentine. La mère supérieure, qui les attendait, invita la jeune femme à entrer dans la cellule de sœur Marie-Céleste. La pièce était plongée dans la pénombre ; seule l'étroite fenêtre laissait filtrer le jour. Une bassine en émail et un broc d'eau étaient posés sur une table en bois rustique. Sur le mur, au-dessus d'un prie-Dieu, un crucifix arborait les rameaux de l'année. Le missel de la moniale était encore ouvert. Maurine se dirigea vers l'alcôve où se trouvait le lit. Le visage diaphane, à demi inconsciente, sœur Marie-Céleste transpirait à grosses gouttes. Maurine s'assit aux côtés de sa tante, impressionnée malgré elle de faire enfin sa connaissance. « Tu es là en tant que médecin », se répéta-t-elle. Elle sortit un stéthoscope de sa mallette. Mme Slotti et la mère supérieure se retirèrent. Tout en écoutant son pouls, la jeune femme nota le peu d'effets personnels dans la pièce : un pain de savon de Marseille, une brosse à dents, un gant de toilette et une serviette impeccablement repliée. L'essentiel, tout compte fait. L'examen terminé, elle rejoignit Mme Slotti et la mère supérieure qui attendaient dans le cloître.

— Il s'agit d'une méchante grippe, dit-elle sur un ton qui se voulait rassurant.

— Rien de grave, alors ? reprit la laïque, tandis que la religieuse se signait.

— Je ne pense pas. Mais je ne vous cache pas que sa fièvre m'inquiète. Qu'a-t-elle mangé récemment ?

— Un bouillon de légumes et une pomme.

Maurine s'adressa alors à la mère supérieure :

— Si ça ne vous ennuie pas, ma mère, j'aimerais rester auprès d'elle un moment.

Celle-ci n'y vit aucune objection, bien au contraire, ravie qu'un médecin puisse veiller sur la moniale.

Depuis quand était-elle assise ainsi, dans la même position ? Maurine n'en avait aucune idée tant la notion de temps ici n'avait guère d'importance. La pièce était plongée dans l'obscurité. Elle alluma la petite lampe de chevet. Au fond de l'alcôve, la respiration lente et régulière de Marie-Céleste la rassura. Maurine posa une main sur son front et instinctivement lui caressa les cheveux. La religieuse semblait apaisée et sereine. Maurine esquissa un sourire et reprit la lecture qu'elle avait commencée un peu plus tôt, une description de la chartreuse de la Verne au début du siècle dernier, avant les travaux de restauration.

Et toute cette vie frémissante des êtres, dans ces vastes lierres, si larges, si hauts, attachés depuis des siècles au monastère antique, bénit obscurément le Dieu qui, non content de leur donner l'asile des feuillages, a fait bâtir pour eux ces murailles, ces cours, ces toitures, ces cellules, ces chapelles, c'est-à-dire des abris heureux contre le vent, et où se réjouissent aussi la tarente et le lézard qui, dans les endroits chauffés par le soleil, ouvrent, entre les joints de la bâtisse chaude, leurs doux yeux gris qui donnent un regard aux pierres.

Maurin des Maures... La dernière fois qu'elle avait lu ce roman de Jean Aicard remontait à ses huit ans, neuf tout au plus. Ses parents l'avaient baptisée « Maurine » en hommage à cette gloire locale. Soudain heureuse de renouer avec ce souvenir, elle tourna la tête vers la fenêtre et contempla la voûte étoilée.

— Tu es très belle...

Maurine sursauta. Marie-Céleste s'était réveillée et observait sa nièce avec une infinie bonté.

— Laisse-moi te regarder.

Ainsi, elle l'avait reconnue. Maurine avait envie de lui poser dix mille questions. Mais par où commencer ? Par Anaïs, vraisemblablement. Marie-Céleste était-elle seulement au courant de la mort de sa sœur ? Après l'accident, Maurine n'était plus jamais retournée à la chartreuse. Pour quoi faire ? Elle avait passé l'âge de jouer les exploratrices, et la seule personne à qui elle aurait voulu parler était prostrée derrière ces murs. Curieusement, depuis qu'elle en avait franchi l'enceinte, Maurine ne ressentait plus de rancœur envers cette tante qui avait choisi de vivre dans un monde où le silence est imposé. Pourtant, ni elle ni Édith n'avaient été là quand sa mère était morte, chacune pour des raisons différentes, et elle leur en avait voulu à l'époque.

Marie-Céleste s'agita soudain, se tortilla dans son lit en gémissant. Elle se remit à délirer, mais Maurine n'arrivait pas à saisir ses propos. Pourquoi cette rechute soudaine alors qu'elle semblait aller beaucoup mieux ? Et cette fièvre qui remontait… Inquiète, la jeune femme lui prit le pouls, qui était normal. Elle lui administra un sédatif et attendit un bon quart d'heure avant que sa tante se rendorme, enfin calmée…

*

D'abord, retirer ses bottes ! Ce fut la première chose que fit Maurine en regagnant le Lambert. Elle avait passé la nuit à veiller sa tante et était rentrée au petit matin, une fois tout danger écarté. À présent, elle ressentait la fatigue à la base des cervicales. Sa nuque était affreusement raide et son dos en compote. Elle s'assit sur le fauteuil, au pied de l'escalier, puis se déchaussa et massa longuement ses pieds. Elle rêvait de dormir. Juste quelques heures. En s'aidant de la rampe, elle gravit les marches étroites de l'escalier à vis et regagna la pièce qu'elle avait aménagée à l'étage. Carole occupait maintenant sa chambre.

En réalité, prétextant vouloir se rapprocher de celle de son père, celle-ci avait carrément investi les lieux quelques semaines avant le retour de sa sœur au Lambert, sans même lui demander l'autorisation! Maurine n'y avait vu aucune objection. Elle avait même eu l'idée un peu folle de rafraîchir l'ancien atelier. Cette dépendance, qui l'impressionnait tellement enfant, avait révélé son formidable potentiel lorsqu'elle l'avait redécouverte. « C'est de la folie, avait dit Carole lorsqu'elle lui avait fait part de ses projets. Regarde dans quel état il est. Et toute cette poussière... C'est un boulot titanesque! » Mais Maurine avait tenu bon. Cette pièce sous les toits offrait de belles proportions, et en retroussant les manches elle pouvait la transformer en loft confortable. Elle avait peint les murs en blanc, poncé et ciré le parquet. Puis elle avait déménagé le mobilier moderne de son appartement d'étudiante à Toulon. Elle avait terminé la décoration en ajoutant le paravent de leur mère qu'elle avait trouvé dans le grenier. « Tu as fait de cet endroit un vrai petit bijou, avait finalement reconnu Carole. Bravo! »

Maurine s'y sentait bien, entre souvenirs et avenir. Elle ôta son T-shirt, puis son jean qu'elle jeta sur le sol sans se donner la peine de les plier. Elle s'enfonça sous la couette en sous-vêtements et sombra dans le sommeil...

C'est un insecte venu lui chatouiller les narines qui la ramena du pays des songes. Il était 8 h 30 et elle n'avait dormi que quatre heures. Pourtant, elle se sentait en pleine forme. Elle avait la chance de récupérer très vite. Avec délice, elle s'étira au milieu des oreillers qui occupaient les trois quarts de l'espace du grand futon qui lui servait de lit, au centre de la pièce. Elle s'empara de la télécommande. Celle-ci était à portée de main sur un pouf rouge en plastique transparent qui donnait une note de couleur à cet ensemble minimaliste. Elle alluma les infos avant d'aller se préparer un expresso. Maurine aimait ce moment de la journée. De la fenêtre à meneaux qui inondait la pièce de lumière, elle pouvait contempler le paysage à l'infini. Elle ne se lassait pas de la vue, devinant parfois la mer à l'horizon, loin derrière les collines boisées, par-delà « les sources de la vallée et la ligne de partage des eaux[1] ».

Une autre journée commençait au Lambert. Sans son père. Comment avait-il passé sa première nuit à l'institut ? Pourvu qu'il ne réalise pas ce qu'il lui arrivait. D'une certaine manière, il était devenu le fantôme de lui-même, un enfant fragile et vulnérable qu'on aurait voulu protéger. Et cette image touchante se juxtaposait à celle du père invincible qu'il avait toujours été, un homme généreux et franc, exigeant parfois, mais d'une droiture exemplaire. « Fais comme chez toi, mais n'oublie pas que tu es chez moi. » Maurine irait le voir dans la journée, avant de commencer ses tournées.

Mentalement, elle récapitula le planning de ses visites, puis elle passa derrière le paravent japonais. Sa mère s'en était entichée dans les années soixante-dix. À l'époque, elle l'avait installé dans

1. André Chamson, *Le Crime des justes*, Grasset, 2000 (format numérique).

la grande salle du bas afin de séparer le salon du coin repas. Maurine l'avait trouvé parfait pour isoler sa chambre de la salle de bains. Elle releva ses cheveux, elle avait besoin d'une bonne douche. Au contact de l'eau tiède, les pointes de ses seins se durcirent. Elle avait la chance d'avoir une poitrine ferme et haute, un ventre plat et des cuisses ciselées. La pratique du sport lui permettait d'entretenir sa silhouette élancée. Depuis qu'elle avait quitté Toulon et sa salle de fitness, Maurine courait quatre fois par semaine, parcourant dix kilomètres autour du plateau du Lambert. Aujourd'hui, elle n'en aurait pas le temps. Avant d'ouvrir le cabinet, elle souhaitait parler à Carole et passer au garage de Jérôme afin qu'il répare son pneu crevé.

Maurine se sécha, lâcha ses cheveux qui tombèrent lourdement sur ses épaules. Elle enfila un polo et un jodhpur beige qu'elle rentra dans ses bottes cavalières récupérées au pied de l'escalier. En passant dans le couloir de l'entrée, elle saisit au vol son blouson en daim et sortit. Le 4 x 4 démarra au quart de tour. Jérôme avait raison. En connaisseur, il l'avait tout de suite repéré dans la grange lorsqu'il était venu saluer Maurine le jour où elle s'était installée au Lambert. La voiture d'Henri était à ses yeux un véritable trésor et il s'était précipité sur elle comme un gamin au pied de l'arbre de Noël. En véritable passionné, il l'avait détaillée, admiratif. « Un Land Rover 88, années soixante-dix, 1976 je dirais... Regarde, il a encore l'ancienne calandre. Et la roue de secours sur le capot. Le pare-brise en deux parties! C'est un collector, un vrai de vrai!» Tout excité, il avait assuré à Maurine que cette voiture était exactement celle qu'il lui fallait pour ses visites à domicile. «C'est ton style, lui avait-il dit, parfait pour une baroudeuse comme toi.» La jeune femme, qui comptait acheter une citadine d'occasion, s'était laissé convaincre et avait confié le véhicule à son ami d'enfance pour une révision complète.

Maurine enclencha la première en prenant soin de ne pas faire craquer la boîte de vitesses. Finalement, Jérôme n'avait pas tort, le vieux Land d'Henri lui allait bien. Et sa peinture d'origine, vert clair, avait la couleur de ses yeux.

—Voici la plus belle, dans la plus belle voiture des environs! se réjouit Jérôme en arrivant à sa hauteur.

Il s'essuya les mains dans un chiffon et embrassa son amie, ravi de cette visite matinale. Jérôme Briand avait repris le garage de son ancien patron quand celui-ci était parti en retraite. Jérôme avait trente-trois ans et vivait encore chez sa mère, dans un studio indépendant. Il passait la plupart de son temps libre avec des copains, et ce mode de vie lui convenait très bien. Une vie sans histoire, gentille, bien rangée.

—Tu viendras récupérer ton linge ce soir? lança Viviane qui avait fait un crochet par le garage avant de filer à la confiserie.

Maurine contint son envie de rire. Jérôme leva les yeux au ciel.

— Oui, m'man, dit-il d'un ton faussement soumis.

Viviane aperçut Maurine et vint la saluer. Apprenant que la jeune femme laissait sa voiture au garage, elle lui proposa de faire le trajet à pied jusqu'à la confiserie. Maurine ne put refuser l'invitation, redoutant déjà d'avoir à supporter ses bavardages légendaires.

— Alors tu peux changer ma roue de secours? lança Maurine à Jérôme, tandis que Viviane l'entraînait déjà.

— Compte sur moi, répondit le garagiste de loin.

— Je repasserai dans la matinée. Ça te va?

— Pas de problème.

— T'es un amour.

Viviane avait déjà franchi le portail de la cour encombrée par les voitures des clients. À cinquante-deux ans, la mère de Jérôme était un personnage étonnant. Un vrai moulin à paroles, suivant toujours son idée. En quelques phrases souvent décousues, elle commentait les informations du jour comme un journaliste qui n'a que trois minutes pour développer les titres à la radio. Ce n'était pas une mauvaise personne, seulement quelqu'un qui ne savait pas tenir sa langue... Plus d'une fois, les Casténat avaient fait les frais de ses bavardages. Ils ne lui en avaient jamais tenu rigueur, car Viviane avait un don précieux: elle glaçait les marrons comme personne. Elle travaillait à la confiserie depuis plusieurs décennies et pour rien au monde on se serait passé de ses talents. Elle excellait. Pas de recette précise, pas de règles établies, Viviane avait l'œil, un point c'est tout. En fonction de l'approvisionnement, elle pouvait déterminer la quantité nécessaire de sucre pour élaborer le sirop de glaçage, ou réussir le juste dosage en vanille. Mais quand elle essayait de transmettre son savoir, son interlocuteur était noyé sous des tonnes de détails de moindre importance sans qu'il puisse retenir l'essentiel. Les Casténat avaient fini par se faire une raison, priant pour que Viviane restât le plus longtemps possible à la confiserie.

— Et la Dame blanche ? Vous l'avez revue ?

Maurine se mit à rire. Viviane l'agrippa.

— Tu ne devrais pas rigoler avec ces choses-là.

La frayeur qui venait soudain de s'inscrire sur le visage d'ordinaire enjoué de Viviane interpella la jeune femme.

— Mais tu veux rire ? Rassure-moi ! Ne me dis pas que tu crois réellement à ces sornettes ? Enfin, Viviane, tu plaisantes ?

Pour une fois, la mère de Jérôme se tut.

— Alors tu es sérieuse...

Maurine était consternée. Les vieilles superstitions avaient décidément la vie bien tenace. Ainsi, au XXIe siècle, il subsistait encore des gens attachés aux malédictions d'un autre âge. Déroutée, elle accorda son pas à celui de Viviane et ne dit plus rien.

— Moi aussi, il y a des années, je prenais ça à la légère. Et puis il y a eu la Malamousque...

Viviane avait baissé la voix et parlé sur le ton de la confidence. Elle ajouta :

— La veille du drame, la Dame blanche rôdait dans les parages. Près des menhirs. Bien sûr, à l'époque, le vieux Matéo passait pour un pauvre fada quand il clamait cette histoire sur tous les toits. Tu penses... Un malheureux berger vivant seul et depuis si longtemps dans ses montagnes. « Il a viré fada », disaient les gens. Sauf que moi aussi, je l'avais vue !

Maurine fut déconcertée par ses propos, mais elle préféra se taire en faisant mine d'abonder dans son sens afin de ne pas la blesser.

— Je l'ai vue, répéta Viviane. Le soir où ta pauvre mère s'est tuée. J'étais au Lambert, tes parents fêtaient leur anniversaire de mariage. Je prenais le frais, et je l'ai vue comme je te vois, près des menhirs. Je m'en souviens bien. La Lune était claire. La suite, tu la connais...

Viviane était maintenant essoufflée.

— La dernière fois qu'elle m'est apparue, c'était dans les bois. Le lendemain, mon Alain se tuait à cet endroit. La Dame blanche m'avait prévenue et je ne l'ai pas écoutée. Depuis, je suis veuve.

Elles venaient d'entrer dans la cour de la confiserie. Le regard inquiet, Viviane montra de la main les fenêtres de la direction, au premier étage.

— C'est Carole qui m'inquiète le plus aujourd'hui. Elle a beau être revenue sur ses positions, elle aussi a vu la Dame blanche. Et je pense que le départ de ton père n'est que le début.

— Mais le début de quoi ? lâcha Maurine, soudain agacée.

— Moi, ce que j'en dis..., rétorqua Viviane, piquée.

Elle ne termina pas sa phrase et s'éloigna de son petit pas vif, laissant Maurine en plan dans la cour.

3

Passé le portail de l'entreprise Casténat, le visiteur pénétrait dans une petite cour pavée entourée sur deux des côtés par des bâtiments imposants. La boutique de la fabrique, le salon de thé sous le tilleul, et les réserves occupaient l'autre partie. Depuis son retour à Collobrières, Maurine éprouvait la même déception lorsqu'elle en franchissait l'enceinte. Dans ses souvenirs d'enfance, la cour était immense et l'édifice grandiose, aujourd'hui, les proportions lui semblaient beaucoup plus modestes. Elle entra et se dirigea immédiatement vers le bureau de Carole.

Sa sœur triait des papiers, et à voir sa fébrilité, Maurine comprit que le moment était mal choisi pour lui proposer d'aller faire une visite à leur père dans l'après-midi. Elle ne fut d'ailleurs pas surprise de sa réponse.

— Ce n'est vraiment pas le moment !

— Donne-moi ton heure, je m'arrangerai.

Carole posa les yeux sur elle et lâcha un rire sarcastique.

— C'est gentil, mais j'ai beaucoup de travail. La fête de la châtaigne débute dans trois semaines et nous avons pris du retard dans la préparation.

Elle était déjà retournée à ses dossiers, pestant de ne pas trouver le papier qui lui manquait. Maurine ne l'avait jamais vue dans cet état, elle qui, d'ordinaire, contrôlait toujours ses émotions.

— Viviane ! hurla soudain Carole dans l'interphone. Mais où as-tu mis l'inventaire du stock, bon sang ? Il me le faut, tout de suite.

Elle tomba finalement sur le document qu'elle cherchait, perdu au milieu d'une liasse de papiers.

— C'est bon, je l'ai retrouvé.

— Tu es sûre que ça va ? s'enquit Maurine.

— Mais oui, tu ne vas t'y mettre toi aussi ! Excuse-moi, je suis sur les nerfs en ce moment. Nous sommes sur le point de finaliser un accord avec le groupe Forbex et il y a toujours quelque chose qui retarde la signature. Je te rappelle que si nous ne trouvons pas rapidement un actionnaire avec les poches pleines, nous pouvons dire au revoir à tout ça.

Maurine suivit des yeux le geste de Carole. Sa sœur désignait la pièce et, par extension, tout ce qui avait fait la réputation des Casténat depuis des générations.

— À ce point ?

— Mais qu'est-ce que tu crois ? Tu penses que je brasse de l'air ? Si parfois tu prenais la peine de t'intéresser à ta famille plutôt que de jouer à mère Térésa avec des étrangers, tu serais peut-être au fait des réalités. La confiserie est dans le rouge. Au bord de la faillite ! Les débouchés se ferment les uns après les autres et nous avons de gros problèmes d'approvisionnement. Mais pour être au courant de tout ça, il faudrait que tu sois un peu plus disponible… Hier encore, tu n'es pas rentrée de la nuit et tu ne t'es même pas donné la peine de me prévenir. J'ai essayé de t'appeler plusieurs fois, mais je présume qu'une fois de plus ton téléphone ne passait pas. Je me suis fait un sang d'encre, nom d'un chien !

— J'étais à la chartreuse et j'ai dû veiller Marie-Céleste une bonne partie de la nuit, répondit Maurine, certaine de piquer la curiosité de sa sœur.

— Marie-Céleste ? Tu veux dire, notre…

— Notre tante, oui.

À cet instant, la secrétaire de Carole la prévint que son prochain rendez-vous l'attendait en salle de réunion.

— Ce soir, on dîne ensemble, et tu me racontes tout. Là, il faut que je file. Mais promets-moi, pas de lapin ! lança-t-elle comme un avertissement avant de refermer la porte.

— Promis !

Par discrétion, Maurine choisit de ne pas aller saluer les futurs actionnaires. Inutile de perturber Carole dans ses tractations. Après tout, la confiserie restait son domaine, elle la laissait juge. Peut-être trop, justement, puisque Carole prenait cette marque de confiance pour du désintérêt. Maurine traversa la salle de conditionnement pour regagner la sortie. Elle longea le tapis roulant sur lequel étaient alignés les uns derrière les autres, à égale distance, des pots de crème de marron.

En bout de chaîne, deux femmes emballaient en cadence les conserves dans des cartons que le magasinier disposait ensuite sur une palette. Maurine les salua et quitta l'établissement.

Après avoir traversé le Pont-Vieux, il ne lui restait que quelques mètres à parcourir pour atteindre le cabinet. Maurine marchait lentement tout en repensant aux propos de sa sœur. Carole n'avait pas entièrement tort d'être furieuse. C'est vrai, elle ne répondait jamais quand son portable sonnait, préférant écouter les messages laissés sur son répondeur et filtrer les appels. Elle avait perdu l'habitude de rendre des comptes à quelqu'un, et elle tenait à son indépendance. C'est sans doute la raison pour laquelle elle ne s'était jamais fixée avec qui que ce soit. Absorbée par ses études dans un premier temps, puis par un métier qui ne lui laissait plus guère d'espace pour les loisirs, elle appréciait les moments de solitude. Bien sûr, à trente-deux ans, elle songeait parfois qu'il serait temps pour elle de fonder une famille. Mais cette perspective demandait des concessions qu'elle n'était pas prête à faire pour le moment. Son cabinet demeurait sa priorité.

Gilou, qui trépignait devant sa boucherie, l'apostropha au moment où elle allait entrer dans son cabinet.

— Oh, peuchère ! s'écria-t-il. Mais qu'est-ce que tu fabriquais ? Il est bientôt 10 heures… Tu as du monde qui s'impatiente ! Ne te voyant pas arriver, j'ai installé Mme Slotti et deux autres patients dans la salle d'attente.

Curieux hasard... En huit mois, c'était la première fois que des gens venaient en consultation en dehors de ses gardes. Et vu l'état de fébrilité de Gilou, il ne s'agissait pas d'une mauvaise blague. Maurine se hâta. Elle reçut Mme Slotti la première.

— Vous venez pour sœur Marie-Céleste ? Il y a un problème ?

— Non, n'ayez crainte. Elle a très bien dormi, et ce matin la fièvre avait totalement disparu. En fait, c'est pour moi que je suis là, poursuivit la sexagénaire, visiblement embarrassée. J'ai une méchante bronchite dont je n'arrive pas à me défaire. Peut-être pourriez-vous me prescrire quelque chose d'efficace.

— Je crois que c'est dans mes cordes. Venez, je vais vous examiner.

Tandis qu'elle l'auscultait, Mme Slotti lui avoua qu'elle souffrait d'une gêne plus intime. Maurine la mit à l'aise.

— Merci, docteur. Vous ne pouvez pas savoir comme je me sens soulagée.

— Je vous en prie, je suis là pour ça. Et surtout, n'attendez pas aussi longtemps la prochaine fois.

— Je vous le promets.

— Dites à sœur Marie-Céleste que je passerai la voir en fin d'après-midi.

— Je n'y manquerai pas. Au revoir, docteur.

Maurine raccompagna Mme Slotti à la porte puis se dirigea vers la salle d'attente où l'attendait le patient suivant. En fait, il s'agissait d'un jeune couple. Anxieux et mal à l'aise, l'homme manifestait des signes évidents de dépression. Sa femme, enceinte de six mois, semblait totalement désemparée. À peine furent-ils installés que le jeune homme se ravisa, décrétant qu'il valait mieux qu'ils s'en aillent.

—Attendez, dit Maurine d'une voix douce, vous avez fait la démarche de venir ici, pourquoi ne pas parler tranquillement ?

—Ça ne servirait à rien de toute façon.

—Essayez toujours. Vous savez, je ne mords pas. Et tout ce qui se dira ici ne sortira pas de cette pièce. Je suis là pour vous aider.

Depuis qu'elle avait quitté le monde des urgences, Maurine avait découvert les particularités du métier de médecin de campagne, qui exigeait beaucoup plus que d'établir un diagnostic et rédiger des ordonnances. Souvent, une fois la confiance établie, ses patients finissaient par lâcher le morceau et révéler leurs difficultés personnelles, un mal-être, des soucis dans le couple, des enfants difficiles, des maladies inavouables… Dans ce cas, l'essentiel passait par l'écoute. Maurine ne négligeait pas cette part du travail qui lui permettait de mieux connaître ses patients et de leur apporter un soutien psychologique approprié.

Le jeune homme accepta enfin de se confier, et quand lui et sa femme quittèrent le cabinet, ils semblaient rassurés. Maurine referma la porte derrière eux avec la ferme intention de s'entretenir avec le Dr Mazeret au plus vite. Ce couple traversait une passe difficile, l'homme souffrait d'insomnies. Pourquoi avait-il refusé de lui prescrire un anxiolytique? Elle composa le numéro de son confrère.

— Bravo! lança-t-il dès qu'il connut l'objet de son appel. Tu viens d'offrir à un ancien toxico la possibilité de replonger!

— Comment ça, toxico? répondit Maurine, embarrassée.

— Tu t'es fait avoir, jeune fille. Il aurait fallu pousser le diagnostic plus loin. Tu viens d'ouvrir une boîte de Pandore. À toi de gérer ça, maintenant, ajouta-t-il avec ironie.

Maurine raccrocha, révoltée. Contre elle-même tout d'abord. Comment avait-elle pu laisser filer ce détail? Elle aurait dû envisager cette hypothèse. Pourtant, en son for intérieur, elle savait qu'elle avait fait le bon choix. Ce couple était aux abois, et l'attitude de Mazeret était inadmissible.

— Je peux entrer?

Le jeune Arthur, qu'elle n'avait pas entendu, se tenait dans le vestibule. Elle vint à sa rencontre.

— Alors, cette vilaine morsure de serpent?

— Ça va, dit-il en retroussant le bas de son pantalon. Mon père est venu au cabinet tout à l'heure, mais vous n'étiez pas là. Il voulait vous remercier.

— C'est gentil de sa part.

Un chien était assis aux pieds du gamin, un affreux bâtard gris au poil rêche.

— Comment s'appelle-t-il?

— J'sais pas. Il me suit partout. Papa ne veut pas qu'on le prenne avec nous. Notre appartement est trop petit.

— Il a peut-être un maître qui le cherche en ce moment, non ?

— J'crois pas. Il est tout le temps dehors et il dort sous ma fenêtre toutes les nuits.

Arthur, qui regardait Maurine droit dans les yeux, lui demanda le plus sérieusement du monde :

— Tu voudrais pas l'adopter ?

— Moi ?

— Oui. Tu sais, il est gentil. En plus, il sait faire un tas de choses !

Aussitôt, le gamin ordonna au griffon de s'asseoir, de se coucher, de donner une patte. Le chien obéit à chacun de ses ordres.

— Eh bien, dis donc, il est particulièrement bien dressé.

— Alors ? Tu l'emmènes ?

Devant le regard implorant d'Arthur – et du chien –, elle hésita. Après tout, pourquoi pas ? Le domaine du Lambert était isolé et les cambriolages fréquents dans la région. Elle et Carole vivaient seules dans une grande maison, la présence d'un chien pourrait dissuader un voleur de rentrer par effraction.

*

— Tu montes, Vagabond ? lança-t-elle à la boule de poils en arrivant à sa voiture.

Comme s'il n'avait attendu qu'un signe de sa nouvelle maîtresse, l'animal sauta sur la banquette arrière du Land Rover. Maurine démarra tout en jetant un coup d'œil dans le rétroviseur.

— C'est peut-être de la folie, mais tu as une bonne tête.

Sa présence rendit le trajet moins triste. Maurine accéléra au moment où elle s'engagea sur la départementale, à la sortie de Collobrières. Elle avait réservé sa première visite à son père, à la clinique de Ramatuelle. Lorsqu'elle pénétra dans sa chambre, elle le trouva lavé et rasé de près, confortablement installé dans un fauteuil, près de la fenêtre, le regard perdu sur la ligne d'horizon. Il ne l'avait pas entendue entrer. Maurine l'observa un instant sans faire de bruit, émue par l'image qu'il renvoyait à son insu. Elle aurait voulu le prendre dans ses bras, protéger ce père aujourd'hui si fragile et si vulnérable. Comme s'il avait senti sa présence, il se retourna et son visage s'illumina dès qu'il la vit. Maurine s'approcha de lui et l'embrassa. Il semblait heureux. Pourtant, elle perçut très vite une ombre voiler ses yeux. La lucidité reprenait le dessus.

— Ma pauvre chérie, je suis devenu une vraie loque…

— Au contraire, papounet, je te trouve très élégant ce matin. Et tu as l'air en pleine forme.

Au bout d'une vingtaine de minutes, Henri Casténat montra des signes de fatigue, son attention s'était relâchée. Il regagnait son monde. Maurine prit congé sans qu'il s'aperçoive de son départ. Bouleversée, elle traversa le parking de la clinique et se dirigea vers sa voiture. Vagabond l'attendait, sagement couché sur la banquette arrière. Il frétilla en apercevant sa maîtresse. Pour

Maurine, dont le moral n'était pas au plus haut, cette marque de sympathie s'avéra réconfortante.

—Bon chien! Tu es un très bon chien, dit-elle en ébouriffant la tête de son compagnon. Maintenant, en route, on part faire la tournée.

Aujourd'hui, elle avait un premier rendez-vous à Bormes-les-Mimosas, et ce n'était pas tout près. Puis elle irait visiter un nourrisson à La Garde-Freinet, une grand-mère à Grimaud, un patient au col de Fourche, et enfin Marie-Céleste, avant de faire un crochet chez Gilou en toute fin d'après-midi. Carole adorait les tournedos Rossini et son parrain préparait les meilleurs de la région.

Quelques heures plus tard, Maurine, qui venait de quitter son dernier patient, emprunta la route menant à la chartreuse. Elle récapitulait mentalement sa journée, quand elle fut soudain impressionnée par le paysage qui s'offrait devant elle. La magie du lieu opérait, comme chaque fois qu'elle pénétrait dans cette forêt de vieux châtaigniers. Le monde fantastique et merveilleux de son enfance… Certains arbres, vieux de cinq siècles, auraient pu abriter deux hommes dans leur tronc à l'écorce rendue argentée par le temps et dont la circonférence pouvait aller jusqu'à quinze mètres. Lorsqu'elle arriva à la chartreuse, elle entendait encore le bruissement des feuilles dans les arbres et cette sensation lui fut agréable.

Sous le voile blanc qui enserrait son visage, Marie-Céleste avait repris des couleurs. Assise dans son lit, calée contre l'oreiller, elle observait Maurine l'examiner.

— Comment va Henri ? lâcha-t-elle soudain.

C'était la première fois, depuis qu'elle avait revu Maurine, que la religieuse s'aventurait dans cette vie laissée aux portes du couvent il y a des années.

— Papa est atteint de la maladie d'Alzheimer. Il est maintenant placé dans une maison spécialisée. J'essaie d'aller le voir tous les jours. Il est très bien installé, et, fort heureusement, il ne souffre pas. Physiquement tout du moins... J'ignore ce qui peut se passer dans sa tête dans ses moments de lucidité. Là, c'est sûrement difficile pour lui.

— Puisse le Seigneur lui venir en aide, souffla Marie-Céleste, qui semblait ébranlée par cette révélation.

Elle reprit une respiration plus posée et ajouta avec une infinie tristesse :

— Henri... Je garde le souvenir d'un homme si fort ! Et tellement amoureux d'Anaïs. Leur amour faisait chaud au cœur. Ma sœur a eu beaucoup de chance de le rencontrer.

Elle saisit la main de Maurine avec douceur.

— Et Carole ? Comment prend-elle les choses ?

Les manières, la voix et le visage de sa tante étaient empreints d'une bonté naturelle. Maurine aurait été incapable de lui donner un âge tant elle semblait avoir gardé en elle une forme de jeunesse. La pureté de l'âme, probablement. Oubliant pour quelques instants son rôle de médecin, Maurine confessa ses inquiétudes au sujet de Carole. Toute la frustration et la rancœur qu'elle avait parfois ressenties de ne pas en apprendre davantage sur sa mère s'étaient évanouies. Marie-Céleste remplissait pour la première fois un rôle de confidente, de mère de substitution.

— Carole s'enferme à la confiserie, répondit Maurine. Elle y passe le plus clair de son temps.

— Elle poursuit l'œuvre d'Henri…

— C'est vrai. Mais rien n'est facile pour elle en ce moment. La conjoncture économique est difficile, et elle risque de tout perdre. Je dois avouer que je ne fais pas grand-chose pour l'aider. Elle n'a pas tort de me reprocher mon égoïsme. Je m'étais promis d'être médecin à la mort de maman, sans me soucier de notre héritage culturel et familial. Carole a pris la confiserie en main mais, dans le fond, je ne sais pas si elle le souhaitait vraiment. Je n'ai même pas pris la peine de le lui demander. Elle a un tel sens du dévouement. Un vrai sacerdoce ! J'admire les gens comme vous deux, pareillement habités.

— Tu veux dire par… la foi ? Parce que tu ne l'as pas, toi qui sauves des vies ?

— C'est différent. Moi, je suis passionnée par mon métier. Vous et Carole, vous êtes animées par autre chose, au point de sacrifier votre vie. Elle travaille d'arrache-pied pour sauver la boîte, elle jongle de tous les côtés. Et voilà qu'elle s'est mis dans la tête de racheter les terrains de la Malamousque. Les enchères doivent débuter dans quelques jours.

Marie-Céleste se contracta légèrement.

— La Malamousque ? Aux enchères ?

Maurine lui relata les événements dont tout le monde parlait depuis des semaines à Collobrières.

Le dernier héritier des Laucarte venant de décéder, la « mauvaise maison », comme on disait dans la région, ou plutôt ce qu'il en restait, avait été mise en vente. Les terrains alentour suscitaient de l'intérêt. Mais l'endroit était maudit. D'un côté se rangeaient les superstitieux, de l'autre ceux qui connaissaient la qualité du terroir et les fabuleux châtaigniers de la Malamousque.

— Ces ruines calcinées déchaînent toujours autant les passions, poursuivit Maurine tandis qu'elle rassemblait ses affaires. J'ai souvent soupçonné mon père de ne pas être d'accord avec la version officielle.

Devant le regard interrogateur de la religieuse qui n'osait rien demander, elle ajouta :

— Le meurtrier des Laucarte, celui qui s'est pendu dans sa cellule avant d'être jugé, papa n'y a jamais cru. Pour lui, Auréliano Dos Santos, l'« étranger du vieux moulin » comme on le surnomme encore ici, n'était pas le coupable.

— Auréliano Dos Santos..., murmura Marie-Céleste dans un souffle.

— Vous allez bien ? s'inquiéta Maurine.

Après un court silence, la sœur libéra une souffrance trop longtemps contenue.

— Auréliano ne peut pas avoir fait quelque chose d'aussi affreux. Il en était incapable. C'est lui qui m'a enseigné la guérison par les plantes, comment couper le feu avec des cataplasmes. Personne ne s'est donné la peine de le connaître. Au contraire, on le fuyait. Les gens l'appelaient même « le sorcier ». Tout ça parce qu'il était rebouteux, un don qu'il avait hérité de son père.

C'est sans doute parce que je ne supportais pas l'ingratitude des hommes que j'ai choisi d'entrer au couvent et de prier pour le salut des âmes. La dernière fois que j'ai vu Auréliano, c'était justement pour lui annoncer que je partais au couvent, à Menton. Il y aura trente-trois ans de cela le mois prochain.

Maurine sursauta. Trente-trois ans… La date anniversaire de cette terrible tragédie. Elle avait récemment lu un article sur le sujet, dans un journal qu'elle avait récupéré chez un patient. Elle devait absolument remettre la main dessus et l'examiner plus attentivement.

— Je me souviens parfaitement de cette soirée, continua Marie-Céleste, le visage grave. C'était un vendredi, la veille de la fête de la châtaigne. Nous nous sommes dit adieu au cimetière. La nuit était tombée.

Maurine accusa le coup. Les révélations de sa tante venaient de changer la donne.

4

— Mais ton Jérôme, se gaussait Gilou au moment où Maurine poussa la porte de la boucherie, il ne partira pas de tantôt. Tu parles, il ne pense qu'à câliner ! Un sacré coureur de jupons, un vrai *garri* !

— Bouh, pouffa Viviane d'un geste de la main, tu n'as pas idée !

Elle prit soudain conscience que Clothilde Alban, une mamé dont elle s'occupait trois après-midi par semaine, était à ses côtés. Une vraie pipelette. Elle se reprit, l'air faussement désabusé :

— C'est bien simple, je ne cherche même plus à le comprendre, mon pauvre. Mais si vous saviez comme je serais heureuse qu'il se fixe un jour.

— Pensez-vous ! s'esclaffa Gilou, avant de prendre Maurine à témoin. Tu as entendu la meilleure de l'année ? Tu imagines la Viviane en train de *s'estavaner* quand son Jérôme lui dira qu'il s'en va avec une donzelle ? Et peut-être même dans le grand Nord, pardi, au-delà d'Aix !

Tressautant derrière son comptoir à chacun de ses rires, il notait au crayon sur le papier d'emballage le prix de la marchandise qu'il venait de peser.

— C'est ce que je lui souhaite, à mon fils, se piqua Viviane, de fréquenter une gentille fille.

— Il n'y a pas de raison qu'il ne trouve pas chaussure à son pied, la rassura la vieille demoiselle en lui prenant la main.

Maurine trouva le geste touchant et plein de compassion. « Mlle Alban », l'ancienne institutrice, ne changeait pas. Elle portait invariablement une robe d'été couleur lavande, avec un gilet blanc et son éternel chapeau de paille décoré d'un ruban mauve. Elle se tenait peut-être un peu plus voûtée qu'auparavant, mais son regard avait gardé la même vivacité.

— Si fait, enchaîna Gilou, mais ça t'arrange qu'il joue les *calinous* sur la côte. Allons, Viviane, avoue que tu apprécies de l'avoir encore sous ton toit.

— Que veux-tu, c'est mon fils ! Et c'est vrai, fit-elle à contrecœur, j'aime bien le savoir à la maison. Mais je me sens égoïste de dire ça.

— Voyons, ma chère, renchérit Mlle Alban, tout cela est bien naturel.

Voyant Maurine s'impatienter, Gilou changea de sujet.

— Et toi, ma belle, comment s'est passée ta journée ?

— Je souhaite qu'elles soient toujours aussi remplies, répondit la jeune femme.

— À la bonne heure !

Gilou se pencha alors vers ses deux clientes, et non sans une certaine fierté leur annonça que la salle d'attente de la « pitchoune » était comble dès 9 heures. Tout le monde connaissait le sens de l'exagération du boucher, mais personne ne releva. En revanche, Viviane profita de l'occasion pour rapporter la dernière rumeur à la principale intéressée.

— Il paraît que Marc Laborie se drogue à nouveau ?

Maurine était consternée. Les cas des patients relevaient du secret médical, et il était du devoir du médecin de respecter ce principe. Mais pas pour tous, apparemment. Elle n'entra pas dans la polémique et passa sa commande à Gilou. Dès demain, elle aurait une petite conversation avec son confrère.

— Et notre Henri, comment il va ? demanda le boucher tout en préparant les tournedos.

— Très bien. Je crois qu'il se sent rassuré d'être là-bas. Bien sûr, il se fatigue vite…

— Peuchère ! firent-ils en chœur.

Maurine leva les épaules en signe d'impuissance. Gilou lui tendit la viande.

— Un dîner avec ta sœur ?

— C'est parce que je te prends des tournedos que tu me dis ça ?

— Carole adore ça, et chaque fois que tu dois lui parler de choses importantes, tu m'en demandes. Simple déduction.

— Bien vu. Je devrais peut-être changer de menu si je ne veux pas me faire repérer.

— T'inquiète. L'essentiel est que vous ne restiez pas en froid. Et avec ce filet fondant, je suis sûr que tout va rentrer dans l'ordre.

Maurine saisit le sachet et salua tout le monde. Au moment de sortir, elle se retourna et posa la question qui la taquinait depuis tout à l'heure.

—Au fait, c'était qui, au juste, Auréliano Dos Santos ?

Gilou et ses deux clientes écarquillèrent les yeux, abasourdis. Seul le moteur de la banque frigorifique ronronnait dans la boucherie devenue soudain silencieuse. Viviane et Mlle Alban étaient muettes comme des carpes, tandis que Gilou nettoyait son billot tête baissée, évitant de croiser les regards.

—C'est une histoire classée maintenant, dit-il enfin. Non, vraiment, à quoi bon remuer le passé ? On en a assez soupé. Les gens ici veulent oublier.

—Il faut dire qu'avec la vente de la Malamousque, les esprits s'échauffent, ajouta Viviane qui avait retrouvé sa langue.

—Moi, je persiste. C'est une erreur de brasser cette gadoue. Et c'est pas bon pour le commerce. Il ne manquerait plus que la fête de la châtaigne soit gâchée par ces foutues enchères ! Souvenez-vous combien d'années il a fallu à notre bourgade pour que ce nom ne soit plus associé à cette tragédie ?

—Tu n'as pas tort. Après tout, le meurtrier a payé pour ses crimes.

—Je n'en suis pas certaine, Viviane, lâcha Maurine. Et s'il avait payé pour un autre ?

Tous les regards convergèrent dans sa direction.

—C'est une *toulonade*, ou quoi ?

— Non, Gilou. Auréliano Dos Santos avait un alibi. Il a été accusé d'un double meurtre qu'il n'a sans doute pas commis.

— Mais qu'est-ce que tu nous chantes ? C'est lui, l'étranger du vieux moulin qui a fichu le feu à la Malamousque. Ils se haïssaient *avé* Laucarte. C'était de notoriété publique. Ce fou de sorcier l'avait même menacé devant tout le monde, là, sur la place, en pleine partie de pétanque. J'étais présent !

— Où est le crime ? Une partie de pétanque interrompue ou un incendie volontaire ayant entraîné la mort de deux personnes ?

Le visage rouge de colère, Maurine soutenait le regard de Gilou avec insistance. L'injustice la révoltait et elle l'avait toujours combattue avec rage.

— Tu as du nouveau ? demanda-t-il d'un ton embarrassé.

— Je sais seulement qu'Auréliano n'était pas à la Malamousque le soir de l'incendie.

Sa réponse eut pour effet de plomber encore un peu plus l'atmosphère. Maurine préféra ne pas s'attarder et prit congé rapidement, laissant Gilou et ses deux clientes totalement désemparés. Sur le trottoir, elle heurta un passant qui arrivait en sens inverse. Elle allait s'excuser, lorsqu'elle reconnut le type de l'ONF qui l'avait envoyée dans le décor.

— Vous ? lança-t-elle, énervée. Décidément, je vais finir par croire que vous m'en voulez.

À peine eut-elle prononcé ces mots qu'elle regretta son agressivité. Il n'avait pourtant pas l'air de lui en vouloir car il s'avança vers elle un grand sourire aux lèvres et la salua, renouvelant ses excuses pour l'accrochage de la veille.

— Je suis sincèrement désolé. D'autant plus quand j'ai appris que le médecin qui avait sauvé mon fils était la malheureuse conductrice que je venais de laisser en plan.

D'allure sportive et le visage expressif, cet homme avait le charme des gens qui l'ignorent.

— Pardon, Nicolas Devraux, ajouta-t-il, un peu gauche.

Maurine serra la main qu'il lui tendait. Celle-ci était fine et longue. À vrai dire, cet homme n'avait rien d'un rustre, il avait plutôt belle allure dans son uniforme.

— Je tenais à vous remercier. Je suis impardonnable.

— Pour votre fils, ou de m'avoir laissée changer une roue toute seule ? se moqua-t-elle.

— Les deux !

C'était un véritable cri du cœur et Maurine rit de cette spontanéité.

— Puisque nous venons de faire connaissance, j'en profite aussi pour vous demander si je peux venir inspecter votre forêt. Le département a été placé sous vigilance dans le cadre de la lutte contre le cynips, et, en ma qualité d'ingénieur, je suis chargé de faire un rapport pour tout le secteur.

— De mieux en mieux, répondit Maurine, franchement amusée par la situation. Donc, M. Devraux, ce n'est pas pour me remercier que vous cherchez à me rencontrer, mais pour vous assurer que nos châtaigniers ne sont pas rongés par cette vilaine petite guêpe.

— Vilaine ? C'est peu dire ! Ses œufs sont responsables de la perte de centaines d'hectares en Italie. Rien que dans le Var, cinq communes ont été contaminées, la plus proche est Gonfaron.

— Je vous taquinais.

Si Maurine n'avait qu'un intérêt limité pour la confiserie, en revanche, la forêt la passionnait. Elle passait des heures à se promener sur le plateau du Lambert, à traverser les parcelles, à regarder ses arbres, leur parler, les entretenir, ou à superviser les récoltes la saison venue. Elle ne manquait jamais la fête de la châtaigne en automne, la récompense de tous les efforts de l'année. Le dossier du cynips la concernait à plus d'un titre, elle en avait suivi le développement depuis qu'on avait détecté les premiers foyers en 2002. Le cynips était responsable de la perte de plus de soixante-dix pour cent de la production, et seul le torymus, un minuscule prédateur, venait à bout de ce parasite, les traitements chimiques ou d'origine naturelle s'avérant tous inefficaces.

— Venez quand vous voulez.

Il la raccompagna jusqu'à sa voiture. Vagabond attendait sagement sur la banquette arrière.

— Je vois qu'Arthur a réussi à vous coller ce sac à puces !

— Ça ne m'ennuie pas, au contraire, dit-elle en démarrant. À bientôt !

*

Le plateau du Lambert formait à l'ouest un vaste replat de plusieurs hectares au-dessus de la route de Collobrières, et s'étendait à l'est jusqu'à l'orée de la forêt de la Verne. En toutes saisons, de nombreux randonneurs empruntaient le GR 90 qui offrait l'une des plus belles vues sur la vallée. Le panorama était grandiose et le site hautement chargé d'histoire. Les deux menhirs nourrissaient l'imaginaire collectif. Ces gardiens des portes du Temps, datant de la fin du néolithique et uniques en Provence, servaient de passerelle entre deux mondes avec leur forme érigée vers le ciel. Selon certains, ils permettaient aux âmes des défunts de quitter leur sépulture souterraine pour gagner les cieux éternels. Une prairie grillée par le soleil les séparait de la bâtisse des Casténat, à l'autre extrémité. Maurine se gara devant la grange.

— Qu'est-ce que c'est que cette horreur ? s'indigna Carole en voyant le griffon qui sautait du 4 x 4.

Elle avait l'air particulièrement à cran. Pour détendre l'atmosphère qui s'annonçait électrique, Maurine répondit par un sourire espiègle en lui tendant le sachet de viande qu'elle tenait à la main, comme si elle n'avait pas compris le sens de la question.

— Ça ? Ce sont de bons tournedos. Je les ai pris chez Gilou.

— Maurine, je parle de... *lui* ! se lamenta sa sœur en désignant d'un air dégoûté le chien hirsute, truffe au sol, en train de flairer les quatre coins de la cour.

— *Lui*, comme tu dis, c'est Vagabond. J'ai pensé que nous avions besoin d'un chien. Je serai plus rassurée. La maison est sacrément isolée.

— Avoir un chien n'est pas le problème. Mais *celui-là* !

— Il est un peu moche, je te l'accorde.

— Un peu ? Il est carrément répugnant, c'est une vraie décharge ambulante. Je te préviens, il reste dehors, lança-t-elle en tournant les talons pour signifier qu'elle rentrait la première, et sans l'animal.

Maurine s'attendait à davantage de résistance. Elle examina Vagabond d'un air circonspect. C'est vrai qu'il était repoussant. Elle rejoignit Carole à la cuisine. Elle la trouva debout devant l'évier, se tenant le visage dans les mains, totalement abattue. Maurine pensa aussitôt qu'elle l'avait blessée plus qu'elle ne le pensait avec cette histoire de chien.

— Je vais le ramener demain si ça te contrarie à ce point…

— Mais ce n'est pas ton fichu clebs, le problème. C'est papa ! Il ne m'a pas reconnue tout à l'heure quand je suis allée le voir. J'avais tellement besoin de son aide après cet horrible rendez-vous avec les actionnaires. Je ne sais plus quoi faire. À tous les niveaux.

Maurine entoura ses épaules de ses bras.

— Tu es épuisée. Il faut te reposer. Et ne t'inquiète pas, je suis là.

— Toi ? s'étonna Carole en se redressant. Tu crois que tu vas réussir à remplir toutes les clauses de garantie que demande Forbex avant de signer notre partenariat ? Et papa, tu comptes le remettre sur pied d'un coup de baguette magique ? Tu le dis toi-même, avec cette maladie il n'y a pas de retour en arrière. Mais le plus dur est de ne pas être reconnue par mon propre père après m'en être occupée tous les jours.

Carole fixait sa sœur avec dureté.

— Toi, il t'a retrouvée, hein ?

Maurine allait lui répondre, mais Carole ne lui en laissa pas le temps.

— Vrai ou faux ?

Incapable de mentir, Maurine préféra se taire.

— Bien sûr qu'il t'a reconnue, souffla Carole avec amertume.

— Écoute, tu es sur les nerfs en ce moment. Tu veux que je t'examine pour…

— Non ! répondit-elle sèchement, avant de se reprendre, sourire poli aux lèvres. Ça va aller, je vais plutôt suivre ton conseil et me reposer.

Une nouvelle fois, les chances d'un dialogue s'envolaient. Maurine s'inquiétait. Sa sœur manifestait les signes d'une dépression. Comment ne s'en était-elle pas aperçue plus tôt ? Carole avait raison sur toute la ligne. Elle n'était qu'une égoïste qui traçait sa route en dispensant des soins aux étrangers sans même remarquer ce que ses proches enduraient.

La soirée fut tendue, Carole toucha à peine à son tournedos et monta se coucher de bonne heure. Maurine fut surprise de la retrouver de meilleure humeur le lendemain matin. Elle était en train de prendre son petit déjeuner. Elle proposa à Maurine un café, puis engagea la conversation. Elle semblait être revenue à de meilleures dispositions.

— Tu avais raison pour le chien. Vers trois heures du matin, il a chassé ces satanés chats qui se battent constamment sous mes fenêtres. À croire qu'ils le font exprès !

Elle s'installa à côté de Maurine et ouvrit le courrier.

— Alors, Marie-Céleste ? Tu l'as revue ?

— Oui, hier soir. Je suis allée au monastère après mes visites. Et elle m'a avoué certaines choses…

Maurine fit part à sa sœur des révélations que lui avait faites la religieuse. Carole n'en revenait pas. Elle aussi avait toujours pensé que leur père ne croyait pas à la culpabilité de Dos Santos. Elle décacheta une enveloppe et poussa un cri.

— Une mauvaise nouvelle ?

— Regarde, c'est une lettre anonyme, répondit Carole d'une voix blanche.

Elle tendit le courrier, une simple feuille arrachée à un bloc, sur laquelle était inscrite une seule phrase en caractères d'imprimerie :

JE SAIS CE QUE TU FAIS ET TU VAS LE REGRETTER…

5

— Mais ça n'a pas de sens ! souffla Maurine en reposant la lettre sur la table de la cuisine. Qui pourrait nous en vouloir ? On n'a rien à se reprocher. N'est-ce pas... ?

— Ne me regarde pas comme ça, je n'ai rien fait de répréhensible, rétorqua Carole qui n'avait pas apprécié le sous-entendu.

Maurine n'en doutait pas. Mais elle avait du mal à comprendre pourquoi un corbeau s'en prenait à elles. Malveillance ? Erreur d'aiguillage ? Dans tous les cas, tirer cette affaire au clair devenait une priorité absolue. Mentalement, elle passa en revue les événements, anciens ou récents, qui auraient pu être mal interprétés. Aucun ne retint son attention, si ce n'est le cas de Marc Laborie, ce jeune homme à qui elle avait prescrit des anxiolytiques tout en ignorant son addiction.

— Mazeret ?

— Il est capable de tout, concéda Carole.

Maurine ne partageait pas ce point de vue. Ça ne collait pas. Si son confrère avait cherché à lui nuire, il n'aurait pas utilisé les méthodes d'un corbeau mais la voie hiérarchique. Et bien que

Maurine n'ait commis aucune faute, la rumeur d'une erreur médicale la discréditerait à jamais dans les Maures.

— À moins que..., fit-elle, avant de s'interrompre.

— Tu penses à quelque chose ?

— À moins que la confidence de Marie-Céleste soit à l'origine de cette lettre. Après tout, si notre tante était avec Auréliano le soir de l'incendie de la Malamousque, cela signifie qu'il n'est pas le meurtrier des Laucarte. Et avant que je remette cette affaire sur le tapis, le véritable assassin poursuivait sa petite vie tranquille. Aujourd'hui, il doit se sentir en danger. Mais dans ce cas...

— Ne me dis pas que tu en as parlé autour de toi ! s'insurgea Carole.

— Si, à Gilou. Hier...

— À la boucherie ? Il était seul ?

— Oui. Enfin non... Seulement Clothilde Alban, et... Viviane.

— Autant dire tout Collobrières ! Mais bon sang, Maurine, où avais-tu la tête ? Viviane est une vraie pipelette. On ne peut rien lui dire sans qu'elle le répète partout. C'est plus fort qu'elle, il faut qu'elle jacasse. Je suis bien placée pour le savoir.

Maurine n'osa pas intervenir. Carole était furieuse, mais surtout en colère contre sa sœur. Elle se dirigea vers le buffet pour prendre une autre pile de courrier qu'elle se mit à trier nerveusement.

— Et puis pourquoi ce message, précisément ? Ça n'a aucun sens, dit-elle, rompant enfin le silence.

— Il y a forcément une explication.

— Écoute, Maurine, on devrait aller à la gendarmerie.

— Pour leur dire quoi ?

— Tout. La lettre, Marie-Céleste... Tout. Y compris l'histoire de la Dame blanche. Viviane a raconté partout ce qui m'est arrivé et je passe pour une illuminée. Maintenant, ça suffit !

Maurine n'en croyait pas ses oreilles.

— Enfin, Carole, tu n'es pas sérieuse ?

— Je l'ai vue. C'est vrai. Et je te prie de croire que j'étais parfaitement réveillée. Je n'ai aucun doute là-dessus. Elle était près des menhirs, sur la prairie du Lambert, dit-elle en pointant du doigt la fenêtre d'où l'on apercevait l'extrémité du plateau.

— Tu ne vas pas me faire avaler cette histoire. Écoute, je vais aller faire un tour là-bas avant d'aller au cabinet. Après tout, quelqu'un a peut-être laissé des indices.

Qui pouvait leur en vouloir ainsi, au point d'envoyer une lettre anonyme ? Maurine était soucieuse, mais elle ne dit rien à sa sœur pour ne pas l'inquiéter davantage. Vagabond, qui tournait autour de la table en quête de nourriture, vint se frotter contre ses jambes. Elle se leva, alla chercher sa mallette et sortit, bien décidée à élucider cette affaire au plus vite.

La main sur le pommeau du levier de vitesse, Maurine enclencha la première et roula droit devant elle, en direction des menhirs. Les deux stèles, qui dataient de l'âge de bronze, gardaient leur mystère, derniers vestiges d'un cercle qui, jadis, délimitait un lieu de culte autour du Lambert. À moins qu'il ne s'agisse d'un bornage du massif des Maures dans son ensemble. Sur les origines du site, les conclusions des experts étaient nombreuses, aucun n'arrivant à s'entendre sur le sujet. Mais si l'énigme restait entière, Maurine refusait de se laisser impressionner par les affabulations des uns et des autres. Quelle qu'ait pu être leur symbolique, ces deux stèles n'étaient que de simples rochers de gneiss micacé provenant d'une extraction voisine, façonnés par l'homme. Il n'y avait rien d'ésotérique là-dedans.

La jeune femme sauta du 4 x 4, Vagabond sur ses talons. Elle voulait en avoir le cœur net. Il y avait forcément une explication à cette histoire de Dame blanche. Des traces, des indices. Et si quelqu'un avait voulu intimider sa sœur avant la mise aux enchères de la Malamousque? Après tout, cette vente avait ravivé les convoitises, et ce n'était un secret pour personne que Carole allait se porter acquéreur. Elle fit le tour du plateau et inspecta scrupuleusement le sol à proximité des deux menhirs. Mais elle ne trouva rien.

— Viens, le chien, on part.

L'animal courait après un lièvre, près d'une plantation de jeunes eucalyptus au bout du plateau. Maurine n'aimait pas cet endroit. C'est là, en contrebas, au niveau d'un fourré d'arbousiers qui masquait un gouffre large et profond, que l'on avait retrouvé le corps de sa mère flottant à la surface du Destéou. Elle siffla pour rappeler son chien qui accourut aussitôt et s'assit à ses pieds.

Bien décidée à quitter le site au plus vite, elle remonta dans sa voiture et mit le contact.

Elle regagna directement Collobrières. Il était tôt et la place était pratiquement déserte. Elle se gara devant le cabinet.

— Tu ne peux pas stationner ici !

Maurine, qui descendait du 4 x 4, se retrouva nez à nez avec le Dr Mazeret, à deux mètres devant elle.

— Tu sais lire ? dit-il en pointant du doigt le panneau de signalisation, près de la fontaine.

Au lieu de le remettre à sa place, Maurine opta pour la manière douce : ne pas s'énerver, mais rester ferme.

— Bonjour, docteur Mazeret. Ce panneau est très clair, en effet. Il indique que cet emplacement est réservé aux médecins, ce qui est mon cas, lui fit-elle remarquer avec une certaine ironie. La place est libre, et je crois savoir que vous avez l'habitude de garer votre véhicule dans la cour de votre immeuble. Je ne vous gêne donc pas.

Le très distingué Dr Mazeret se fendit d'un sourire.

— Je reçois des invités dans une heure et mes amis n'aiment pas garer leur voiture loin des fenêtres. Alors je te saurai gré de déplacer la tienne, s'il te plaît.

Quel toupet ! Il persistait. Maurine n'en revenait pas.

— Mais sans aucun problème, cher *confrère*, dit-elle en appuyant volontairement sur le dernier mot. Vous pourrez disposer de la place une fois mes consultations terminées. Maintenant, je vous laisse, j'ai à faire.

— Oh, jeune fille, reprit-il d'un air désabusé, tu es bien présomptueuse. Personnellement, je ne te reconnais pas en tant que consœur. Prescrire n'importe quoi à des patients ne plaide pas en ta faveur.

Maurine se sentit bien plus touchée qu'elle ne l'aurait cru. Il venait de la désavouer publiquement. D'un bref coup d'œil, elle avait aperçu Viviane et Gilou sur le seuil de la boucherie. Si elle ne voulait pas donner à cet échange désagréable plus d'importance qu'il n'en avait en réalité, elle devait se maîtriser, bien que l'envie de clouer le bec à Mazeret ne lui manquât pas. Celui-ci ne lui laissa pas le temps de réagir et poursuivit d'un air narquois :

— Vous, les médecins de la nouvelle école, vous croyez tout savoir mais vous ignorez l'essentiel. Ce n'est pas en expédiant tes consultations que tu fidéliseras ta clientèle. Si tu veux qu'on t'accorde la confiance, commence par prendre le temps de discuter avec tes patients. Ce que tu ne fais pas, apparemment. Rien ne remplace l'expérience, petite.

— De cela je vous invite à parler en privé. Ce n'est pas moi qui vais vous apprendre que nous sommes tenus par le secret médical, et la place publique n'est pas le meilleur endroit pour en débattre. Sur ce, cher confrère, je vous souhaite une bonne journée.

Maurine était pressée. Elle avait reçu un coup de téléphone de sa tante Édith la veille au soir.

Elle lui avait demandé de venir au domaine du Frioul. La jeune femme avait prévu de passer à son cabinet pour prendre quelques affaires avant de s'y rendre. Elle ne s'y attarda pas et Mazeret fut surpris de la voir ressortir cinq minutes plus tard. Elle s'engouffra aussitôt dans sa voiture, sans même prendre le temps d'aller saluer Gilou et Viviane qui discutaient toujours devant la boucherie. À la sortie de Collobrières, elle prit la direction du domaine du Frioul.

Lorsqu'elle franchit la grille en fer forgé de la propriété, Maurine se demanda pourquoi sa tante avait tenu à la voir aussi vite. Elle s'engagea dans la large allée bordée de platanes qui traversait le parc. Septembre affichait les couleurs de l'été indien et la végétation était flamboyante. La jeune femme arriva au niveau d'une pièce d'eau d'où elle put admirer l'imposante bâtisse, un petit château en pierre de taille construit sous l'Ancien Régime. Elle se gara devant le porche de l'entrée et coupa le moteur du Land Rover.

— Toi, tu restes ici, dit-elle à Vagabond.

L'animal leva la tête et frétilla de la queue. Il lui était facile de sauter du 4x4 entièrement débâché, mais il ne bougea pas. Un bon test. Maurine contourna le véhicule. Sa tante l'attendait déjà sur le perron. La soixantaine, de taille moyenne, elle portait un tailleur d'un classicisme indémodable, assorti d'un élégant chemisier en soie ivoire. Maurine monta la volée de marches avec une certaine appréhension. Elle connaissait bien peu sa tante, dans le fond. Sa mère n'avait jamais beaucoup fréquenté sa sœur aînée après son mariage. Édith Garcin évoluait dans d'autres cercles que ceux des petits notables de province.

— Merci d'être venue, dit-elle, presque chaleureuse.

Elle l'invita à entrer d'un signe de la main. Maurine pénétra dans un vaste hall et la suivit. Elles empruntèrent aussitôt l'immense escalier en marbre menant au premier étage. Depuis les fenêtres du long couloir, Maurine put admirer le parc en perspective. L'endroit était absolument magnifique. Elles s'arrêtèrent devant une porte à double battant. Édith Garcin frappa doucement et pénétra dans la pièce, suivie de sa nièce. À côté d'un lit à la polonaise, assis dans un fauteuil roulant, un homme était en train de lire.

— Mon chéri, tu te souviens de Maurine ? Elle sera ton nouveau médecin, dit Édith avec une pointe d'orgueil dans la voix.

— Bonjour, dit-il simplement en tendant la main.

— Je vous laisse, décréta la maîtresse de maison, avant de se retirer.

Jean Garcin… Maurine se souvenait à peine de lui. Comment l'aborder ? En présence d'un nouveau patient, elle choisissait toujours de briser la glace en posant des questions simples, et le plus naturellement possible. Dans le cas de son oncle, qui était quasiment un étranger pour elle, elle connaissait juste l'histoire officielle. Jean Garcin avait été un grand sportif, jusqu'à ce terrible accident en montagne il y a une vingtaine d'années qui l'avait cloué dans un fauteuil roulant. Bien que paralysé des deux jambes, il avait pu garder son poste de conseiller au sein d'un ministère jusqu'à sa retraite. Certains, dans un entourage professionnel où les jalousies sont exacerbées, le prétendaient à la tête d'un véritable empire. Les plus perfides se plaisaient à dire, non sans ironie, que dans ce couple sans enfant, c'était la femme qui gérait tout.

— Comment allez-vous ? Vous aimez votre nouvelle maison ? demanda Maurine.

— Oh, moi, vous savez, je suis le mouvement.

Maurine fut frappée par la résignation de cet homme, en totale opposition avec l'image qu'elle avait toujours eue de lui.

— L'arrière-saison est vraiment belle. C'est le moment que je préfère ici. Et vous ?

— Croyez-vous qu'il y aura de la neige cette année ? demanda-t-il les yeux pétillants.

— Peut-être, bien qu'elle ne tienne jamais longtemps ici. Mais je vous garantis que quand ça arrive, on a vraiment l'impression de se retrouver au cœur des Alpes.

— La montagne me manque…

Tout en l'auscultant, Maurine le laissa parler sans l'interrompre. De temps à autre, elle lui demandait de respirer ou de tousser. Jean avait parfaitement conscience que le double pontage qu'il avait subi six mois plus tôt l'avait profondément diminué. Depuis, sa femme gérait chaque pan de son existence. Celle-ci s'en accommodait parfaitement d'ailleurs. Profitant de son état, elle n'avait pas eu de difficulté à le persuader de quitter ses chères montagnes pour l'amener dans sa Provence natale. « Un climat plus sec sera meilleur pour toi. »

— Tante Édith n'a pas tort, reconnut Maurine. Je suis certaine que vous allez retrouver des forces ici. Et vous vivez dans un cadre superbe.

— Depuis le temps qu'Édith rêvait d'être châtelaine.

— Et vous ? osa-t-elle demander.

— Comme je vous l'ai dit tout à l'heure, moi, je suis le mouvement... Vous savez, j'ai compris depuis longtemps que je devrais renoncer à pas mal de choses. Mais la vie a été généreuse avec moi.

— Vous avez des occupations ?

— Pour le moment, je me familiarise avec les lieux. Je finirai bien par prendre mes marques. Remarquez, j'ai bien un ou deux passe-temps...

Un éclat furtif traversa le regard de Jean Garcin, avant de s'éteindre aussitôt. Maurine n'osa pas prolonger la conversation. Comme son père entre deux moments de lucidité, Jean Garcin était déjà passé à autre chose. Tous deux étaient aujourd'hui en fauteuil roulant, vulnérables et fragiles. « Quelle tristesse... », se dit-elle. Elle prit congé, sortit de la chambre et referma la double porte derrière elle.

— Alors ? l'interpella Édith qui donnait des consignes à son employée de maison à l'autre bout du couloir.

Elle s'approcha de Maurine, manifestement soulagée que celle-ci ait pu se libérer tôt ce matin.

— Je te remercie d'être venue aussi vite, avoua-t-elle. Jean a vraiment besoin de se sentir entouré.

D'autorité, elle saisit doucement sa nièce par le bras et l'entraîna vers l'escalier. Visiblement, elle n'avait pas envie de s'étendre sur l'état de santé de son mari car elle changea immédiatement de sujet.

— Comment va ton père? J'ai appris qu'il était rentré en maison spécialisée...

— Oui, répondit Maurine, surprise par cette soudaine familiarité.

— Je regrette d'avoir été si éloignée de vous toutes ces années. C'est sans doute de ma faute. Jean et moi avons été très absorbés par nos affaires à Paris. Puis il y a eu le décès de ta mère, et j'avoue que je ne supportais plus de revenir ici. La disparition d'Anaïs est une plaie qui ne se cicatrisera jamais. Mais il faut croire qu'on finit par accepter le malheur. Finalement, je suis contente de m'être rapprochée de vous. Avec les problèmes d'Henri, je n'ai pas voulu vous ennuyer au début. Et je reconnais que le déménagement et notre installation au château m'ont accaparée. Moi non plus, je n'ai plus vingt ans.

— Mais vous m'avez l'air en pleine forme.

— Oh, tu es indulgente, c'est très aimable de ta part, mais moi, je sens bien la différence. Nous sommes tous logés à la même enseigne, n'est-ce pas? Remarque, en ce qui me concerne je n'ai pas à me plaindre. Mais les années sont là quand même. Ah, une dernière chose, j'aimerais qu'on se tutoie.

Elles étaient arrivées dans le hall d'entrée. Maurine, qui était pressée, ne s'attarda pas. Elle embrassa sa tante et sortit. Au moment où elle allait monter dans sa voiture, celle-ci lui cria depuis le perron :

— Viens donc dîner avec Carole, nous serions ravis de vous recevoir Jean et moi. Vendredi prochain, ça te va ?

Maurine la remercia et promit de la rappeler après en avoir parlé à Carole. Contre toute attente, celle-ci fut ravie de l'invitation et réussit à se libérer malgré tous les soucis qui l'accaparaient depuis un certain temps.

*

Le dîner fut agréable. Il faut dire qu'Édith s'employa à ce que ses deux nièces se sentent à l'aise. Bien que sur la défensive au début, Carole finit par se détendre. Maurine, elle, retrouvait l'atmosphère chaleureuse des rassemblements de famille qu'elle affectionnait tant petite fille, avant la disparition tragique de leur mère. Jean s'avérait être un homme agréable, malgré les regards appuyés que lui lançait sa femme qui surveillait ses moindres faits et gestes. Mais elle savait devancer les attentes de son mari et intervenait toujours le plus discrètement possible afin de ne pas le mettre dans l'embarras face aux deux invitées. Une telle sollicitude réchauffait le cœur. Ce n'est qu'au moment du dessert que Maurine posa la question qui lui brûlait les lèvres depuis leur arrivée :

— Qu'est-ce qui a poussé Marie-Céleste à entrer dans les ordres ?

— De nous trois, elle a toujours été la plus pieuse. Nous n'avons pas été très étonnés quand elle nous a fait part de sa décision, c'était presque une évidence.

— Mais de là à s'enfermer dans un monastère et d'y rester cloîtrée toute sa vie !

— Je sais, et j'en ai souffert au début. Nous étions très proches. Mais j'ai fini par m'y faire, l'admirer même. Je suis croyante moi aussi, mais j'aurais été incapable de concéder à tant de renoncements. J'avais quatorze ans lorsque notre mère est morte. J'ai dû élever mes deux sœurs parce que je n'avais pas le choix. J'ai tout fait pour qu'elles soient heureuses. Et quand Anaïs et Marie-Céleste ont volé de leurs propres ailes, je me suis doucement détachée de la famille. J'avais beaucoup donné pour les autres, je voulais moi aussi réussir ma vie, et c'est sans doute la raison pour laquelle nous n'avons pas eu d'enfant Jean et moi.

Elle cessa soudain de parler. Elle avait remarqué une certaine gêne dans le regard de Maurine. Comme si elle avait compris le sens de ses pensées, elle s'empressa d'ajouter :

— Ce n'est pas un sujet tabou entre nous. Tu penses bien que cette question est réglée depuis longtemps, sans quoi nous ne fêterions pas nos quarante ans de mariage en novembre prochain…

Carole leva gracieusement son verre pour les féliciter.

— Et toi, ma fille, enchaîna Édith, comment ça se passe à la confiserie ?

— La situation n'est pas brillante mais on va s'en sortir. Je planche actuellement sur une solution de recours.

— Le marché va si mal ? s'inquiéta franchement sa tante.

— Il n'est pas au mieux de sa forme, mais on peut s'en tirer en devenant le meilleur de sa catégorie. Dans notre cas, cela signifie que nous devons rénover notre outil de fabrication, faire de lourds investissements pour asseoir notre notoriété.

— J'imagine que ce n'est pas facile tous les jours.

— En effet. Je t'assure qu'il faut avoir les nerfs solides.

— Je serais assez curieuse de revoir la confiserie. J'ai encore en mémoire le délicieux parfum du sucre de glaçage sur les marrons. Un pur bonheur.

— Pourquoi ne viendrais-tu pas mercredi prochain ? La journée est assez calme pour moi, je serais ravie de te faire visiter l'atelier, lui proposa Carole.

— Je te rappelle que nous avons la visite de l'ONF juste après la vente aux enchères, intervint Maurine.

— Tu pourrais te charger seule de l'inspection. Les enchères ont lieu en tout début d'après-midi, tante Édith pourrait venir après.

Maurine n'y voyait pas d'objection, bien qu'elle eût préféré que sa sœur l'accompagne à la châtaigneraie.

— Nous devons préserver nos arbres du cynips, précisa Carole. C'est aussi important que d'entretenir les parcelles pour les protéger des incendies. Et cette effervescence autour de la vente de la Malamousque... Tout le monde sait que ce terrain donne les plus beaux marrons de la région, notamment les deux souches au fond de la ravine.

Maurine ne partageait pas tout à fait ce point de vue. Là encore, la légende avait la réputation tenace. Ces beaux marrons étaient issus d'une bonne greffe, sans plus.

— Pourtant, reprit Édith, on disait qu'au temps des Laucarte, la Malamousque produisait les plus gros fruits du massif des Maures. Certains prétendent même que c'est ce qui aurait poussé l'étranger du vieux moulin à supprimer Laucarte.

— Auréliano Dos Santos n'est pas le meurtrier, trancha Maurine. Il se trouvait avec Marie-Céleste au moment des faits. C'est elle-même qui me l'a dit il y a une semaine, quand j'ai été appelée à la chartreuse.

Cette révélation jeta un froid. Ce n'est qu'à la fin du dîner qu'Édith revint sur le sujet, se confiant en aparté à Maurine alors que Carole était allée chercher la voiture.

— À l'avenir, évite de parler de cette histoire à Marie-Céleste. Elle est très fragile, il est inutile de revenir sur un événement qu'elle-même a choisi d'oublier. Tout à l'heure, tu m'as demandé pourquoi elle était rentrée dans les ordres. Eh bien, ce drame est en partie à l'origine de cette décision. Ma sœur avait de solides liens d'amitié avec Dos Santos. Et tu sais comment sont les gens...

Ils jasent, sans se douter du mal qu'ils font. Pour se protéger de tout ça, Marie-Céleste a trouvé refuge auprès du Bon Dieu. Nous devons respecter son choix.

— Il y a trop de mystères autour de cette histoire et je trouve légitime, au contraire, d'essayer de connaître la vérité. Marie-Céleste ne doit pas occulter le passé. Savoir enfin qui est responsable de l'incendie serait un soulagement pour elle.

— Laisse tout ça de côté, je te prie. Elle en a déjà payé le prix, crois-moi ! siffla Édith, soudain autoritaire.

— Au contraire ! Je suis sûre que l'assassin des Laucarte voit d'un très mauvais œil le fait que je remette en question la culpabilité d'Auréliano.

— Là, ma grande, je crois que tu te donnes trop d'importance.

— Vraiment ? Dans ce cas, pourquoi m'a-t-on envoyé une lettre anonyme ?

Édith resta sans voix. Son visage était décomposé.

6

Tout Collobrières s'était donné rendez-vous à la salle des ventes. Celle-ci était noire de monde pour l'occasion, et Maurine dut se frayer un passage pour arriver jusqu'au deuxième rang, où l'attendait Carole. Gilou et Édith étaient assis non loin de Viviane, en grande conversation avec Clothilde Alban. Maurine parcourut rapidement l'assistance des yeux. Elle reconnut la plupart des visages, quelques patients, mais surtout des gens qu'elle avait croisés à l'occasion de certaines manifestations, les soirs d'élection notamment. « Beaucoup sont sûrement venus en simples curieux, se dit Maurine, mais des curieux responsables de l'arrestation de Dos Santos, et surtout de sa mort après avoir colporté tant de mauvaises rumeurs à son sujet. » Et si aujourd'hui le double meurtre de la Malamousque était encore dans tous les esprits, c'est que les consciences ne devaient pas être tranquilles…

— Alors ? lui demanda Jérôme qu'elle n'avait pas vu arriver. Tu te décides pour quel soir ?

Maurine avait complètement oublié l'invitation à dîner du garagiste. Le jour où elle avait récupéré sa voiture, ils avaient décidé d'aller un soir au cinéma, puis Jérôme avait finalement proposé de l'emmener au restaurant à Saint-Tropez. Maurine s'était réjouie de cette perspective. Plus qu'un ami d'enfance, Jérôme était comme un frère pour elle.

— Demain, si tu veux.

— OK. Je passe te chercher à 20 heures.

Le téléphone de Jérôme vibra.

— Mince, je ne vais pas pouvoir assister à la vente ! Un dépannage… Il y a eu un accident à la Garde. Je dois filer. Alors, à demain ?

— Sans problème, l'assura Maurine tandis qu'il s'éloignait déjà.

Elle se faufila dans la rangée et prit place entre Carole et sa tante. D'un geste discret de la main, Édith invita sa nièce à s'approcher.

— J'ai repensé à ce que tu m'as dit vendredi soir. À vrai dire, je ne pense qu'à ça depuis cinq jours, et j'en suis arrivée aux mêmes conclusions que toi, lui glissa-t-elle à l'oreille.

Surprise par ce revirement, Maurine mit un certain temps avant de réagir. Après tout, pourquoi sa tante se sentirait-elle à ce point concernée par le double meurtre des Laucarte, elle qui, pendant des années, ne s'était jamais intéressée à tout ce qui pouvait toucher sa famille ou Collobrières ? Mis à part la mort de sa sœur, bien sûr. Elle avait même semblé agacée au dîner, lorsqu'elle lui avait confié ses craintes.

— L'assassin des Laucarte est certes la première personne à avoir de bonnes raisons de se sentir menacée si cette affaire revenait au grand jour, surtout après les révélations de Marie-Céleste, finit-elle par répondre.

— Oui, et c'est pour cela que je suis inquiète. Cette lettre anonyme ne me dit rien qui vaille…

Pour la seconde fois, Maurine nota une faille dans la voix d'Édith.

— Promets-moi de rester prudente, poursuivit sa tante. Je ne veux pas qu'il vous arrive quelque chose, à toi ou à ta sœur. J'espère que tu ne vas pas en rester là. Si tu veux, j'engage un privé. Ce sera plus discret, et au moins tu ne seras pas exposée au premier plan.

Maurine, qui ne s'attendait pas à une telle proposition, se contenta de la remercier de sa gentillesse.

— La gentillesse n'a rien à voir là-dedans, se défendit Édith. Je commence à te connaître. Tu es une fille volontaire, qui ne s'en tient pas à des histoires fumeuses. Déjà, petite, tu voulais avoir réponse à tout. Anaïs s'en amusait beaucoup d'ailleurs. Elle me parlait souvent de toi, tu sais. Chaque fois que je l'appelais, elle avait une anecdote à me raconter à ton sujet.

Maurine n'avait pas oublié ces coups de fil. Les deux sœurs ne se voyaient pas beaucoup, mais Édith avait tenu à maintenir un lien avec Anaïs malgré sa vie trépidante à Paris et lui téléphonait chaque fin de semaine, instaurant ainsi un rituel que sa mère n'aurait manqué pour rien au monde. Jusqu'à sa mort, où les appels avaient cessé…

L'arrivée du commissaire-priseur provoqua un brouhaha dans l'assemblée. Le silence retomba dès les premiers coups de marteau. Quelques mains se levèrent timidement au début des enchères qui, contrairement à ce que Maurine avait pensé, ne concernaient pas uniquement la Malamousque. Pas moins de vingt-sept lots étaient à vendre ! Une demi-heure plus tard, la moitié seulement avait été écoulée. Maurine n'en voyait pas la fin. Elle se tortillait sur sa chaise, l'œil rivé sur la pendule. À ce train-là, elle serait en retard à son rendez-vous avec Nicolas Devraux, l'ingénieur de l'ONF. Elle était sur le point de partir, lorsque le commissaire-priseur annonça l'enchère suivante.

— Il s'agit là d'une parcelle exceptionnelle de châtaigniers de première qualité. Le terrain, borné et enregistré au cadastre sous le numéro 127^E, couvre une superficie de quatre hectares d'un seul tenant. Nous lançons la mise à prix.

Une onde de choc traversa l'assistance. Des mains se levèrent, à gauche, à droite. Quelqu'un surenchérit dans le fond de la salle. La Malamousque était l'objet de toutes les convoitises et commençait à atteindre un prix amplement supérieur à sa valeur. Carole était toujours en lice, ainsi que deux autres personnes, et personne ne semblait vouloir lâcher la partie.

— Tu es vraiment sûre de vouloir continuer ? demanda Maurine à sa sœur.

— Je tente encore une fois.

Carole leva le programme des enchères qu'elle avait gardé à la main.

— Dix mille de plus sur ma droite, déclara le commissaire-priseur. Dix ! Qui dit mieux ?

Il dirigea son regard vers les deux autres acquéreurs potentiels. Ceux-ci semblaient avoir renoncé. Maurine croisa les doigts, priant pour qu'il adjuge la vente tout en se demandant comment Carole allait pouvoir assumer une telle dépense.

— Personne? Une fois... Deux fois...

Le marteau allait sceller la transaction lorsque, dans le fond de la salle, quelqu'un lança une offre supérieure.

— Laisse tomber, c'est trop cher maintenant, conseilla Gilou à Carole.

— Non, continue, objecta Édith. Si tu veux, je complète.

Devant l'hésitation de sa nièce, elle leva la main. Après un dernier tour de salle, le commissaire adjugea enfin la vente.

— Ce point réglé, fit-elle le plus naturellement du monde, je serais heureuse de visiter la confiserie.

Abasourdies, Carole et Maurine se regardèrent sans dire un mot. Maurine se leva. Elle était maintenant en retard pour son rendez-vous.

*

Édith ne cacha pas son émotion au moment où elle entra dans le laboratoire. Rien n'avait bougé, l'endroit était resté fidèle à ses souvenirs.

— Il est bien là, le problème, souffla Carole. L'infrastructure n'a pas évolué depuis trente ans.

— Pourquoi dis-tu ça? Au contraire, cet endroit est rempli de charme. Après tout, l'artisanat peut devenir un atout si on sait l'exploiter.

Carole sourit aimablement, mais la réponse de sa tante l'avait blessée. Les choses n'étaient pas aussi simples. Certes, les consommateurs revenaient aux valeurs sûres, et son personnel, sous sa direction, apportait un soin constant à la qualité des productions de la maison Casténat. Mais Carole avait parfaitement conscience que la confiserie d'autrefois ressemblait maintenant à une friche industrielle. Le bâtiment, immense et mal isolé, était devenu un ogre énergivore qui avait fini par engloutir la totalité des bénéfices. Elle n'en voulait pas à sa tante, qui ignorait tout de ses difficultés. Après la perte de son plus gros client deux ans plus tôt, la moitié du chiffre d'affaires s'était envolée et elle avait dû licencier plusieurs de ses employés, avant de se résoudre, la mort dans l'âme, à fermer les ateliers à l'étage. L'essentiel de l'activité était aujourd'hui concentré dans le laboratoire central, au rez-de-chaussée.

Arrivée à la hauteur de la chaîne de conditionnement, Carole replaça un caoutchouc de protection qui se décollait au passage des bocaux de crème de marron sur le tapis roulant. Lors du grand déménagement, au printemps dernier, elle avait entièrement fait repeindre les murs et nettoyer les cuves de fond en comble. Le sol avait été traité et le système de chauffage rénové, mais dans cette salle uniquement. Restait l'outillage, impeccable… mais d'un autre temps. Carole hésitait de plus en plus à ouvrir la confiserie au public. Pourtant, tout au long de l'année, les touristes affluaient à l'entrée du musée de la châtaigne ou de la boutique, et il n'était pas rare qu'on lui demande, principalement en été, de visiter le reste de l'usine. Carole guidait alors les clients entre les cuves et leur expliquait les différentes étapes du processus de fabrication, comme elle le faisait avec Édith à cet instant. Elle connaissait le parcours par cœur. Elle l'avait mûrement réfléchi, étape par étape, afin qu'à chaque poste le visiteur ne puisse pas voir les salles à l'abandon.

— Tu as combien d'employés ?

— Quatre à temps plein. Mais l'effectif double en haute saison.

D'un geste de la main, Carole désigna une raffineuse autoclave qui attendait son heure.

— À cette période de l'année, nous traitons la crème de marron et la glace. Après la fête de la châtaigne, en octobre, nous avons un pic d'activité jusqu'à Noël avec les marrons glacés. Je compare souvent cette période à la présentation d'une nouvelle collection de haute couture.

Cette partie de l'atelier était déserte. Carole expliqua à sa tante comment les marrons arrivaient par sacs, passaient ensuite sur un tamis de calibrage où étaient sélectionnés les plus gros pour la fabrication des fameux marrons Casténat, les autres étant utilisés pour l'élaboration des desserts. La jeune femme se rapprocha d'un vaste plan de travail en inox.

— Sur cette table, poursuivit-elle, les employés placent les fruits blanchis deux par deux dans des sachets de tulle, qu'ils déposent ensuite dans ce panier avant de les faire confire pendant trois jours dans une pulpe vanillée.

Elle s'avança en bout de chaîne, à l'endroit où s'effectuait le glaçage.

— C'est passionnant, dit Édith, conquise, tout à fait passionnant.

Elle se retourna vers sa nièce, une drôle de lueur dans les yeux.

— L'autre soir, tu m'as bien dit vouloir ouvrir ton capital ?

— Oui, acquiesça Carole, sans vraiment saisir où sa tante voulait en venir.

— D'après ce que j'ai compris, tu t'es rapprochée du groupe Forbex, un spécialiste en distribution de confiserie haut de gamme. Bergamotes de Nancy, calissons d'Aix, coussins de Lyon…

Carole avait impérativement besoin d'augmenter son capital, et les marrons glacés de la maison Casténat pouvaient en effet figurer dans le catalogue proposé par Forbex. Mais les négociations piétinaient pour des peccadilles. Plus qu'un contrat d'exclusivité, qui lui assurerait de solides débouchés commerciaux, Carole visait une prise de participation en vue de rénover son outil de production.

— Écoute, j'ai bien réfléchi, poursuivit Édith, oublie Forbex, je suis prête à t'avancer les fonds dont tu as besoin.

— Comment ça ? Tu veux devenir actionnaire de la confiserie ?

— Qui te parle de ça ? Je t'avance juste les fonds, tu les rembourseras plus tard. Ou pas… Jean et moi n'avons pas d'héritier direct, si ce n'est toi et Maurine. Alors plutôt que d'attendre, pourquoi ne pas vous aider? De toute façon, on n'emmènera pas notre argent dans la tombe. Et c'est maintenant que tu en as besoin, non?

Carole, qui ne s'attendait pas à une telle proposition, ne sut quoi répondre. Sa tante l'invita à la retrouver plus tard pour en discuter.

— Ah, encore une chose, je vais faire le nécessaire pour transférer le titre de propriété de la Malamousque à vos deux noms, ajouta-t-elle. Maintenant, je file. Jean m'attend.

Carole regagna son bureau, à la fois sonnée et soulagée par ce revirement soudain de situation. Ce prêt providentiel allait sauver l'entreprise et elle se sentit soudain libérée d'un poids. La sonnerie de son portable la fit sursauter. Sa joie se dissipa aussitôt lorsqu'elle lut sur l'écran le nom de l'appel entrant. C'était celui de la clinique de son père…

*

Dès son retour au château du Frioul, Édith s'enferma dans le boudoir du rez-de-chaussée qui lui servait de bureau et prit immédiatement des dispositions afin d'honorer ses engagements.

— Tiens, tu es là?

Jean se trouvait à un mètre derrière elle. Elle ne l'avait pas entendu arriver, l'épais tapis avait étouffé le grincement des roues du fauteuil.

— La Malamousque est à nous! s'empressa-t-elle de déclarer. Tout Collobrières est venu à la vente aux enchères. Tu aurais vu la tête des gens…

Pour Édith, l'heure de la revanche avait sonné. Toute une vie à attendre cet instant ! Elle le savourait maintenant avec délice. Jean restait silencieux.

— Tu ne te sens pas bien ? Tu veux que j'appelle Maurine ?

— Non, ça va.

— Alors pourquoi tu ne dis rien ?

— Que veux-tu que je dise ? Tu as ce que tu voulais. Encore plus d'argent, plus de pouvoir.

— Je ne fais pas ça pour nous, Jean, mais pour notre famille. J'ai l'intention de léguer la Malamousque aux filles.

— Ah…

— Tu ne trouves pas que c'est une bonne idée ?

Jean porta alors sur elle un regard moqueur.

— Et depuis quand tu te soucies de ce que je pense ?

Édith resta sans voix.

*

J'étais dans une forêt délicieuse, un vrai maquis corse, un bois de contes de fées fait de lianes fleuries, de plantes aromatiques aux odeurs puissantes et de grands arbres magnifiques.

Chaque fois qu'elle se promenait sur la parcelle en amont de la Verne, Maurine récitait mentalement cette phrase de Maupassant, si fidèle à la réalité. À l'origine, les terres du Lambert avaient appartenu à la chartreuse. Vendues comme bien national à la Révolution, elles avaient été récupérées en partie par les Casténat sous la

Restauration. Désormais, elles figuraient dans une zone protégée et non constructible. Cette châtaigneraie était inscrite dans chaque cellule de son être. Elle y avait joué, s'y était réfugiée, y avait pleuré en secret. Depuis qu'elle s'était réinstallée à Collobrières, elle venait souvent y chercher l'apaisement. Elle aimait se promener à l'ombre des sous-bois et respirer leurs puissantes exhalaisons. Comme une offrande pour tous ces bienfaits, Maurine veillait sur ses arbres avec amour. Son père lui avait enseigné le langage de la forêt, ses silences, ses mouvements ou ses parfums comme autant de moyens d'expression. Dès son plus jeune âge, elle avait appris à observer la ramure, le veinage du bois jusqu'à la souche, puis à tailler et à greffer, et aujourd'hui elle entretenait ce patrimoine tricentenaire dont elle était la dépositaire provisoire.

De nombreuses feuilles étaient tombées depuis sa dernière visite la semaine précédente, l'automne s'installait doucement. Tout en marchant, Maurine pensait à sa tante qui venait subitement de s'imposer dans sa vie et celle de Carole. Mais avec elle, c'étaient deux autres visages qui sortaient de l'ombre. Ceux de sa mère et de Marie-Céleste, dont elle savait bien peu de chose finalement. Maurine avait tant de questions à poser à Édith, tant de fragments d'images à recoller pour empêcher l'oubli de voiler ses souvenirs.

Elle allongea le pas. « Il va falloir ratisser toutes ces feuilles », se dit-elle alors qu'elle venait de franchir le dernier raidillon. Comme elle le supposait,

Nicolas Devraux était déjà sur le replat, à la limite de la propriété. Il avait commencé son inspection sans l'attendre. Maurine s'en voulait. Après la vente, elle avait voulu s'éclipser discrètement, mais elle avait été retenue par quelques patients venus la saluer. Elle avait quitté Collobrières avec une vingtaine de minutes de retard.

Devraux ne l'avait pas vue arriver et Maurine se fit discrète afin de ne pas le perturber. Concentré, il examinait avec attention l'écorce lisse des châtaigniers et leur ramure, puis consignait ses observations sur un bloc. Il toucha le tronc d'un arbre avec la paume de sa main. Il y avait quelque chose de sensuel dans cette caresse, de respectueux aussi, et la jeune femme en fut émue.

— Maurine ! s'écria Arthur dès qu'il la vit, courant à sa rencontre.

— Quel accueil ! s'exclama-t-elle.

Elle embrassa le gamin qui s'était jeté dans ses bras. Vagabond sautillait à leurs côtés. « Ce chien est vraiment crasseux », pensa Maurine qui se promit de le laver en rentrant.

— Un accueil triomphal ! souligna Devraux, la mine espiègle.

La jeune femme répondit par un sourire, amusée par ce quadra aux mimiques d'adolescent.

— Regarde, Maurine, lança Arthur. Je viens d'apprendre à Vagabond un nouveau truc.

D'un geste de la main, il ordonna à l'animal de se lever sur ses pattes arrière, puis le fit tourner sur lui-même.

— Un vrai chien de cirque, s'esclaffa Maurine.

— On dirait qu'ils vous ont adoptée tous les deux.

Arthur et Vagabond s'éloignaient déjà.

— Ne t'éloigne pas trop, fiston, lança-t-il.

Il imita le cri d'un animal improbable.

— Un vieux truc de famille, expliqua Devraux devant l'air surpris de Maurine. Quand on est dans les bois, on siffle toujours notre petit air. Quoique, dans le cas d'Arthur, il s'agirait plutôt d'un cri de chat édenté.

Il suivit des yeux la silhouette de son fils qui disparut derrière des fourrés.

— Au fait, reprit-il, vous ne regrettez pas pour le chien ? Arthur a parfois tendance à forcer la main aux gens sans s'en apercevoir.

— Ne vous inquiétez pas. Au contraire, je suis ravie. Même ma sœur l'a adopté ! Il chasse les chats qui se chamaillent sous nos fenêtres la nuit.

— Alors vous l'avez appelé Vagabond ?

— Ça lui va plutôt bien, non ?

Ils s'avancèrent au niveau de la première souche, celle qui servait de borne, en limite de propriété.

— Il ne fallait pas vous déplacer, je vous aurais tenu au courant, dit Devraux.

— Vous plaisantez ! J'entretiens cette parcelle depuis plus de quinze ans, ainsi que les deux autres, à l'ubac. Si nos châtaigniers sont contaminés par le cynips, j'aime mieux le savoir tout de suite.

Une feuille totalement desséchée à sa périphérie attira l'attention de l'ingénieur de l'ONF. Il préleva un échantillon, l'analyse en laboratoire confirmerait ses doutes. Toutes ces manipulations inquiétaient Maurine. Elle allait lui poser une question, lorsqu'un cri strident retentit.

—Arthur! hurla Devraux qui abandonna Maurine et partit en courant vers le bosquet de genévriers d'où était venu le cri.

Maurine le suivit. Une centaine de mètres plus loin, ils découvrirent Arthur tremblant de peur. Il avait été chargé par un sanglier qui avait décampé aussitôt. Remis de ses frayeurs, le garçonnet ne les quitta plus d'une semelle jusqu'à la fin de l'inspection.

Le soleil poudrait d'or la crête voisine lorsqu'ils regagnèrent le domaine du Lambert. Maurine avait passé un très agréable moment en compagnie d'Arthur et de son père. Comme elle au même âge, l'enfant, à sa façon, lui ressemblait dans sa manière de poser continuellement des questions. Et Devraux, tout comme son propre père à l'époque, prenait le temps de lui répondre. À plusieurs reprises, elle s'interrogea sur les circonstances de la mort de sa femme. Mais à aucun moment elle envisagea de demander des précisions à Devraux. C'était trop personnel. Trop intime.

L'ingénieur gara le pick-up de l'ONF dans la cour. Ils virent soudain Carole surgir de la maison, faisant des gestes désespérés à l'intention de Maurine qui courut à sa rencontre.

—C'est papa. La clinique vient d'appeler. Il faut qu'on y aille tout de suite, souffla Carole, visiblement paniquée.

7

Après avoir respiré un grand coup, Carole plongea la tête entre ses mains et pleura son trop-plein d'inquiétude. La clinique avait appelé deux heures plus tôt. Leur père était sorti de sa chambre sans que le personnel remarque quoi que ce soit. Depuis, il était introuvable. Malgré sa panique, elle avait eu la présence d'esprit de mettre dans son sac ses papiers d'identité et sa carte Vitale, espérant le retour rapide de sa sœur pour ne pas avoir à se rendre sur place toute seule. Elle avait si peur de le perdre. Avant qu'il quitte le Lambert, elle lui avait consacré la majorité de son temps, organisant toutes ses journées en fonction de lui. Cette période avait été éprouvante, et pourtant, ces moments douloureux où elle s'était sentie si enchaînée à son père lui manquaient cruellement aujourd'hui et se révélaient en fin de compte préférables à l'absence. Elle aurait voulu pouvoir lui dire qu'elle l'aimait et réalisa soudain combien elle avait encore besoin de lui.

— Papa a disparu !

Cette phrase revenait en boucle depuis cet horrible coup de téléphone et elle priait de toutes ses forces pour qu'il ne lui soit rien arrivé.

Maurine, qui avait gardé son sang-froid, tenta de rassurer sa sœur.

— Et si papa avait voulu rentrer à la maison? lui répondit Carole.

— Écoute, calme-toi. La haie qui clôture l'établissement mesure deux mètres de haut et il y a un garde en permanence au niveau du portail, à l'entrée du parc. Quant à la falaise qui surplombe la plage, l'accès est sécurisé par un mur vitré. Alors arrête de paniquer, il y a forcément une explication.

Nicolas Devraux ne s'attarda pas, laissant à Carole et Maurine le temps de se préparer avant de filer à la clinique. Sur place, la directrice vint à leur rencontre avec une bonne nouvelle. Le service de sécurité avait retrouvé Henri de l'autre côté du parc, assis sur un banc à l'ombre d'un magnifique pin d'Alep, face à la Méditerranée. Le vieil homme s'était mis en tête d'aller inspecter la châtaigneraie du Lambert, mais il s'était senti perdu dans cet environnement qui ne lui était pas familier et il avait sagement attendu que quelqu'un vienne le chercher. Henri avait été ramené dans sa chambre où Carole et Maurine se rendirent immédiatement. Il n'eut aucune réaction lorsque Carole s'approcha de lui pour l'embrasser. Mais quand Maurine s'avança à son tour, son visage s'éclaira.

— Je te donne bien du souci, ma petite chérie, lui dit-il doucement.

Carole était anéantie. C'est à peine si son père l'avait regardée. L'avait-il seulement reconnue? Au bord des larmes, elle sortit rapidement de la chambre et se rendit dans le petit salon de l'étage, au bout du couloir. Elle éclata en sanglots et laissa libre cours à son chagrin. C'était trop injuste, et si difficile à admettre. Pourquoi avait-il reconnu Maurine et pas elle? Elle qui avait toujours été là pour lui, qui avait renoncé à ses propres rêves pour maintenir à flot l'entreprise familiale. Ne s'était-elle pas toujours occupée de lui quand sa sœur, elle, avait décidé de voler de ses propres ailes? Elle se sentit pour la seconde fois orpheline, comme le jour où elle avait suivi les conseils de Maurine, encore elle, en acceptant que leur père aille vivre dans un environnement sécurisé.

— Papa va bien, dit Maurine en la prenant par le cou.

Surprise en état de faiblesse, Carole se redressa. Depuis leur plus tendre enfance, elle avait endossé son rôle d'aînée et avait protégé Maurine à la mort de leur mère sans jamais faillir. À cet instant, elle se mit à la détester. Une part d'elle la rejetait, une autre enviait son indépendance. Tout était si facile pour elle. Elle se leva et se dirigea vers le distributeur de boissons.

— Comment fais-tu? lâcha-t-elle à brûle-pourpoint.

— De quoi parles-tu?

Carole prit son gobelet d'eau et lui fit face.

— Comment fais-tu pour rester aussi calme? J'ai cru que papa…

Elle n'eut pas la force d'aller plus loin et craqua de nouveau. Déconcertée, Maurine ne savait pas quoi faire pour la consoler. Elle s'approcha d'elle et lui caressa les cheveux.

— Je me suis préparée, lui répondit-elle d'une voix douce et posée. Un jour ou l'autre, papa nous quittera. Cette vérité, aussi insoutenable soit-elle, nous devons l'accepter. Tout ce qu'il faut espérer maintenant, poursuivit-elle, c'est qu'il ne souffre pas. Physiquement et moralement.

Carole n'avait pas envie d'entendre ça. Elle voulait que son père se remette, qu'il rentre au Lambert. Qu'avaient-elles gagné en le plaçant dans cette clinique ? Ce changement l'avait profondément perturbé. Il était encore plus perdu.

— Je voudrais qu'il revienne à la maison, déclara-t-elle en se détachant de Maurine.

— Carole… Tu sais que ce n'est pas possible.

Maurine n'avait plus le choix, elle devait cesser de ménager sa sœur. La faire réagir. Pour Henri. Pour elle-même.

— Papa est en fin de vie, il faut que tu l'acceptes. Le savoir ici, entouré de tous les soins, est précieux. On ne peut pas revenir en arrière. C'est fini. Mais il nous reste du temps pour lui dire à quel point on l'aime.

Elle se pencha vers sa sœur et ajouta :

— Si tu t'obstines dans ce sens, tu n'auras que des regrets.

Carole ferma les yeux sur des larmes silencieuses. Non, justement, rien n'était impossible. Elle avait commis l'erreur de suivre la volonté de sa sœur sous prétexte qu'elle était médecin.

Elle aurait dû s'y opposer plus énergiquement. Il n'était pas trop tard.

— On l'installera dans le salon.

— Caro…

— Papa ne restera pas une nuit de plus ici. Il a besoin de repères, de se sentir dans un environnement qui le rassure. Et je ne vois pas où il serait mieux que chez lui.

*

Aussi inconcevable que cela puisse paraître, Jérôme Briand était amoureux. Il avait mis plusieurs mois à l'admettre. Des femmes, il en avait connu de nombreuses. Avec son physique avantageux et son sens de l'humour, ce brun ténébreux n'avait eu aucun mal à les séduire. Il les avait aimées, toutes et de façon exclusive, mais si la plupart de ses conquêtes reconnaissaient en lui un amant formidable, lassées de son inconstance, elles finissaient par le quitter. Il n'avait jamais réussi à construire une relation durable. Généreux, prévenant, il aspirait pourtant à « rentrer dans le rang », comme le lui rabâchait constamment sa mère. Et avec ce dîner, il allait enfin tourner une page, se déclarer, ouvrir son cœur. Pour la première fois. Qu'importe ce qu'il lui faudrait mettre dans la balance, il était prêt à renoncer à ses frasques, souhaitait s'installer dans une nouvelle vie. Et avec Maurine, il avait trouvé celle qui lui en donnait l'envie.

Comme prévu, il était passé la prendre au Lambert. Celle-ci était rentrée plus tôt de ses visites et elle était déjà prête lorsqu'il klaxonna depuis la cour pour l'avertir de son arrivée. Pour mettre toutes les chances de son côté, il avait opté pour une valeur sûre en choisissant l'auberge des Maures, le plus ancien restaurant de Saint-Tropez. Colette, Chaplin, Garbo ou Bardot avaient figuré au nombre des clients qui avaient succombé au charme de la terrasse ombragée, avec sa vigne centenaire courant sur la treille. Il avait réservé une table dans un angle discret, propice aux confidences.

Jérôme avait attendu que le serveur prenne la commande avant de se lancer. Comment allait-il surmonter sa timidité ? Trouver les mots justes ? En l'invitant pour un tête-à-tête dans ce charmant restaurant, il savait que l'occasion ne se reproduirait pas de sitôt.

— À toi, dit-il simplement en levant son verre de rosé.

Maurine lui sourit, soutenant son regard clair. Elle était ravissante dans sa petite robe noire qui mettait en valeur ses formes et faisait ressortir son teint hâlé. Elle le rendait fou. Jérôme n'osa plus continuer tant il redoutait sa réaction.

— À nous ! reprit-elle gaiement.

Il ne devait plus reculer, ne pas laisser passer l'histoire de sa vie. Il prit une longue inspiration et se lança.

— Écoute, il faut que je te dise un truc, Maurine.

Il posa sa main sur la sienne. Surprise, elle se pencha légèrement et replaça une mèche de cheveux derrière l'oreille.

— Je suis amoureux, continua-t-il.

Maurine sourit.

— Je t'assure. Je suis *vraiment* amoureux.

— Et… l'heureuse élue le sait ?

Désarmé, Jérôme se tut un instant. Elle ne se doutait donc de rien ? La partie s'engageait mal.

— À toi de me le dire…

Maurine rougit légèrement. Elle venait de réaliser ce que Jérôme avait en tête. Elle attendit un peu avant de répondre, déstabilisée par la tournure de la situation. Comment n'avait-elle pas deviné plus tôt ?

— Tu n'es tout de même pas en train de dire…

Jérôme hocha lentement la tête en signe d'affirmation.

— Enfin, tu n'es pas sérieux ?

Incrédule, elle comprit qu'il ne plaisantait pas.

— Je suis très touchée par ce que tu me dis, mais nous deux, c'est presque… Jérôme, on se connaît depuis l'enfance. Nous sommes comme frère et sœur tous les deux. Ça me paraît complètement…

— Dingue ?

— Oui ! fit-elle après une légère hésitation.

Ça l'était, Jérôme partageait cet avis. Mais c'était plus fort que lui. Maurine lui prit la main, sincèrement désolée. Ils se connaissaient depuis l'enfance, ils avaient partagé les jeux, puis plus tard les sorties entre copains, jamais elle ne pourrait envisager aller au-delà avec lui.

— Je t'aime, tu sais ?

— Mais pas de cette manière…

— En effet.

Cet aveu cinglant laissa Jérôme atterré. Il s'était trompé et se sentait ridicule.

— Je suis désolé, Maurine, mais il fallait que je te le dise.

— Nous nous connaissons depuis si longtemps tous les deux, ne gâchons pas notre belle amitié, tu ne crois pas ?

— Pourquoi as-tu toujours raison ?

Le serveur interrompit leur discussion. Il déposa deux assiettes de petits farcis provençaux. Tomates, courgettes, aubergines et poivrons rouges et verts avaient été disposés avec soin autour d'un ramequin de riz parfumé au basilic.

— Ça va ? s'enquit Maurine.

— À vrai dire, je me sens idiot si tu veux savoir. J'espère seulement…

— T'inquiète, c'est oublié. Je trouve même plutôt flatteur d'apprendre que je plais à un homme comme toi.

Jérôme lui demanda de préciser ce qu'elle voulait dire. Elle lui répondit avec franchise et il ne s'en offusqua pas. Au contraire, peu de monde le connaissait aussi bien qu'elle, et il n'avait pas envie de perdre une amie aussi précieuse. Il but une gorgée de rosé puis changea de conversation. Maurine lui avait raconté à l'aller la dernière péripétie de son père mais elle n'avait pas eu le temps de terminer son histoire. Ils étaient arrivés à Saint-Tropez et elle était entrée au restaurant pendant que Jérôme garait sa voiture place des Lices.

— Et qu'est-ce que tu allais me dire à propos de Carole ?

— Elle aurait voulu que papa revienne au Lambert et qu'on l'installe dans le salon.

— Tu es sérieuse ?

— Oui. Heureusement, j'ai réussi à la ramener à la raison.

— Et alors, comment l'a-t-elle pris ?

— J'ai dû lui dire les choses clairement. Un électrochoc nécessaire.

Jérôme la connaissait suffisamment pour deviner que cette situation était pesante pour elle. Et comme il était prêt à le parier, Maurine prit une profonde inspiration et changea de sujet.

— Notre tante Édith est pour le moins déconcertante, lança-t-elle avant de lui relater la vente aux enchères et la généreuse proposition qu'elle avait faite à Carole pour l'aider à la confiserie.

— Pourquoi trouves-tu cela surprenant ?

Comme beaucoup, à Collobrières, Jérôme connaissait Édith Garcin de réputation. Il l'avait aperçue une ou deux fois, tout au plus, car elle venait rarement dans le centre. Mais les travaux pharaoniques qu'elle avait entrepris au Frioul avaient délié les langues. Selon les dires de certains, elle avait investi des sommes folles pour restaurer le domaine dans les règles de l'art, avec des matériaux anciens et dans le respect des méthodes de construction d'origine. Les spéculations allaient bon train sur l'argent engagé dans cette entreprise.

— Ta sœur et toi, vous êtes ses seules héritières. Elle pense à l'avenir, point barre. Je ne vois pas ce qu'il y a de si curieux dans sa démarche. Et puis, d'après ce qu'on dit, elle a les moyens. Cet argent ne va pas lui manquer.

— Peut-être, reconnut Maurine, avant de revenir à la charge : Avoue que c'est bizarre, cette tante tombée du ciel.

— Tombée du ciel ? Pas tout à fait, non ?

— Tu parles ! Si on la voyait une fois par an, c'était le bout du monde. D'accord, elle habitait loin. Mais on ne peut pas dire qu'elle était proche de nous pour autant.

— Deux solutions dans ce cas, soit elle essaie de contourner le fisc…

— Soit ?

— Soit elle se ramollit avec l'âge.

— C'est exactement ce qu'elle a dit !

— Ça prouve qu'elle n'est pas tout à fait gâteuse.

Ils pouffèrent de rire comme les enfants qu'ils n'avaient jamais cessé d'être. La soirée se poursuivit joyeusement. Ce fut Maurine qui suggéra la première de rentrer. Il était tard et elle avait une grosse journée le lendemain.

Jérôme la serra tendrement dans ses bras lorsqu'il la déposa au Lambert. La jeune femme ne repoussa pas son geste. Elle le savait triste. Mais au moins, cette discussion avait eu le mérite de clarifier la situation. « Oublie », se dit-il en appuyant sur l'accélérateur alors qu'il franchissait le portail. La Porche collait maintenant à la route. Jérôme aurait pu conduire les yeux fermés. Il avait besoin de se vider la tête avec des sensations fortes, et une virée de nuit au volant de son bolide décapoté était précisément ce qu'il lui fallait. Il leva le pied en arrivant dans le centre de Collobrières, puis négocia le dernier virage avant de remonter la ruelle au bout de laquelle se trouvait la maison de sa mère.

Son attention fut alors attirée par des cris. Il arriva à la hauteur d'une jeune femme qui courait sur le trottoir, complètement paniquée et demandant de l'aide. Il stoppa sa voiture au bord de la chaussée et se précipita vers elle…

*

— Dis, papa, tu crois que maman est là ?

Surpris par la question pour le moins déconcertante de son fils, Nicolas regarda dans le rétroviseur du pick-up. La tête appuyée contre la vitre du véhicule, Arthur avait les yeux rivés sur la crête du massif des Maures.

— Ben oui, poursuivit-il le plus sérieusement du monde, la maîtresse nous a dit que c'était le massif des morts. Donc, maman est bien quelque part dans cette montagne.

Il tourna la tête vers son père.

— Hein ?

Chaque matin, lorsque Nicolas emmenait son garçon à l'école, il s'attendait à une question de ce genre. Elles avaient toujours un lien direct avec le décès de Julia, sa femme. Il prenait soin de répondre le plus objectivement possible. Pour protéger son fils avant tout.

— Mais ça ne s'écrit pas de la même façon. Ce sont les M.A.U.R.E.S.

— Ça veut dire quoi ?

Évidemment, Arthur n'allait pas s'arrêter là.

— L'histoire la plus répandue est celle qui fait référence à un peuple qui vivait dans la région il y a des siècles, les Maures. Mais des écrits plus anciens mentionnent le mot « *maouro* », « bois sombre », en provençal.

Par conscience professionnelle, autant que par intérêt personnel, Nicolas aimait approfondir ses connaissances sur les districts dont il avait la charge. Lorsqu'il avait su qu'il était affecté dans la région, il avait lu tout ce qui s'y référait. Et l'histoire de ce terroir n'avait plus de secret pour lui.

— C'était qui, les Maures ?

— Oh, comment tout t'expliquer en deux minutes ? Pour faire court, à la chute de l'Empire romain, les Sarrasins du grand calife de Cordoue auraient profité des désordres en Provence pour établir un poste d'observation à mi-chemin entre l'Espagne et l'Italie. Pendant près d'un siècle, ils ont occupé la Garde-Freinet en raison de sa position stratégique sur le golfe de Saint-Tropez et ses environs. Ils en ont été chassés en 972 par Guillaume Ier de Provence.

Ils venaient d'arriver devant le collège. Nicolas déposa Arthur devant l'entrée des primaires et reprit la route. Cette fois, il s'en tirait à bon compte et il n'aurait pas à revenir sur la disparition de sa femme avant un moment. Il détestait évoquer cette période. Le décès de Julia l'avait anéanti et il lui avait fallu des mois pour remonter la pente. Il n'avait pas refait sa vie depuis, se consacrant uniquement au bien-être d'Arthur. Par chance, son métier lui permettait d'aménager son temps.

Il s'arrangeait toujours pour rentrer de bonne heure à la maison, après l'inspection des chantiers en cours. Chaque soir, il s'attachait à suivre les devoirs de son fils et à dîner avec lui. Et ce n'est qu'une fois celui-ci endormi qu'il envoyait quelques mails et se replongeait dans les dossiers en cours. Son quotidien se résumait à cela.

À la sortie de Collobrières, il s'arrêta au garage. Son pick-up avait besoin d'une première révision. Il repéra le Land Rover de Maurine garé devant l'atelier. La jeune médecin discutait avec le patron. Qu'allait lui réserver cette troisième rencontre ? Cette femme était imprévisible. Son apparente féminité cachait une force de caractère que rien ne semblait ébranler, pas plus une roue à changer que la charge d'un sanglier dans les bois. Elle avait du cran. Nicolas avait aussi noté l'éclat particulier qui avait brillé dans ses yeux lorsqu'elle avait parlé de ses arbres. *Sa forêt*. Tous deux partageaient la même passion pour la nature. La dernière fois qu'ils s'étaient vus, elle avait su trouver les mots pour rassurer Arthur, et il en avait été troublé. D'où cet instant d'embarras en fin d'inspection, alors qu'il tentait d'estimer l'âge d'un châtaignier. Maurine l'avait devancé, lui assenant avec assurance : « Cinq cent quatre-vingt-quatre ans exactement ! » Nicolas s'était approché d'elle, amusé, mais surtout impressionné qu'elle puisse connaître l'âge de tous ses arbres. Elle lui avait alors expliqué que les parcelles avaient été plantées sur trois périodes, les plus grosses souches datant du XVe siècle, les moyennes du XVIIIe, et les plus récentes de 1947… Admiratif,

Nicolas n'avait pas su quoi répondre et s'était contenté d'abréger l'inspection, prétextant que son fils avait école le lendemain et qu'ils devaient rentrer. La jeune femme avait senti sa gêne et il s'en voulait.

Il s'avança dans la cour. Le garagiste et Maurine ne l'avaient pas entendu venir et il entendit la fin de leur conversation. Maurine évoquait l'un de ses patients, un certain Marc Laborie, qui aurait été interné par sa faute. Le garagiste prit alors doucement la jeune femme dans ses bras et la sermonna gentiment.

— Arrête, tu n'y es strictement pour rien. Bon sang, Maurine, ce type avait mélangé alcool et médoc et poursuivait sa femme dans la rue avec un couteau ! J'étais là au bon moment, c'est tout. Tu as fait ce qu'il fallait. Alors enlève-toi ça de la tête.

Bizarrement, Nicolas éprouva une certaine jalousie en voyant Maurine dans les bras de cet homme. Il s'en voulut et chassa cette pensée d'un revers de la main. Ne sachant pas comment les aborder, il toussota. Maurine et le garagiste se retournèrent. Elle semblait heureuse de le voir et le salua chaleureusement. Jérôme Briand se contenta d'un bref hochement de tête.

— C'est pour le pick-up. Je viens prendre rendez-vous pour une première révision.

— Suivez-moi.

Briand se dirigea immédiatement vers la porte de son bureau, visiblement agacé de voir Nicolas et Maurine continuer de bavarder ensemble.

— Du nouveau pour les prélèvements ?

— Je vais au labo de ce pas. Je vous passerai un coup de fil dès qu'on m'aura communiqué les résultats.

Quelques heures plus tard, à Nice, dans un couloir de l'agence interdépartementale des Alpes-Maritimes et du Var de l'ONF, Nicolas prit connaissance du résultat des analyses qu'il avait demandées et qu'un collègue venait de lui transmettre. Fébrile, il ouvrit le dossier et jeta un coup d'œil rapide sur les premières pages, pressé de lire les conclusions concernant le Lambert. Aucun doute. Il allait maintenant devoir annoncer la nouvelle à Maurine…

8

Collobrières se préparait avec fébrilité à la fête de la châtaigne. Les employés municipaux avaient commencé à décorer les rues de guirlandes et de fanions rayés jaune et rouge. Des drapeaux tricolores flottaient déjà sur les toits des édifices publics et le long des avenues principales. La saison estivale se clôturait en beauté. Dans les châtaigneraies, un voile vaporeux s'étirait entre les arbres. Les feuilles humides dégageaient une forte odeur d'humus. Quelques randonneurs ou vététistes s'aventuraient encore sur les pistes qui traversaient le massif des Maures. Peu d'entre eux prenaient le temps de s'arrêter pour contempler la course d'une salamandre aux abords des sentiers, entre les lys martagon et les quantités de cèpes qui s'épanouissaient aux pieds des arbres. Ces sportifs de la dernière heure traçaient la route, avant de finir leur périple devant la fontaine de la place de la Libération, près de l'hôtel de ville.

Maurine appréciait cette époque de l'année et l'animation qui régnait sur la petite ville avant l'arrivée de l'hiver et des premiers frimas. La fête de la châtaigne serait le point d'orgue de l'arrière-saison, particulièrement clémente cette année. Elle venait d'arriver à son cabinet et, comme tous les matins, alla saluer son parrain qui ouvrait la boucherie. Viviane, évidemment, n'avait pu s'empêcher de s'arrêter en allant au travail pour faire un brin de causette.

— Funérailles ! se lamenta Gilou alors que Maurine l'embrassait. Si c'est pas malheureux tout ça !

— Dis à Carole que je peux m'occuper de la confiserie, proposa Viviane. Avec Henri de retour à la maison, elle sera bien occupée. Ce ne sera pas la première année que j'assumerai seule les préparatifs de la fête.

— Tu es gentille. Mais papa reste à la clinique finalement.

— Ah bon ? Mais Carole nous a dit hier…

Elle ne termina pas sa phrase et regarda Gilou d'un air navré.

— Elle est d'accord ? s'écrièrent-ils en chœur.

— La pauvre n'a pas eu le choix. Pas plus que moi, d'ailleurs. Papa a besoin de soins constants et nous ne pouvons plus le prendre en charge.

Maurine leur tint le même discours qu'à Jérôme trois jours plus tôt. Henri Casténat n'était plus l'homme en complet trois-pièces qu'ils avaient connu.

— Et pour le corbeau, demanda soudain Viviane, tu as du nouveau ?

Dans la tourmente des derniers jours, Maurine avait complètement oublié cette histoire de lettre, une priorité chassant l'autre.

— Mais arrête donc avec ça ! tonna Gilou. Tu ne crois pas qu'elle a déjà assez de problèmes ?

Maurine eut la désagréable impression d'être tenue à l'écart de la discussion.

— De quoi parlez-vous ?

— On se fait du souci pour toi, si tu veux savoir, enchaîna Viviane malgré le regard désapprobateur de Gilou.

— À cause de cette lettre ? Il ne peut s'agir que d'une mauvaise plaisanterie. Il n'y a pas de quoi s'inquiéter. Je trouverai l'auteur de ce canular moi-même.

— Carole est allée porter plainte. Laisse les gendarmes mener leur enquête maintenant. C'est ce que tu as de mieux à faire, pitchoune, conseilla Gilou, visiblement inquiet devant l'obstination de sa filleule.

— Certainement pas !

Viviane Briand la saisit par la main.

— Il a raison. Tu ne devrais pas t'aventurer plus loin. Les corbeaux, il faut s'en méfier. Ils peuvent être dangereux.

— Les corbeaux ne passent pas à l'acte, c'est bien connu, répondit Maurine, agacée.

— Penses-tu ! Regarde l'affaire Grégory. Tu ne devrais pas prendre les choses à la légère. Et puis il n'y a pas que ça. Je sais que tu ne crois pas aux signes, mais ils sont bien là. D'abord la Dame blanche, puis la chute de ton père et son hospitalisation, et enfin la lettre anonyme.

— Ne mélange pas tout, Viviane. Papa est un cas à part. Il n'a rien à voir là-dedans.

— Si tu le dis... Mais tu as mis le feu aux poudres avec l'histoire de Marie-Céleste et l'étranger du vieux moulin. Et s'il y a prescription pour la justice aujourd'hui, le véritable assassin ne l'entend peut-être pas de cette oreille.

— S'il est toujours en vie..., l'interrompit Gilou. Bé quoi ? Ça fait trente-trois ans ! Il a pu passer l'arme à gauche.

— Peut-être, mais certaines choses ne sont jamais bonnes à dire, rétorqua Viviane.

Maurine n'en revenait pas. Ainsi, la pipelette de Collobrières lui donnait des leçons ! Elle ne put s'empêcher de le lui faire remarquer. Viviane accusa le coup, et Maurine regretta aussitôt de l'avoir blessée.

— Je sais qu'il m'arrive parfois d'être trop bavarde. Mais là, je te jure que j'ai tenu ma langue. C'est trop grave. Je ne veux pas qu'il t'arrive quelque chose. À toi ou à ta sœur.

— Fais attention à toi, pitchoune, insista Gilou.

Touchée par leur sollicitude, Maurine leur promit d'être prudente. Mais ce que venait de lui dire Viviane la laissa sur sa faim. Ainsi, sa première hypothèse tombait à l'eau, la mère de Jérôme n'était pas celle qui avait propagé la rumeur. Qui, alors ? Mentalement, elle se remémora les différentes personnes à qui elle s'était confiée. Évidemment, elle ne voyait pas Gilou ou Carole dans le costume du corbeau. Quant à Édith et Jean, elle leur avait rapporté les événements bien après avoir reçu la lettre anonyme. « Et si quelqu'un en voulait à Carole ? » se dit-elle alors qu'elle franchissait la porte de son cabinet.

Elle aperçut le Dr Mazeret lisant tranquillement un magazine dans la salle d'attente. Maurine pensa immédiatement à Marc Laborie. Elle ne voyait aucune autre explication à la visite de son confrère. Celui-ci lui sourit aimablement.

— Tu as fait ce qui s'imposait pour Laborie, lança-t-il tout de go. Je tenais à te le dire en personne.

Son brusque changement de comportement intrigua Maurine. Elle le laissa poursuivre.

— Tu sais, j'exerce ce métier depuis quarante-six ans et je connais les gens d'ici mieux que ma propre famille. Pendant des années, j'ai été le seul médecin de Collobrières. Ton installation en face de chez moi a été difficile à admettre pour moi, je l'avoue. Ce n'était pas la concurrence que je redoutais, il y a largement de la place pour deux, mais certaines situations sont plus difficiles que d'autres à avaler. Comme le fait de se dire que son temps est révolu. Depuis des années, mon épouse me tarabuste pour que je prenne ma retraite. Je n'arrive pas à m'y résoudre. Et avec toi, j'ai eu l'impression d'être poussé vers la sortie…

— Ce n'était pas mon intention.

— J'en suis persuadé, crois-le. Du reste, je suis venu te voir pour te proposer mon aide. Puisque je songe à me retirer, je pourrais progressivement t'envoyer certains de mes patients.

Maurine s'étonna de cette soudaine volte-face de la part du médecin qui, jusqu'ici, n'avait guère manifesté de sympathie à son égard.

— Très bien. Je suis d'accord, se contenta-t-elle de répondre.

Alors qu'elle pensait en avoir terminé, Mazeret revint sur ses pas, embarrassé et mystérieux à la fois.

— En fait, je suis venu te consulter. J'ai une grosseur dans le dos qui me gêne depuis un certain temps et j'aurais besoin d'un diagnostic, lâcha-t-il enfin.

La jeune femme se garda de manifester sa surprise et fit entrer Mazeret dans la salle de consultation.

*

Elle rentra tôt au Lambert ce soir-là. Carole, qui était d'une humeur massacrante, avait décrété qu'elle ne se chargerait pas du dîner. Guère réjouie par la perspective de se mettre derrière les fourneaux, et encore moins de dévoiler ses piètres talents de cuisinière, Maurine s'y colla sans dire un mot, un livre de recettes en main. Carole semblait malgré tout reprendre du poil de la bête depuis les dernières péripéties de leur père, et elle en fut soulagée. La veille, celle-ci était allée le voir et elle avait eu la chance de tomber sur un bon jour. Il l'avait reconnue, lui avait parlé, lui donnant même son sentiment sur les affaires en cours à la confiserie, avant de lui dire combien il était fier d'elle en lui caressant légèrement la joue. Pour Carole, cette reconnaissance était le plus beau des cadeaux. Mais elle n'arrivait toujours pas à se faire à l'idée que rien ne serait jamais plus comme avant et que son comportement pouvait varier du tout au tout. Cette maladie était éprouvante pour lui, mais aussi pour son entourage. Malgré tout, elle avait repris les affaires en main avec une belle énergie.

—Je suis vannée. Les discussions avec Forbex n'en finissent plus. Je crois que je vais accepter la proposition d'Édith et me débrouiller seule.

Maurine, qui jetait des oignons émincés dans un wok, se crispa instinctivement. Sans qu'elle puisse l'expliquer, la générosité de leur tante la gênait.

—Moi, je la crois sincère. Nous sommes sa seule famille. Quel autre intérêt aurait-elle?

—Je trouve son attitude tout de même bizarre. Pourtant, Jérôme m'a dit exactement la même chose que toi l'autre soir…

—Il a raison! Arrête donc de voir le mal partout. Ça en devient malsain.

Sans doute Carole avait-elle raison, mais depuis cette lettre anonyme, Maurine était devenue méfiante, et la générosité d'Édith à leur égard ne lui disait rien qui vaille. Et puis Mazeret maintenant. Quoique, dans son cas, elle mettait un bémol. Elle l'avait ausculté et en était arrivée aux mêmes conclusions que lui. La grosseur, sous son omoplate droite, était inquiétante. Une biopsie s'imposait. Elle n'avait rien dit à personne de cet entretien, le secret médical lui imposant la discrétion.

—Les gens de Forbex m'inquiètent plus qu'Édith, reprit Carole en se massant la nuque. De toute façon, j'ai fait mon choix. Je leur laisse jusqu'à la fête de la châtaigne pour prendre leur décision. Après, je prendrai les mesures qui s'imposent. Voilà plus de six mois qu'ils me baladent et je ne peux plus attendre. Ce qu'ils ne comprennent pas, c'est que nous ne pouvons pas accroître notre production avec l'outil de fabrication dont nous disposons actuellement. Papa partage tout à fait mon avis, d'ailleurs.

À l'aide d'une cuillère en bois, Maurine faisait revenir des morceaux de viande sur le feu. Elle avait opté pour un lapin à la bière, un plat facile à préparer, mais elle respectait la recette à la lettre tant elle se sentait maladroite. Alors qu'elle ajoutait les petits oignons et le lard qu'elle avait fait fondre quelques instants plus tôt, elle songea au devenir de la confiserie. Carole se débattait pour sortir de l'impasse. Elle aurait voulu la conseiller, mais elle ne savait pas quoi dire. Le monde des affaires lui paraissait tellement étranger…

— Qu'est-ce que tu en penses ? Tu m'écoutes ?

— Oui, oui, excuse-moi, j'étais concentrée. La cuisine et moi, tu sais… Pour être franche, je ne peux pas t'être d'un grand secours. L'idée d'une date butoir me semble être une bonne chose. Si Forbex est vraiment intéressé, il ne courra pas le risque de te laisser partir.

Les phares d'une voiture éclairèrent la cour du Lambert. Vagabond poussa de la voix avant d'aboyer joyeusement.

— C'est Nicolas, s'exclama Maurine qui s'empressa d'enlever son tablier. Il apporte les résultats du labo. J'espère qu'ils sont négatifs.

— Nicolas ? reprit Carole d'un air mutin.

— Oh, s'il te plaît…

Maurine sortit de la cuisine et alla sur le perron pour l'accueillir.

— Je suis désolé d'arriver si tard, mais j'ai dû attendre un moment avant qu'on me communique le rapport. Comble de malchance, la batterie de mon téléphone était à plat.

— Ne restez pas sur le perron. Entrez, le temps est à la fraîcheur ce soir.

Nicolas suivit Maurine jusqu'à la cuisine. Après avoir salué Carole, il en vint tout de suite aux faits. Le verdict était sans appel. La branche qu'il avait prélevée et soumise à l'analyse était contaminée par le cynips. Les galles vertes, sur la feuille, étaient grosses comme des pustules et se desséchaient sans qu'aucun symptôme se développe sur le bourgeon latent. C'était le signe de l'éclosion prochaine des œufs et du développement des larves.

— J'ai communiqué les résultats au Syndicat des producteurs de châtaignes du Var et au Service régional de l'alimentation. La procédure habituelle depuis l'arrêté ministériel du 22 novembre 2010.

— Ça veut dire qu'on ne pourra pas récolter ? lui demanda Carole.

— Rassurez-vous, les fruits ne sont pas impropres à la consommation. Mais vous devez impérativement les traiter, ou c'est quatre-vingts pour cent de vos arbres qui seront perdus à terme.

Maurine invita Nicolas à s'asseoir et servit l'apéritif. Il n'avait rien de prévu pour la soirée et son fils dormait chez un copain.

—Vous voulez rester dîner avec nous? J'ai préparé un lapin à la bière. Autant vous dire que c'est un événement! Carole peut vous le confirmer.

Visiblement ravi, Nicolas accepta sans hésiter et la conversation se poursuivit jusque tard dans la soirée. Au moment de partir, il convint avec Maurine de faire régulièrement un point avec elle sur l'évolution de la situation. La jeune femme était inquiète, les conseils d'un spécialiste la rassureraient. Mais, surtout, cela lui fournissait un excellent prétexte pour le revoir.

Il était plus de minuit lorsque les sœurs Casténat montèrent se coucher.

—Dis donc, toi, tu es certaine de ne pas en pincer un peu pour le beau Nicolas? plaisanta Carole.

—T'es folle?

—Il est craquant, et si tu veux mon avis, il ne semble pas insensible à ton charme…

—Arrête de délirer, grande sœur.

Elles se séparèrent sur le palier à l'étage, devant la chambre de leur père. Maurine monta la volée de marches qui la séparait de son loft et s'appuya contre la porte après l'avoir refermée. Elle avait passé une délicieuse soirée.

*

Les images de synthèse étalées sur le bureau se rapprochaient de l'idée qu'Édith se faisait du château après les travaux. Celui-ci avait conservé son authenticité, et pourtant, en comparant ces planches avec d'anciennes photos du domaine qui avaient servi à numériser les différentes étapes de la restauration, la différence sautait aux yeux. Sur les nouveaux clichés, les pierres avaient retrouvé l'éclat de leur blondeur originelle. L'architecte, qui se tenait debout à ses côtés, attira son attention sur le fait qu'il manquait à plusieurs endroits certains blocs et que d'autres s'étaient érodés avec le temps. Tous, sans exception, seraient bien entendu remplacés dans les règles de l'art, du fronton à la corniche supérieure, ponctuée à intervalles réguliers de magnifiques coupes de fruits sculptées. Le plus grand soin serait apporté à cette restauration, jusqu'au plus petit détail, des moulures aux encadrements de portes et de fenêtres.

— Je ne veux pas de vos moulages en résine. Tout doit être taillé dans la même pierre que la façade. Et veillez à bien faire ressortir la patine.

— Bien entendu. Je vous promets qu'on ne verra pas la différence.

— Bien. Passons maintenant au plan du parc et à la réorganisation des terres.

Sans attendre, l'architecte lança le film en 3D sur son ordinateur portable. Les premières images présentaient la propriété en plongée, comme si le film avait été tourné du ciel. Un plan plus serré s'attardait sur l'imposante grille en fer forgé du Frioul, toute rehaussée d'or, s'ouvrant sur une allée de platanes centenaires à la robe feu. Certes, l'ensemble était impressionnant, mais le côté pompeux de la mise en scène agaça Édith. Le plan suivant permettait de visualiser l'évolution des travaux de rénovation de la toiture et des chenaux en cuivre, puis, en travelling, l'image défilait jusqu'au parc à la française entièrement redessiné selon les tracés du XVIIIe siècle, autour de la fontaine du bassin central. La partie droite du parc n'avait subi aucune modification, les grands pâturages s'étendaient jusqu'à la forêt et le petit lac artificiel. Sur la gauche, la ferme, entièrement retapée, semblait prête à accueillir le métayer qui se chargerait de l'exploitation agricole. De l'autre côté d'une large cour, les communs, réhabilités eux aussi, abritaient un matériel agricole flambant neuf. Défilaient ensuite le potager, le verger, les parcelles de châtaigniers, de vigne, et une nouvelle plantation en oliviers.

— Qu'en pensez-vous? demanda l'architecte.

En femme d'affaires avisée, Édith refusait de se laisser impressionner par cette présentation irréprochable, mais pour l'heure purement virtuelle. Il suffisait de regarder la ferme encore envahie de ronces et de lierre et dont la toiture, percée de partout, menaçait de s'écrouler.

— Et pour l'alimentation en eau, qu'en est-il des canaux d'irrigation? Le lac artificiel pourra largement couvrir nos besoins. Je veux que le domaine s'autosuffise.

— Soyez sans crainte, tout est prévu.

Il pianota sur son clavier et ouvrit le fichier correspondant. Plusieurs graphiques présentaient en coupe les différentes étapes de la mise en fonctionnement du système.

— En sondant le domaine, nous avons même fait une découverte. Il semblerait que l'un des canaux, le plus au nord, remonte à l'Antiquité. Ce qui confirmerait l'hypothèse selon laquelle le château du Frioul ait été construit sur une ancienne villa romaine.

— Faut-il envisager des fouilles ?

— Nous serons vigilants pendant les terrassements.

— Que se passera-t-il si vous découvrez quelque chose d'important ?

— Nous devrons suivre la procédure habituelle en déclarant le site. Mais soyez sans crainte, cela ne remettrait pas en cause votre projet, tout au plus les travaux seraient retardés.

Après le départ de l'architecte, Édith resta dans son bureau pour consulter ses dossiers, préoccupée par ce qu'il venait de lui annoncer. Facile à dire. Qu'adviendrait-il si les pelleteuses tombaient sur un site de première importance ? Il ne manquerait plus que ça ! Les travaux seraient suspendus, ils fouilleraient l'ensemble du domaine et leur étude prendrait des années. Son investissement serait gelé et la revente du château impossible. L'État ferait valoir son droit de préemption et fixerait son prix.

— Un problème ?

Édith n'avait pas entendu son mari entrer dans le bureau. Il actionna la commande électrique de son nouveau fauteuil et s'approcha de sa femme.

— Rien de grave, sois sans crainte, le rassura-t-elle. Au fait, j'ai demandé à ce qu'on installe un nouvel ascenseur. Quant à la mise en conformité des pièces à vivre pour personne à mobilité réduite, les ouvriers commencent demain par ta salle de bains.

Jean eut soudain l'air abattu. Édith se leva.

— Tu verras, je suis certaine que tu vas adorer cette maison.

— C'est ton jouet, pas le mien. Il n'y a qu'à voir l'énergie que tu dépenses à la reconstruire.

Édith ignora le sous-entendu et préféra donner le change.

— « Point n'est besoin d'espérer pour entreprendre, ni de réussir pour persévérer. » Mon grand-père nous citait toujours cette devise. Guillaume d'Orange, je crois.

Jean hocha la tête, résigné, et sortit du bureau. Le téléphone avait sonné et sa femme avait déjà pris la communication. C'était le détective qu'elle avait chargé d'enquêter sur la Malamousque.

— Je vous attends demain, à 10 heures.

Édith n'avait pas l'intention de remettre le rapport à Maurine sans l'avoir consulté au préalable.

9

Dans le petit jardin, à l'abri des regards, entre les parterres de santoline et les bordures de lavande fraîchement taillées, Marie-Céleste méditait la citation gravée sur la plaque que le visiteur pouvait lire en arrivant à la chartreuse :

Dans l'espace clos de sa cellule et de son jardin, le disciple de saint Bruno entre pour prier sans cesse. Jour après jour il y demeure, hormis durant les deux célébrations liturgiques quotidiennes qui se déroulent à l'église. Il y demeure jusqu'à sa mort. Aussi, au cœur de l'église, il accomplit le conseil de Jésus : « Si tu veux prier, entre dans ta chambre. »

Elle n'avait toujours pas de réponse à sa question. Quelle décision devait-elle prendre ? Deux jours plus tôt, à la sortie de l'office du soir, la mère supérieure l'avait interpellée sous l'arcade du grand cloître.

— Seriez-vous d'accord pour reprendre les fonctions de sœur Marie-Alice ? Voilà maintenant trois mois qu'elle nous a quittées et personne ne l'a remplacée. J'ai conscience de ce que je vous demande, avait-elle ajouté devant le silence poli de la moniale, mais notre communauté a besoin de quelqu'un pour assurer l'intendance. Et vous me semblez la plus qualifiée pour remplir cette tâche. Réfléchissez, je vous en prie. Vous nous rendriez un fier service. Dieu veillera sur vous.

Marie-Céleste aurait dit oui d'emblée si cette fonction ne l'avait pas obligée à être en contact avec des laïcs à l'extérieur de la chartreuse, une perspective qui lui glaçait les sangs, une remise en question radicale de son quotidien. Pourtant, malgré sa foi, Marie-Céleste entendait cette petite voix au fond d'elle-même qui l'incitait à accepter. Toute la nuit, elle avait refoulé sa peur, suppliant le Seigneur de lui venir en aide. Sa vie avait été jusque-là consacrée à la prière, dans la solitude de sa cellule ou lors des offices avec les autres moniales. Mais pouvait-elle fermer les yeux plus longtemps sur la terrible injustice qui avait frappé un innocent ? Si elle n'avait pas fui, Auréliano serait peut-être encore en vie aujourd'hui... En acceptant cette proposition, elle pourrait rompre ce silence qui la minait depuis tant d'années. De guerre lasse, elle avait finalement répondu à la mère supérieure, après les vêpres le lendemain, qu'elle pourrait compter sur elle.

Elle venait de réceptionner une livraison de sucre supervisée par Mme Slotti. La retraitée avait rapporté le bordereau de réception à la mère supérieure, laissant Marie-Céleste seule à l'accueil, tout à ses pensées. Celle-ci remarqua une sacoche posée dans un coin, à l'entrée. Probablement celle du livreur. Il venait juste de sortir. Elle hésita une seconde, puis la saisit et courut vers le parking visiteurs. Mais la fourgonnette s'éloignait déjà sur le chemin. Elle revint sur ses pas. Le soleil, dans un ciel d'une pureté incomparable, réchauffait la nature silencieuse. La route était escarpée et Marie-Céleste marchait lentement dans la remontée. Elle entendit soudain comme un craquement, sur sa droite. Elle tourna la tête. Horrifiée, elle eut à peine le temps de voir les lourdes pierres qui dévalaient la pente, dans sa trajectoire. Elle s'écroula comme une masse…

Mme Slotti découvrit Marie-Céleste gisant au milieu du chemin alors qu'elle quittait le monastère. Paniquée, la laïque remonta à l'accueil et téléphona à Maurine. La jeune femme décala immédiatement ses derniers rendez-vous et se précipita à la Verne. La moniale avait repris connaissance mais elle était profondément choquée. Maurine nettoya la plaie, heureusement superficielle. Par prudence, elle resta une partie de la soirée au chevet de sa tante, jusqu'à ce que celle-ci s'endorme.

Le lendemain matin, elle décida de retourner à la chartreuse. C'était dimanche. Sauf urgence, elle n'avait pas de visites de prévues. Elle ne s'expliquait pas cet éboulis de pierres, et elle s'était interrogée une bonne partie de la nuit sur le fait que l'accident était arrivé au moment même où Marie-Céleste passait dans le chemin. Peut-être en saurait-elle plus en allant l'interroger.

Sa tante était à moitié endormie lorsqu'elle pénétra dans sa cellule. Elle prit une chaise et s'assit à côté du lit. La vieille femme s'agita soudain et se mit à délirer dans un demi-sommeil.

— Ce n'est pas toi qui as mis le feu ! Ce n'est pas toi !

Puis elle reposa la tête sur l'oreiller, avant de finalement se réveiller.

Maurine lui caressa doucement la main pour la calmer. Quand elle fut tout à fait apaisée, la religieuse refusa pourtant d'en dire davantage et d'expliquer ce qui s'était réellement passé la veille.

— Dieu lui pardonne…

Que voulait-elle exprimer par cette prière ? Maurine aurait voulu la questionner, mais elle préféra ne pas la brusquer pour l'instant. Elle éclaircirait ce point plus tard.

Lorsqu'elle rentra au Lambert, elle retrouva sa sœur dans le grenier. Celle-ci triait des papiers et toute la comptabilité de la confiserie qu'elle reclassait par année dans des boîtes métalliques.

— J'ai fait un grand ménage au bureau et remonté des dossiers pour les archiver.

Maurine se laissa tomber sur une bergère à moitié défoncée.

— Je crois que l'accident de Marie-Céleste était intentionnel. Je suis allée faire un tour sur le sentier. C'est étrange tout de même, les projectiles étaient exactement dans sa trajectoire, quelques mètres en amont. Il y avait des traces sur le sol, exactement à l'endroit où la plus grosse pierre s'était détachée.

Carole dévisagea sa sœur d'un air grave.

— Tu es en train de me dire que quelqu'un s'en est pris sciemment à Marie-Céleste ?

Maurine acquiesça, elle-même effarée par la déduction qui s'imposait.

— Mais tu te rends compte ? reprit Carole. Tout ça est très grave. On ne peut pas laisser passer cette affaire sans réagir. Il faut appeler les flics.

— C'est ce que j'étais en train de me dire… Après tout, il y a un antécédent avec la lettre du corbeau. Cette fois, j'ai vraiment l'impression que notre famille est directement menacée. Une chose est certaine, c'est que le dénominateur commun dans tout ça est le crime de la Malamousque.

— Je les appelle, dit Carole.

Elle saisit son portable et composa le numéro de la gendarmerie. Elle ne s'éternisa pas au téléphone et raccrocha à peine quelques minutes plus tard.

— Le flic m'a demandé de passer demain à la brigade pour faire une déposition. Apparemment, il y a un nouveau chef. Tu étais au courant ?

— Non, pas du tout. Tiens, c'est quoi cette boîte à chaussures ? demanda-t-elle en se penchant pour la saisir.

— Je l'ai trouvée tout à l'heure pendant que je triais toute la paperasse. Elle traînait sur les étagères.

Maurine déposa la boîte sur ses genoux et souleva le couvercle. Elle était remplie de vieilles photos. L'une d'elles attira son attention. Le cliché portait au dos une légende : *Les sœurs Casténat, juillet 89*. Carole et elle posaient au bord du lac de la Verne. Maurine tentait d'attirer un héron cendré en lui lançant des miettes de pain tandis que Carole, en équilibre sur une jambe, retirait des herbes sèches coincées dans sa chaussure. Immédiatement, une foule de souvenirs lui revint en mémoire. Ce jour-là, elles avaient fait une virée en vélo avec Jérôme. Ils avaient récupéré un appareil photo chez un copain, à la Môle, et avaient mitraillé tout ce qu'ils pouvaient sur le chemin du retour.

—Tu te souviens? C'est Jérôme qui a pris la photo, dit-elle. Cet appareil nous a bien servi quand on fouillait les catacombes à la chartreuse.

—Oh, Jérôme et toi, votre trésor des Sarrasins. Jérôme, moi...

—Comment ça, «Jérôme, moi»? Tu étais amoureuse de lui?

—Eh bien, oui, si tu veux le savoir, répondit Carole qui s'était assise en tailleur à côté de sa sœur.

Maurine n'en croyait pas ses oreilles.

—Raconte!

—Il n'y a pas grand-chose à en dire. J'en pinçais pour lui, ça, c'est sûr. Tu sais, les ados... Mais je ne suis plus amoureuse de lui si c'est ce que tu veux savoir!

—Je n'ai jamais rien vu, reconnut Maurine. Pourtant, on ne se cachait rien toutes les deux.

—Pas à cette époque. La seule chose qui t'intéressait était de trouver le trésor des Sarrasins. C'est Mlle Alban qui vous avait parlé de cette histoire en classe. Toi et Jérôme, vous étiez persuadés que le butin se trouvait dans les catacombes de la chartreuse. Tu étais un vrai garçon manqué. Et entêtée en plus ! Tu me demandais sans cesse de te couvrir auprès de maman.

Maurine esquissa un sourire, heureuse de se retrouver dans ce grenier avec Carole à échanger des confidences et à se remémorer leurs souvenirs d'enfance. C'est vrai qu'elle avait fait les quatre cents coups à l'époque. Jusqu'à la mort brutale de leur mère qui avait mis fin à cette belle insouciance.

La pluie avait redoublé d'intensité et le clapotis de l'eau tombant sur les tuiles résonnait dans tout le grenier. Maurine suggéra à Carole de rester à la maison. Après tout, elles pouvaient bien se détendre un peu. C'était une journée à ne pas bouger de chez soi. Un dimanche d'automne où l'été se retire subitement après avoir joué les prolongations.

*

Nicolas avait contacté Maurine dans la matinée du mercredi pour l'avertir que son dossier avait été traité en priorité. Il fallait agir vite, et il avait une idée assez précise des moyens à mettre en œuvre pour lutter efficacement contre le cynips qui parasitait les châtaigniers du Lambert. Ne voulant pas laisser son fils seul à la maison, il avait proposé à Maurine de venir dîner chez lui le soir même.

Dès son arrivée, la jeune femme fut accueillie par Arthur qui lui sauta au cou en ouvrant la porte. Sans attendre, il l'entraîna dans le séjour où flottait une agréable odeur de gratin.

— Soirée lasagnes, ça vous va ? lança gaiement Nicolas.

— Parfait.

— Installez-vous, je suis à vous dans deux minutes.

Il fila dans la cuisine pour éteindre le four qui venait de sonner la fin de la cuisson. Arthur débarrassa Maurine de son trench-coat qu'il emporta dans une chambre. Restée seule, la jeune femme ne put s'empêcher de détailler la pièce qu'elle trouva chaleureuse et ordonnée. Les manettes d'un jeu vidéo traînaient au pied du canapé, face à un grand écran plat. Un immense yucca déployait ses longues feuilles près de la fenêtre. La table avait été dressée pour trois avec un certain raffinement, des petits bristols étaient posés à côté des assiettes. Sans doute une initiative d'Arthur à en juger par l'écriture ronde et enfantine qui désignait la place de chacun.

— Ça ne vous ennuie pas de manger de bonne heure ? demanda Nicolas depuis la cuisine. Nous serons plus tranquilles pour discuter ensuite.

— Au contraire, j'ai une faim de loup, répondit Maurine.

Au moment de passer à table, elle repéra, niché dans une petite alcôve, le portrait d'une femme tenant un bébé dans les bras.

— La mère d'Arthur, dit simplement Nicolas en posant le plat de lasagnes sur la table.

Il s'interrompit. Arthur venait de débouler dans la salle à manger, évitant de justesse de renverser la pile de livres sur la table basse. Nicolas n'eut pas le cœur à le réprimander. Il se contenta de sourire, visiblement heureux de voir son fils aussi gai.

— On mange ? lança Arthur.

— Eh, fiston, ce n'est pas très poli, et notre invitée va croire que je ne te nourris pas assez, plaisanta Nicolas. Peux-tu d'abord aller à la cuisine et ramener la salade ?

— Je suis un ogre ! Surtout quand tu fais tes lasagnes. Mais vous m'attendez avant de commencer, dit-il en regardant Maurine, le regard pétillant de malice. Tu vas voir, elles sont *trop* bonnes !

— J'en suis persuadée.

Nicolas les avait préparées lui-même. Elle l'en félicita.

— Quitte à faire chauffer le four, autant savoir ce qu'on met dedans. J'évite les surgelés, sauf pour le dépannage.

— La piètre cuisinière que je suis trouve ça tout de même bien pratique.

— Piètre cuisinière ? Mais votre lapin était excellent l'autre soir.

Maurine se régala dès la première bouchée et accepta avec plaisir une autre part lorsque Nicolas lui tendit à nouveau le plat. Mais elle renonça au dessert. En fin de repas, Arthur eut l'autorisation de jouer avec sa console de jeux. Il disparut dans sa chambre aussi vite qu'il en était venu. Maurine aida Nicolas à débarrasser la table.

— J'ai bien avancé sur votre dossier, dit-il en rangeant dans le lave-vaisselle les assiettes qu'elle lui tendait. Je vais vous montrer. Enfin, tout à l'heure, quand Arthur sera couché. Et ce soir, il me paraît bien excité.

— Je ne suis pas pressée. En tout cas, vos lasagnes étaient délicieuses, je me suis régalée. Merci, Nicolas.

Elle se sentait étonnamment bien en sa compagnie. Avait-elle été un peu trop audacieuse en lui parlant ainsi ? Il lui sourit, ce qui la fit légèrement rougir. Il remarqua sa gêne.

— Bon, il est temps pour mon petit diable d'aller se coucher. Je vous laisse cinq minutes ? dit-il pour faire diversion.

— Je peux vous accompagner ? Je crois qu'il m'en voudrait si je n'allais pas lui souhaiter une bonne nuit, et à vous aussi !

Arthur était en pyjama et jouait avec sa console sur son lit.

— Ce serait bien si tu habitais avec nous, fit-il en voyant Maurine.

La question était directe et Maurine eut un instant d'hésitation avant de lui répondre.

— Mais j'ai déjà une maison. Et Vagabond, dont je dois m'occuper.

— Pas grave, tu l'amènes.

— Tu sais, ton père a raison, Vagabond a besoin de place. Il serait trop malheureux dans un appartement. Pourquoi ne viendrais-tu pas chez moi de temps en temps pour t'en occuper ? Enfin, si ton papa est d'accord…

Nicolas, qui les observait appuyé contre l'embrasure de la porte, hocha la tête en signe de consentement.

— Quand est-ce que je peux venir ?

— Ce week-end, si tu veux.

— Tu ramasses les châtaignes toi aussi ?

— Bien sûr !

— Trop cool. On y va, hein, papa, on y va ?

— OK. Mais maintenant, tu dors.

Maurine l'embrassa et quitta la pièce. Nicolas la rejoignit dans le salon quelques minutes plus tard.

— Je suis désolé, Arthur est très direct. J'espère que ses paroles ne vous ont pas heurtée.

— Oh, non, pas du tout, je les ai même trouvées très flatteuses.

Elle se garda de lui dire que ses propos indiquaient clairement que sa mère lui manquait. Et le silence qui suivit l'amena à penser qu'il n'était pas le seul. Elle préféra ne pas s'aventurer sur ce terrain. Nicolas s'empara d'un dossier rangé dans le meuble bas et entra dans le vif du sujet.

— Je rentre de Sophia-Antipolis avec de bonnes nouvelles, fit-il plein d'entrain. L'unité expérimentale de lutte biologique de l'INRA a sélectionné votre site pour un lâcher.

Il lui expliqua qu'une équipe de spécialistes allait coordonner la mise en œuvre des opérations pour éradiquer le cynips. Le rapport qu'il avait rendu à l'INRA avait permis d'évaluer le niveau d'attaque du parasite, la taille de la parcelle, l'accessibilité aux feuilles contaminées, l'environnement phytosanitaire, ainsi que la distance qui séparait le site du plus proche en cours de traitement. Par chance, le Lambert se trouvait à plus de cinq kilomètres d'une parcelle en cours de décontamination. Il fallait maintenant attendre le printemps et le débourrage des bourgeons avant d'effectuer le lâcher du *Torymus sinensis*.

—Cette micro-guêpe a la particularité de pondre dans les galles encore tendres. Les œufs se nourrissent alors des larves du cynips. Le lâcher s'effectue en général durant la deuxième quinzaine d'avril. On place alors à la base des jeunes pousses un tube à essai, avant de lâcher les couples de *torymus*.

—Et ça marche s?

—C'est en tout cas très efficace. L'année dernière, sept parcelles sur huit ont été sauvées. La huitième était malheureusement en altitude et la pollinisation était mauvaise. Ce qui n'est pas votre cas.

—Et il n'y a rien à faire avant le printemps?

—Juste à surveiller les pousses. Mais tout ce processus est long. Il faut compter au minimum deux ans avant de pouvoir entièrement éradiquer ce satané parasite.

La soirée s'était prolongée et Maurine rentra au Lambert vers minuit. Ils avaient passé un long moment à parler de leurs métiers respectifs, de leurs passions, mais jamais Nicolas n'avait évoqué sa femme. Maurine avait bien tenté d'aborder le sujet de façon détournée, mais chaque fois il avait dévié la conversation.

Elle eut du mal à s'endormir. Elle avait passé une soirée exquise, Nicolas était charmant, son fils adorable, et pour la première fois depuis longtemps elle ressentit un doux pincement au fond du cœur. Elle était troublée, et désarmée car elle était en train de tomber amoureuse d'un homme qui n'était pas prêt à refaire sa vie…

*

Chaque année, à la veille de la fête de la châtaigne, la même agitation régnait à la confiserie. Carole, qui supervisait le moindre détail, passait en revue la boutique, la réserve, le salon de thé, ainsi que le petit musée où le public affluerait dès les premières heures le lendemain. Tout devait être parfait, ce week-end représentait une part importante de son chiffre d'affaires. Maurine et Jérôme s'étaient portés volontaires pour l'aider. Nicolas et son fils les avaient rejoints, au grand soulagement de Carole qui manquait de personnel.

— Après ça, ne me dis pas que je me fais des idées ! souffla-t-elle à l'oreille de Maurine.

— Eh, Carole, arrête avec ça ! Il avait juste promis à son fils de l'emmener.

— Qu'est-ce qu'il fout là ? lui demanda discrètement le garagiste.

— Il vient donner un coup de main, répondit Maurine tout en alignant les pots de crème de marron dans un carton.

— Tu parles ! Tu étais déjà chez lui mercredi soir.

Mais qu'est-ce qu'ils avaient tous avec leurs sous-entendus !

— Tu ferais mieux de bosser si tu ne veux pas que la patronne te tombe dessus. D'ailleurs, elle arrive, répondit Maurine, légèrement agacée.

Carole se dirigeait vers eux mais fut sollicitée par un gendarme qui venait d'entrer dans la confiserie.

— Tu ne me reconnais pas? lui demanda-t-il en arborant un large sourire. Seconde A. On était au lycée ensemble.

— Antoine Aubry! Pas possible, alors c'est toi le nouveau chef?

— J'ai pris mes fonctions ce matin. On m'a transmis votre déposition et j'aurais besoin de quelques précisions.

— Viens. Suis-moi. C'est Maurine qui s'est occupée de Marie-Céleste, c'est elle qui pourra t'en dire plus. Tu te souviens d'elle?

Maurine n'était pas étonnée de cette visite. Certes, le moment était mal choisi, mais elle était soulagée de voir que les gendarmes prenaient l'affaire en main.

— Bonne déduction, déclara Aubry en la saluant. Nous nous sommes rendus à la chartreuse et nous avons effectivement constaté que la pierre qui a blessé votre tante avait été déterrée en amont du sentier. La question qui se pose, maintenant, est de déterminer s'il y a eu préméditation ou s'il s'agit d'un acte innocent qui aurait mal tourné.

— Innocent? s'insurgea Maurine.

L'arrivée du gendarme et la réaction un peu vive de Maurine attirèrent tous les regards. Déjà, Viviane s'approchait. Carole invita Aubry et sa sœur à poursuivre la discussion dans son bureau, loin des oreilles indiscrètes. Dès qu'elle eut refermé la porte sur eux, le gendarme leur expliqua qu'au stade où en était l'enquête, il se méfiait des conclusions hâtives.

— Mais qu'est-ce qu'il vous faut de plus ? s'emporta à nouveau Maurine. Un cadavre ?

Carole eut beau essayer de la raisonner, sa sœur laissa libre cours à sa colère.

— Bon sang, il y a de quoi être excédée ! D'abord ce corbeau, puis l'accident de Marie-Céleste…

— Un corbeau ? Je l'ignorais.

Maurine s'arrêta net.

— Dans ce cas, je crois qu'il est utile que nous vous mettions au courant de tout depuis le début, commandant.

— S'il vous plaît, appelez-moi Antoine.

— Très bien… Antoine.

À l'inverse de ses collègues de la brigade, Aubry accorda la plus grande attention aux propos de la jeune femme. La lettre anonyme, les passions ravivées autour de la vente de la Malamousque, la confession de Marie-Céleste, puis son accident. Trop de coïncidences.

— Vous avez gardé la lettre du corbeau ?

— Oui, bien sûr. Nous l'avons rangée dans une pochette plastique. Hormis nos empreintes, vous trouverez peut-être celles de l'expéditeur.

— Parfait. Nous l'enverrons à la brigade scientifique.

— Dans ce cas, je vais vous la chercher, proposa Maurine, soulagée d'être enfin prise au sérieux.

—Inutile pour l'instant, le labo est fermé jusqu'à lundi matin. Je repasserai. C'est en tout cas une première piste. Bon, je vous laisse. Et bon courage pour les derniers préparatifs.

Maurine retourna à l'atelier pour terminer d'emballer les cartons. Viviane, évidemment, essaya de lui tirer les vers du nez, mais elle repartit bredouille, tout comme Jérôme qui fut appelé pour un dépannage et n'en sut pas davantage.

—Eh bien, je crois qu'on a fini, annonça Nicolas qui était resté en retrait.

Il s'essuya le front d'un revers du poignet.

—Que diriez-vous d'une bière?

—Si vous me prenez par les sentiments...

Ils s'installèrent à la terrasse du salon de thé. Nicolas ne posa aucune question à Maurine, qui apprécia sa discrétion. De plus, il avait abattu un énorme travail à la confiserie. Elle s'empressa de le remercier.

—Je vous en prie, c'est normal. Et puis regardez comme Arthur est heureux. Il apprécie l'effervescence avant les fêtes. Quand on vivait dans les Vosges, nous l'emmenions chaque année sur les chaumes avant que le bétail redescende en Alsace, à la fin des transhumances. Il adorait ça. Comme sa mère...

Maurine hésita une nouvelle fois à s'engouffrer dans la brèche et se contenta de hocher la tête.

—Mais tout ça est de l'histoire ancienne, reprit-il. Place à la châtaigne maintenant.

—Vous serez des nôtres pour le début de la récolte? Je ne veux pas avoir l'air de vous solliciter, mais je crois que ça ferait plaisir à Arthur.

—Mais à moi aussi! Ce sera une grande première et je ne veux pas manquer ça. Tiens, voilà Arthur. Il est tard et il a encore un devoir à faire pour demain. Alors à bientôt?

Il tendit la main à Maurine pour la saluer. La jeune femme répondit par un sourire et prit congé. Son cœur battait la chamade.

Elle décida de rentrer elle aussi, pressée de se délasser sous une bonne douche et de se mettre au lit. Sur la route, elle croisa le Dr Mazeret qui sortait du domaine du Frioul. Qu'était-il venu faire chez sa tante? Son oncle Jean serait-il souffrant? Et dans ce cas, pourquoi Édith ne l'avait-elle pas appelée? Mais ce soir, elle n'avait pas envie de se perdre en conjectures. Pressée d'arriver au Lambert, elle accéléra.

Alors qu'elle se garait dans la cour, elle eut la curieuse sensation d'être épiée. D'une voix peu assurée, elle appela Vagabond, qui ne se manifesta pas. Dès qu'elle ouvrit la porte, le chien bondit à l'extérieur et se mit à aboyer en effectuant le tour du propriétaire, puis il revint auprès de sa maîtresse. Pourquoi était-il resté enfermé dans la maison? Carole était partie la dernière et ce n'était pas son habitude de le laisser à l'intérieur, bien au contraire. Bizarre... Machinalement, Maurine jeta un œil autour d'elle. Soudain, elle aperçut une enveloppe posée au pied du laurier-rose, dans le vase d'Anduze qui trônait sur le perron. Tremblante, elle la saisit et la décacheta. Ce qu'elle lut la terrifia:

RENONCE, OU JE TE FAIS LA PEAU...

10

Comme chaque année, la fête de la châtaigne à Collobrières coïncidait avec le premier week-end de récolte au Lambert. Le soleil brillait d'un éclat insolent, bien que les premières journées de pluie aient troublé l'espoir d'un été permanent. L'automne, avec son parfum de terre humide, réveillait les sens. Les fruits étaient à point. Vêtue d'un vieux jean sur lequel tombait son pull en laine d'Irlande, Maurine pouvait le vérifier une fois de plus.

— La production promet d'être excellente, se réjouit-elle.

Elle tenait entre ses doigts gantés un marron rond comme un œuf qu'elle tendit à Nicolas, venu lui prêter main-forte avec Arthur.

— Qualité *et* quantité ! renchérit l'ingénieur de l'ONF.

Maurine rit de bon cœur. Depuis qu'elle était enfant, elle attendait cet instant avec autant d'impatience que Noël. C'était pour elle le commencement des fêtes, un rendez-vous qu'elle n'aurait manqué pour rien au monde. Au cours de ses études, et plus tard lorsqu'elle avait commencé à exercer, elle avait toujours aménagé son emploi du temps en fonction de la récolte des castanéiculteurs. Elle aimait l'agitation particulière qui régnait au Lambert deux ou trois semaines durant, avec les saisonniers qui revenaient dans la cour en portant leurs cargaisons qu'ils déversaient dans de grandes cuves d'eau. Les fruits véreux remontaient à la surface, les autres étaient récupérés puis conditionnés en fonction de leur calibre avant de partir à la confiserie. Ce travail physique n'effrayait pas Maurine, au contraire, il lui permettait d'évacuer le stress et de laver son esprit de la routine du quotidien.

— C'est quoi la différence entre une châtaigne et un marron ? demanda soudain Arthur.

Nicolas, qui allait répondre, laissa la parole à Maurine.

— Sur les châtaignes, une petite peau que l'on appelle le tan cloisonne la chair en deux ou trois parties, alors que le marron est en un seul bloc. C'est ce fruit qu'on utilise pour les marrons glacés.

— Et ils viennent du même arbre ?

— Oui, enchaîna Nicolas. Il produit les deux variétés en plus ou moins grosse quantité. On l'appelle le « châtaignier cultivé », en latin le *Castenea sativa* Miller. Il met environ cinquante ans avant de produire des fruits. Mais cet arbre n'a rien à voir avec le marronnier que tu trouves dans la cour de ton école. Là, les fruits ne sont pas comestibles.

Avec respect, Maurine caressa l'écorce sombre d'une souche.

— Autrefois, on les surnommait les « arbres à pain ».

— On faisait du pain avec ?

— De la farine, plus exactement. Les châtaigniers remplaçaient le blé.

Maurine prit la main d'Arthur et la posa délicatement sur le tronc.

— Cet arbre est tout un symbole dans la région. Il nourrit. Il chauffe. Il protège.

— De quoi ?

— Des incendies. Les châtaigniers forment une barrière antifeu.

Nicolas acquiesça. Il avait toujours été fasciné par les vertus particulières de cette essence. C'est d'ailleurs la raison pour laquelle il avait postulé dans le massif des Maures. D'un large geste de la main, il désigna la forêt environnante et le tapis de bogues à peine ouvertes qui couvrait le sol au pied des troncs.

— C'est fou, quand on y pense, dit-il en regardant Maurine, l'homme et les châtaigniers coexistent depuis la nuit des temps. Ils prennent soin l'un de l'autre d'une certaine manière. J'ai même lu quelque part qu'on avait retrouvé en Ardèche, dans le massif du Corion je crois, des fossiles de feuilles de châtaignier remontant à plus de huit millions d'années.

Arthur les observait l'un et l'autre avec intérêt.

— Comment vous faites pour tout savoir ?

— Qui peut prétendre tout savoir ? Certainement pas moi, répondit Maurine dans un éclat de rire tout en cherchant l'assentiment de Nicolas.

— Ne me regardez pas comme ça tous les deux ! Je n'ai pas la recette non plus.

Comme Maurine, il portait une casquette afin d'éviter que les bogues le blessent dans leur chute. Il l'avait relevée légèrement sur le front, dégageant sa mine réjouie d'adolescent à qui on ne peut rien refuser. Deux fines rides d'expression marquaient le contour de ses yeux lorsqu'il souriait. Ses traits, réguliers, exprimaient l'énergie et la vivacité, son regard miel et ses lèvres charnues le désir. Maurine s'attarda un instant sur son visage, troublée d'avoir eu cette pensée.

— De beaux marrons glacés en perspective, se reprit-elle en faisant glisser le fruit dans le creux de la main.

— Comment on les fabrique ? demanda Arthur.

— Tu viendras voir à la confiserie si tu veux.

— J'aurai le droit d'en manger ?

— Bien sûr.

Le garçonnet, qui ne tenait plus en place, aperçut Vagabond au loin et courut le rejoindre.

— Ne t'éloigne pas trop ! cria son père, les mains en porte-voix.

— Arthur est un enfant plein de vie, je crois qu'il a besoin de bouger, le rassura Maurine avec indulgence.

Elle se reprocha immédiatement cette repartie. Maurine se sentait piégée dès qu'elle perdait le contrôle de la situation. Souvent, elle se protégeait en déstabilisant ses interlocuteurs par sa franchise et son langage direct. C'était devenu pour elle un réflexe afin de maintenir les dragueurs à distance.

Quelle idiote! Mais Nicolas la troublait, elle ne pouvait plus le nier.

— Et moi, je pourrai venir? se hasarda Nicolas.

— Ce qui est valable pour l'un l'est aussi pour l'autre. Aucune faveur.

Maurine alla vider sa caisse. Sur les terrains accidentés, les cueilleurs utilisaient des sacs, plus faciles à transporter jusqu'à la remorque. Mais ici, sur cette parcelle à plat et avec le tracteur qui venait au plus près, ils pouvaient se permettre davantage de trajets. De toute façon, d'ici à une demi-heure ils en auraient fini. Maurine jeta sa récolte dans le vieux fût qui était presque rempli à niveau. Le millésime serait excellent.

*

Bien avant l'entrée de Collobrières, des voitures en stationnement occupaient la moindre place disponible de chaque côté de la chaussée. Une prairie avait même été prise d'assaut par les 4 x 4 et autres berlines baroudeuses. Les piétons affluaient de toutes parts, tandis que les véhicules manœuvraient la descente ou la montée d'un trottoir. La circulation était paralysée. Maurine jeta un coup d'œil à sa montre. Trois quarts d'heure de retard, Carole allait devenir folle.

Chaque année, c'était le même sujet de discorde. Maurine et son père avaient toujours respecté la tradition du premier ramassage le matin de la fête de la châtaigne, et pour rien au monde elle n'aurait manqué la livraison de la récolte au Lambert ni résisté à la tentation de contrôler les marrons. Une fois la cargaison déchargée dans le hangar, la coutume voulait en effet que l'on mette le fût en eau afin de vérifier le pourcentage de châtaignes inexploitables en production. On grillait ensuite une poêlée de marrons sur le feu avant de les déguster. L'aspect, la consistance, le goût ou le parfum, rien n'échappait aux critiques. Aujourd'hui, Maurine était heureuse, ce millésime serait de qualité malgré la menace du cynips. Mais Nicolas l'avait rassurée sur ce point.

Les voitures roulaient pare-chocs contre pare-chocs. Maurine s'impatienta. Cette fois, elle serait vraiment en retard. Une place se libéra sur l'accotement. Elle se gara aussitôt et descendit la rue à pied. Elle n'utilisait son caducée de médecin que dans le cadre professionnel, le reste du temps, elle se pliait aux contraintes. À quelques mètres du cours principal envahi par les étals des producteurs, elle rencontra Édith et son mari qui échangeaient quelques mots avec le docteur Mazeret. En l'apercevant, sa tante se raidit, comme si elle se sentait prise en faute de consulter un confrère. Maurine ne lui en tint pas rigueur, il était parfois gênant d'avoir un proche pour médecin.

— Je te croyais déjà à la confiserie.

— J'ai eu un mal fou à trouver une place pour stationner.

— Va vite, nous passerons tout à l'heure.

Alors qu'elle s'éloignait, Mazeret lui fit un signe. Elle se promit de l'appeler dès le lendemain.

Dans la boutique de la confiserie noire de monde, Viviane servait les clients et Gilou encaissait tandis que Jérôme s'activait en réserve. Maurine les salua de loin.

— Mais bon sang, qu'est-ce que tu fiches ! la houspilla Carole. Tu as vu l'heure ? Je ne sais plus où donner de la tête.

Elle s'empara d'un tablier et d'un carnet de commandes qu'elle colla entre les mains de sa sœur, puis retourna derrière la vitrine réfrigérée chargée en glaces artisanales. Maurine raffolait de celles de la maison Casténat. La plupart du temps, les gens s'étonnaient de la couleur pâle de la pistache ou du rosé légèrement teinté de la fraise. Il n'y avait aucun colorant ou additif. En toute objectivité, elle n'en avait jamais goûté de meilleures.

Alors qu'elle apportait les coupes de glaces aux clients attablés, Maurine ne put s'empêcher de penser à la dernière lettre du corbeau. Comment allait-elle annoncer la nouvelle à Carole ? Plus le temps passait, plus elle redoutait sa réaction. Depuis la veille, elle n'avait jamais trouvé une occasion de lui en parler. Carole, débordée par les préparatifs de la fête, ne s'était pas attardée au Lambert et c'est à peine si elles avaient échangé trois mots au petit déjeuner. Maurine ne voulait pas alerter la gendarmerie sans lui en avoir parlé au préalable. Cette décision leur revenait à toutes les deux. Après tout, l'enveloppe ne portait aucun prénom, elle aurait tout aussi bien pu être découverte par Carole. Quoique, sur ce dernier point, elle émettait quelques doutes.

Maurine se souvenait parfaitement de l'instant où elle l'avait trouvée. Elle avait eu le temps de réfléchir au contexte. Lorsqu'elle était arrivée dans la cour du Lambert, elle avait eu l'impression d'être épiée, comme si on observait chacun de ses faits et gestes à son insu. Elle avait senti le danger. Quelqu'un aurait pu l'agresser. Loin de tout, personne ne se serait porté à son secours. Et puis avec Vagabond enfermé dans la maison… Maurine avait eu beau regarder de tous les côtés, rien n'avait attiré son attention. Pourtant, elle était convaincue que l'auteur de la lettre était resté posté là afin de s'assurer que ce serait bien elle qui la découvre. Ce message lui était destiné. Il était explicite. Et il ne faisait aucun doute que la confession de Marie-Céleste était à l'origine de ces menaces. Après réflexion, Maurine s'était même rangée à l'avis de Viviane. Ce corbeau pourrait passer à l'acte. Du reste, ne l'avait-il pas déjà fait? Plus elle y songeait, plus elle se persuadait que la clef du mystère se trouvait là.

En fin d'après-midi, les clients étaient moins nombreux sur la terrasse. Seules deux familles ne semblaient pas prêtes à décoller. Maurine, qui n'avait rien à faire, se décida à parler à Carole, mais Antoine Aubry débarqua en uniforme, accompagné d'un aspirant.

— Visite officielle, commandant? plaisanta Carole en nettoyant le plan de travail.

— Non, juste une tournée de routine.

— Parce que tu es d'astreinte?

— Non, mais rien ne remplace la proximité avec les gens. Je viens d'être nommé, n'oublie pas, et c'est l'occasion ou jamais de me présenter à la population. Le maire s'en est déjà chargé dans son discours.

— Oups! J'ai complètement oublié d'y aller.

— T'inquiète. Avec le travail que tu as, tu es excusée.

Antoine s'approcha de la banque réfrigérée et ajouta avec malice:

— Enfin, seulement si tu acceptes de dîner avec moi.

— Du chantage? Cela dit, avec plaisir!

Maurine, qui se félicitait de la décision de sa sœur, n'eut pas le courage de briser cet instant en amenant sur le tapis le sujet du corbeau. Pourtant, la présence d'Antoine était l'occasion ou jamais. Elle attendit qu'il s'éloigne un peu, puis le rejoignit devant le portail de la confiserie.

— Je peux te parler une minute, s'il te plaît?

Elle jeta un coup d'œil par-dessus son épaule afin de s'assurer qu'ils étaient seuls. Ils se déportèrent de quelques pas.

— J'ai trouvé une nouvelle lettre.

— Quand?

— Hier soir, devant la porte d'entrée de la maison. L'enveloppe était vierge.

— Pas de nom?

— Non.

— Qu'est-ce qu'elle disait?

— « Renonce, ou je te fais la peau. »

— La menace est claire.

Antoine réfléchissait à voix basse. Il prenait cette affaire très au sérieux.

— Je n'en ai pas encore parlé à Caro, alors si tu pouvais me laisser le temps de...

— Qu'est-ce que tu ne m'as pas dit, sœurette ?

Un plateau à la main, Carole venait de débarrasser une table à quelques mètres.

— Écoute, il s'est passé un truc.

Carole se figea.

— Papa ?

— Non, mais nous avons reçu une nouvelle lettre. Hier soir, au Lambert.

— Et c'est maintenant que tu m'en parles ?

Piquée à vif, Carole haussa les épaules et s'en alla sans même demander de quoi il retournait. Maurine se sentit dépitée. Elle convint avec Antoine de la lui montrer dans les plus brefs délais et partit retrouver sa sœur.

— J'allais t'en parler, dit-elle quand elles furent seules.

— Garde ta salive.

— Caro, je t'assure !

Un groupe venait de s'attabler et consultait la carte.

— Tu ferais mieux d'aller prendre leur commande, Maurine. La deuxième salve va commencer.

*

À maintes reprises dans l'après-midi, Maurine avait tenté de provoquer une nouvelle discussion avec Carole. Mais chaque fois, sa sœur s'était défilée, tantôt pour servir un client, tantôt pour prendre part à une conversation avec des amis de passage à la confiserie. En fin de journée, elles se rendirent au banquet de clôture organisé à l'école communale. De grandes tablées nappées de papier blanc avaient été dressées dans le préau par quelques bénévoles. Des bouteilles de rosé et des bouquets de fleurs champêtres étaient disposés un peu partout sur les tables. Tout Collobrières était présent et un joyeux brouhaha réchauffait l'atmosphère. Maurine s'installa à la table de Gilou et Viviane. Carole prit place à sa droite, en face d'Antoine qui avait gardé son uniforme pour la circonstance, à côté d'Arthur et de Nicolas. Ravi de participer aux conversations des grands, le gamin n'était pas en reste, ajoutant sa part d'innocence pleine de bon sens. Un bras posé sur le dossier de la chaise de son fils, Nicolas souriait à la dernière blague du boucher. Maurine se surprit une nouvelle fois à le regarder de manière appuyée. Il la faisait fondre avec ses cheveux en bataille. Lui arrivait-il de les discipliner ? Cette pensée la fit sourire. Nicolas se retourna à cet instant. Ils échangèrent un regard doux et complice qui lui parut durer un instant d'éternité.

Un éclat de rire brisa le charme, en bout de table. Il provenait de Jérôme qui plaisantait avec deux nymphettes, sans doute des connaissances rencontrées sur une plage de Pampelune ou lors d'une soirée en boîte. Maurine ne put s'empêcher de repenser à la déclaration qu'il lui avait faite à Saint-Tropez et cela la fit sourire. Le garagiste ne changerait donc jamais. Elle était finalement heureuse de le voir s'amuser malgré la déception qu'il avait dû ressentir. Derrière l'image du playboy se cachait celle d'un frère au grand cœur. Du reste, sa générosité lui jouait souvent des tours. Maurine en vint à se demander si ce n'était pas la raison fondamentale qui l'obligeait à rester vivre chez sa mère. D'ailleurs, à la manière dont celle-ci buvait ses paroles, il ne faisait aucun doute qu'elle était fière de son fils. Elle ne prêta plus attention à la conversation et se leva lorsque sa tante Édith et son mari quittèrent la table.

— Vous partez déjà ?

— Jean est fatigué. Tout ce bruit... Enfin, tu sais ce que c'est.

Son oncle ne semblait pas partager ce point de vue. Mais, fidèle à lui-même, il s'amusa de la situation en silence.

— J'aimerais te parler au plus vite, murmura Édith à l'oreille de Maurine. J'ai reçu le rapport du privé.

— Sans problème. Je peux venir demain, en début d'après-midi.

Un peu plus tard, ce fut au tour de Carole et d'Antoine de s'éclipser. Maurine s'en voulait de ne pas avoir tiré les choses au clair, mais elle fut ravie de voir le lien qui était en train de se tisser entre sa sœur et le gendarme. Celui-ci ne l'avait pas quittée des yeux de la soirée.

— Je vous sers un verre ? demanda Nicolas qui en avait profité pour prendre la place de Carole. À moins que vous ne vouliez rentrer vous aussi ?

Ils étaient seuls. Arthur avait rejoint d'autres enfants et courait entre les tables.

— Mon carrosse ne devrait pas se changer en citrouille. J'ai encore le temps.

Aux platines, le DJ lança les premières notes d'une musique hispano-orientale.

— Vous venez ? l'invita Nicolas.

Maurine se laissa entraîner. Après tout, pourquoi pas ? Voilà des années qu'elle n'avait pas dansé. Pourtant, à l'époque où elle vivait à Toulon, il lui arrivait de se défouler avec ses amis en boîte de nuit. Cette époque lui paraissait si loin à présent…

Dès les premières passes, Nicolas s'avéra un très bon cavalier et leurs mouvements s'accordèrent parfaitement. Ils dansèrent ainsi jusqu'à la fin de la série, puis retournèrent à leur table en plaisantant joyeusement, comme deux complices. Une quinzaine de minutes plus tard, après avoir bu un deuxième verre, ils décidèrent de rentrer. Nicolas glissa sa veste sur les épaules de Maurine et la raccompagna jusqu'à sa voiture.

— Mais vous êtes garée au bout du monde !

— Je n'ai pas pu entrer dans Collobrières. Ma voiture est stationnée derrière la maison de Gilou. Nous y voilà. J'ai passé une très bonne soirée, fit-elle au moment de prendre congé. Merci pour tout, Nicolas.

— Moi aussi, j'ai passé une excellente soirée. Vous ne m'aviez pas dit que vous étiez une redoutable danseuse.

Il l'embrassa furtivement et s'éloigna. Puis il se retourna et lui cria :

— Il faut qu'on remette ça !

À la distance où il se trouvait, elle se contenta de répondre d'un signe de la main.

Tout à ses pensées, Maurine ouvrit la portière de sa voiture. Soudain, elle entendit un cri étouffé. Elle tendit l'oreille et finit par comprendre que cela venait de chez Gilou. Inquiète, elle se précipita vers la boucherie et découvrit son parrain au pied de l'escalier menant à son appartement, en train de masser sa cheville. Elle l'examina et comprit immédiatement qu'elle était fracturée. Il fallait transporter Gilou à l'hôpital. Immédiatement, elle appela une ambulance et resta près de lui en attendant le véhicule. Le mieux était qu'elle l'accompagne. Elle verrait sur place avec l'interne de garde ce qu'il en était.

Ce n'est qu'un peu plus tard, pendant le trajet, que Gilou lui dit la vérité. Il n'était pas tombé tout seul, quelqu'un l'avait poussé…

11

— Ça va ?

Saisie par le froid piquant, Maurine s'inquiétait pour Gilou. Tout comme elle, il devait endurer le pénible trajet à bord du Land débâché. Dès que possible, elle demanderait à Jérôme de fixer le *hard-top* pour l'hiver. Malgré le bruit du moteur et les courants d'air, elle l'entendit ruminer son infortune une nouvelle fois. Gilou geignait ainsi depuis leur départ des urgences de l'hôpital de Gassin.

— *Qué cagade* ! Mais *qué cagade* !

Maurine jeta un bref coup d'œil sur le plâtre. Bien qu'elle fût désolée pour son parrain, il n'y avait pas eu d'autre solution. Les radios avaient confirmé son premier diagnostic : fracture de la cheville, trente jours minimum d'immobilisation avec, en prime, un anticoagulant en injection quotidienne afin d'éviter une phlébite. Gilou ne décolérait pas.

— Tu te rends compte, un mois ! Comment je vais faire pendant un mois ? Déjà que les affaires tournent au ralenti…

Par tous les moyens, Maurine avait tenté de justifier cette décision de le plâtrer. Incontournable à son sens. À bout d'arguments, elle choisit d'en plaisanter.

— Je vais croire que tu radotes...

— Tu dis ?

— Que tu radotes, mon pauvre Gilou.

— Je voudrais t'y voir à ma place, *empégué avé* ce truc.

Il secoua la tête.

— C'est pas possible. Je suis sûr qu'il s'est trompé. Un interne, tu parles ! Qu'est-ce qu'il y connaît ce minot ?

— Crois-moi, j'aurais fait la même chose.

Gilou s'en était miraculeusement bien sorti. Une chute vertigineuse dans l'escalier, dix-sept marches en roulé-boulé sans une côte fêlée ni même une écorchure ! Il avait eu une chance incroyable. Il aurait pu finir en fauteuil roulant ou se fracasser la tête sur le sol en pierre. Sa blessure n'était rien en comparaison.

— C'est comme cette idée que tu as eue de m'installer au Lambert. L'intention est généreuse, mais ça ne me dit rien, pitchoune. Je vais vous ennuyer plus qu'autre chose.

— Parce que tu crois qu'on te laissera faire ?

Compte tenu de son état, Gilou ne pouvait pas retourner chez lui. Maurine avait averti Carole qui avait immédiatement décidé de l'installer au rez-de-chaussée pendant sa convalescence.

— Je me connais, reprit-il, j'ai mes petites manies et mon sale caractère de vieux garçon. Je ne supporte pas d'être dépendant de quelqu'un. Ça me rend fada, vois-tu. Ce genre de situation me met tellement en rogne que je suis capable du pire. C'est pour cette raison que je vis seul. Mais bon, puisque tu insistes, allons, zou. Je t'aurai prévenue.

Maurine n'ignorait pas, du plus loin qu'elle se souvienne, que son parrain menait une existence de célibataire endurci, partageant son temps libre entre le terrain de pétanque et le café où il commentait l'actualité « *avé* les collègues ». Pas de femme. Pas d'enfant. Libre comme l'air. Pourtant, Collobrières se souvenait d'une liaison entre le boucher et la postière des années plus tôt. Leurs fiançailles avaient été rompues sans tambours ni trompettes. Et si un client de la boucherie avait le malheur de revenir sur l'épisode, Gilou coupait court et revendiquait son sacro-saint besoin de solitude.

— Avec nous, ce sera différent, on va te bichonner, tu verras. Tu seras un vrai coq en pâte.

Vaincu, Gilou esquissa un sourire triste.

*

Carole était à cran. Le corbeau était revenu à la charge et Maurine n'avait pas jugé utile de l'en informer. Comment avait-elle pu la tenir à l'écart d'une chose aussi grave ? Pour la confiance, sa sœur se payait carrément sa tête ! D'un geste sec, elle déploya un boutis sur le lit improvisé dans le salon. En temps voulu, elles régleraient leurs comptes en privé. Gilou n'avait pas à être impliqué dans cette histoire. Elle tapait le dernier oreiller lorsque le 4 x 4 se gara devant la porte du Lambert.

— Alors ? s'enquit-elle auprès de leur malheureux ami.

— Il a une méchante fracture, répondit Maurine avec spontanéité.

Carole soutint Gilou jusqu'au convertible en ignorant volontairement sa sœur.

— Je vais te chercher des affaires de toilette, se résigna Maurine.

— C'est fait, je ne t'ai pas attendue, la coupa Carole.

— Allons, les filles, s'emporta Gilou, vous n'allez pas vous chamailler toute la soirée ! Je vous préviens, je rentre chez moi tout de suite si vous n'arrêtez pas !

Carole s'en voulut aussitôt. Et ses bonnes résolutions, qu'en faisait-elle ? Par chance, Gilou ne leur en tint pas rigueur, son immobilisation le préoccupait davantage. Une fois bien calé contre les oreillers, il relata sa mésaventure. Alors qu'il rentrait chez lui, il avait entendu du bruit à l'étage. Inquiet, il avait pressé le pas dans l'escalier. Mais arrivé à deux marches du palier, un individu l'avait bousculé et pris aussitôt la fuite. Maurine avait alerté les gendarmes sur le chemin de l'hôpital. D'après les premières constatations, il s'agissait d'un cambriolage, le séjour et la chambre de l'appartement avaient été fouillés. Dès que possible, Antoine enregistrerait sa plainte. Quant à son commerce, Gilou devrait se résoudre à tirer le rideau pendant un mois au minimum…

— Depuis le temps que je te répète de fermer les portes à clef, déclara Carole comme une évidence. Avec tout ce qu'on voit à la télé.

— C'est bon, Caro, fit Maurine de guerre lasse, on ne va pas épiloguer.

En effet, « on ne va pas épiloguer », se dit Carole en cachant son amertume derrière un sourire affable. Elle s'assura du confort de Gilou et le laissa se reposer avant de monter elle-même se coucher. Mais une fois au lit, elle ressassa sa rancœur. Cette facilité avec laquelle sa sœur cristallisait l'attention l'exaspérait. Il était temps d'y mettre bon ordre.

Elle déclencha les hostilités le lendemain, tandis qu'elles allaient voir leur père à Ramatuelle. Comme d'habitude, Maurine avait proposé à Carole de passer la chercher à la confiserie. Elle doutait que sa sœur soit disposée à faire le trajet avec elle, aussi fut-elle surprise que celle-ci acceptât de l'accompagner.

— Quand est-ce que tu comptais m'en parler ? lâcha soudain Carole.

— De quoi ?

— De quoi, de quoi ! De la lettre du corbeau, pardi !

— Ah, ça…

— Oui, *ça* !

— Écoute, Caro, je te jure que j'avais l'intention de le faire.

Bien sûr. Face à ses erreurs, Maurine ressortait son couplet habituel et se trouvait des excuses. Trop facile. Carole ne laisserait pas passer l'affaire cette fois-ci. Elle attendrait que Maurine reconnaisse les faits. Elle agissait seule, constamment, sans tenir compte de son entourage et du mal qu'elle provoquait.

— Je te jure…

— Oh, non, s'il te plaît, ne jure pas ! Si tu avais vraiment voulu en discuter, tu aurais décroché ton fichu téléphone. Mais ça ne t'est même pas venu à l'esprit.

Cette évidence la minait. Elle était sur le point de s'emporter lorsque son portable sonna. Un nom s'afficha en grosses lettres sur l'écran tactile de son smartphone. Elle hésita à prendre la communication, gênée que sa sœur entende la conversation. Et puis zut. Après tout, pourquoi se priverait-elle ?

— Je t'appelle pour le restau, dit Antoine à l'autre bout du fil. Tu veux qu'on reporte ? Compte tenu des circonstances, je me disais que ce serait peut-être mieux pour toi. Enfin, si tu veux toujours qu'on dîne ensemble…

— Bien sûr.

Très vite, Carole réalisa que Gilou était au Lambert. Elle ne pouvait décemment pas l'abandonner dès le premier soir. Elle eut alors l'idée d'inviter Antoine à se joindre à eux. Il accepta avec joie. Dès qu'elle eut raccroché, et pour la forme, elle demanda à Maurine si elle voyait un inconvénient à sa venue. La réponse lui importait peu, du reste, elle n'avait aucun compte à rendre à sa sœur. Elle était chez elle après tout, libre d'imposer qui elle voulait à sa table. Ce n'était pas si fréquent. La dernière fois que la situation s'était produite, c'était en août dernier avec les dirigeants de Forbex. Ils avaient dîné sur la terrasse, dans la douceur de la nuit. En cuisine, Carole s'était surpassée et aucune fausse note n'avait perturbé cette soirée. Naïvement, elle avait cru que le fils du P.-D.G. en pinçait pour elle. Elle s'était leurrée. Pire, en voyant son fils faire les yeux doux à la maîtresse des lieux, le père avait repris les négociations avec fermeté et tenu son héritier à distance.

— Que disait le corbeau ? reprit-elle sèchement en rangeant le portable dans son sac.

— Textuellement : « Renonce, ou je te fais la peau. »

Une main sur le levier de vitesse, Maurine scrutait la route aux abords de Ramatuelle.

— Tu ne penses qu'à toi, lâcha Carole avec amertume.

Excédée, Maurine se gara *illico* sur le bas-côté. Sa sœur allait encore une fois jouer le registre de la victime, mais son discours indigné ne payait plus.

— Pourquoi dis-tu ça ?

— Parce que c'est vrai ! Je trouve ça dingue que tu ne m'aies pas avertie. Si Antoine n'était pas passé à la confiserie, tu n'aurais rien dit. Alors laisse de côté tes répliques de Calimero, grandis un peu et ose me dire que c'est faux !

— Oui, c'est faux. Que tu le croies ou non, j'allais t'en parler. Mais tu n'étais pas vraiment disponible avec la fête de la châtaigne, au cas où tu l'aurais oublié…

— Ah oui, comme toujours, c'est de ma faute ! Laisse tomber, il est impossible d'avoir une discussion avec toi, tu as constamment raison.

Immobilisée dans la voiture, Carole fixait la façade rosée du café de l'Ormeau. Une fois encore, Maurine trouverait les mots justes pour justifier son point de vue et elle la ferait passer pour une casse-pieds. Elle en avait assez d'être la rabat-joie de service, celle sur qui on se repose perpétuellement, le chef de clan qui doit sans cesse assumer l'intendance et le confort de la famille. Qu'avait-elle en échange? De l'indifférence… Si Maurine ne se rendait pas compte de cette évidence, elle ne parviendrait jamais à inverser le cours des choses. Plus d'une fois, elle aurait aimé échanger leurs rôles. Rien qu'une heure. Comme ce devait être pratique de ne penser qu'à soi. Depuis toujours, son statut d'aînée l'avait obligée à veiller sur Maurine au lieu de passer son temps libre avec des amis de son âge. Elle l'avait suivie chaque mercredi dans ses escapades en bicyclette ou dans ses explorations sur le site de la chartreuse de la Verne. Même si, à cette époque, la compagnie de Jérôme lui avait donné quelques bonnes raisons de le faire… Après le décès de leur mère, elle avait accordé à sa petite sœur plus d'attentions encore. Son père l'avait encouragée dans ce sens. Sans même s'en rendre compte, il avait poussé Carole à remplacer Anaïs, et sa sœur s'en était parfaitement accommodée. Elle avait accepté ce destin par crainte de les décevoir tous les deux. La moindre des choses qu'elle espérait en retour était un minimum de reconnaissance.

Maurine eut alors une réaction à laquelle Carole ne s'attendait pas. Avec sincérité et une infinie douceur, elle prononça le mot magique: «Pardon.» Devant la mine interloquée de sa sœur, elle ne lui laissa pas le temps de réagir et poursuivit :

— Je voulais te ménager, Caro. Tu as tellement de soucis. Papa, la confiserie… Je voudrais te prouver que tu n'es plus seule. Je suis revenue pour t'aider. Tu entends ? Je suis là. Laisse-moi gérer ça. S'il te plaît…

Maurine la prit dans ses bras, ce que Carole n'aurait jamais osé faire, par pudeur. Sa colère s'envola aussitôt. Elle voulait y croire. Et peu importe laquelle des deux ravalerait sa fierté en premier, l'heure n'était pas à ce genre d'enfantillage. Elles se retrouvaient enfin, unies par un même destin.

Elles se remirent en route quelques minutes plus tard.

— Qu'allons-nous faire de ce corbeau ? demanda Carole d'une voix qui trahissait ses craintes.

— Nous allons faire face. Avec l'aide d'Antoine, nous finirons bien par démasquer ce salaud. Une chose est certaine, il ne sait pas à qui il s'attaque. Le clan Casténat est soudé et nous lui ferons mordre la poussière.

Maurine se gara sur le parking de la clinique. Elles se dirigèrent vers l'aile droite du bâtiment équipée de digicodes aux portes donnant accès à l'« unité protégée pour personnes désorientées ». Rien que cette appellation administrative lui glaçait le sang. Carole avait le sentiment d'avoir enfermé leur père chez les fous.

— On ne lui dit rien, tu es d'accord ?

— C'est une évidence, reconnut Maurine en longeant le couloir qui desservait les chambres. Inutile de l'inquiéter dans son état.

Les filles découvrirent leur père grelottant de froid dans son lit-cage. Il avait ramené les couvertures sur lui et ne parvenait pas à se réchauffer malgré le radiateur poussé au maximum. Un jour sans, visiblement. Carole appréhendait chaque visite. Elle sourit pour donner le change bien que, en son for intérieur, elle était totalement dévastée de le voir ainsi. Henri ne se remettrait pas. Il finit par s'assoupir, sans même réaliser que ses filles étaient à son chevet. Et là, dans un demi-sommeil, il murmura quelques mots à peine audibles… Carole et Maurine tentèrent de lui poser quelques questions, mais il se contenta de les fixer de ses yeux vides de toute expression. Elles décidèrent de ne pas s'attarder et de le laisser se reposer. Abattues, elles quittèrent la clinique sans un mot.

— Qu'est-ce qu'il a voulu dire à ton avis ? demanda Maurine sur le chemin du retour.

— Je n'en ai pas la moindre idée. Il marmonnait une histoire de reconnaissance de dettes. Mais c'était totalement incohérent.

— Reconnaissance de dettes ?

Si seulement Carole avait compris ses propos ! Elle avait beau fouiller dans sa mémoire, elle ne voyait pas l'ombre d'une explication à cette histoire. Ne pas pouvoir donner de réponse à sa sœur l'irritait au plus haut point. Henri divaguait, il avait perdu tous ses repères. Maurine avait eu raison une fois de plus quand elle lui avait fait part de la gravité de sa maladie. Et elle n'avait pas voulu la croire. Blessée au fond de son cœur, Carole demeura silencieuse jusqu'à la confiserie où sa sœur la déposa.

— Pense à acheter du pain pour ce soir, se contenta-t-elle de demander au moment où Maurine repartait.

Jérôme, qui l'avait aperçue depuis la confiserie où il était passé voir sa mère, vint à sa rencontre. Il lui trouva une petite mine.

— Encore une de tes conquêtes !

Résignée depuis l'adolescence sur la nature profonde de Jérôme, Carole se dirigea directement vers les bureaux sans même réagir à cette sortie ridicule.

— Y a un problème ? lança le garagiste tout de go.

Carole s'arrêta dans son élan, soudain consciente d'avoir été désagréable avec quelqu'un qui ne le méritait pas.

— Je te prie de m'excuser, dit-elle en revenant sur ses pas. Je suis un peu à cran ces derniers temps. Je n'arrive pas à admettre pour papa.

— Ne t'excuse pas, ce que tu vis est difficile, répondit Jérôme en lui prenant affectueusement la main qu'il garda dans la sienne.

— Si tu l'avais vu. On aurait dit un petit vieux. Il était à moitié endormi et délirait, répétant comme une litanie une histoire de reconnaissance de dettes.

— Et tu as une idée de ce que ça veut dire ?

— Absolument pas.

— Peut-être a-t-il entendu récemment quelqu'un parler de ça. Les personnes dans son cas mélangent parfois le présent avec leur propre passé. Ils perdent la notion du temps.

— Peut-être…

— Je dérange ? les interrompit une voix derrière eux.

Raide et droit dans ses chaussures vernies, Antoine les observait. Gênée, Carole retira subitement sa main de celle de Jérôme.

— Jérôme me remontait le moral. Je suis allée voir papa…

— Ah, je comprends, fit-il poliment. Si je peux faire quoi que ce soit…

Carole remercia Antoine, désolée qu'il ait pu mal interpréter la situation. Mais ce qui la chagrinait surtout, c'est qu'il avait méchamment défié Jérôme du regard.

*

Au château du Frioul, l'employée de maison conduisit Maurine auprès d'Édith, assise comme d'habitude à sa table de travail. D'un geste avenant, la maîtresse des lieux invita sa nièce à s'asseoir tandis qu'elle terminait sa conversation téléphonique.

— C'était le détective, lança-t-elle après avoir raccroché. Il a du nouveau.

Elle s'était levée pour l'embrasser et la tenait maintenant à distance, les yeux pétillants d'excitation.

— Jette un coup d'œil.

De nombreuses photos échappées d'un dossier portant la mention « La Malamousque » étaient étalées sur le bureau.

— Dos Santos... Pff, tu n'avais jamais vu de photos de lui, hein ?

Édith avait mis tant de dédain dans sa phrase qu'il était facile de deviner son aversion pour le personnage. Comme dans la chanson *L'Étranger du vieux moulin*[1], Auréliano était un homme trop discret pour être honnête.

Trente-trois ans plus tôt, les événements de la Malamousque avaient connu le même dénouement tragique avec la mort de Dos Santos. Maurine avait grandi à Collobrières, une bourgade paisible qui portait encore les stigmates de ce fait divers. Comme d'autres endroits en Provence, l'évocation de cette commune perdue dans les forêts du massif des Maures avait une connotation hautement symbolique. Personne n'avait oublié la tuerie d'Auriol... Le double crime de Collobrières s'ajoutait à ce drame sanglant. Malgré leurs efforts, les municipalités qui s'étaient succédé n'avaient pas réussi à effacer de l'inconscient collectif les gros titres de l'époque. Trois décennies plus tard, de nombreux touristes s'écartaient encore du golfe de Saint-Tropez, en quête de sensations fortes à ajouter à leurs souvenirs de vacances. Peu

---

1. « Il vivait d'on ne savait quel drôle d'argent/D'une drôle de tâche qu'ignoraient les gens/Il semblait ne faire jamais rien/L'étranger du vieux moulin./La foule est comme un oiseau de proie/Monstre à langue de serpent/De sinistres bruits couraient déjà/Lentement, mais sûrement. » Alice Dona, album *De la tendresse*, 1979.

leur importaient les ruines de l'église Saint-Pons, un magnifique édifice du XIe siècle, le Pont-Vieux, datant lui du XIIe siècle, tout comme la chartreuse de la Verne. Ils recherchaient le grand frisson. Au fil du temps, la municipalité avait préféré miser sur des valeurs sûres, comme la traditionnelle fête votive, le festival de jazz en plein air, plus récent, ou la fête de la châtaigne, un rendez-vous incontournable depuis deux cent cinquante ans.

— J'ai toujours su que ce vaurien n'était pas clair, reprit Édith.

Maurine s'attarda sur le cliché qu'elle tenait dans les mains. Il s'agissait d'un agrandissement en noir et blanc du visage d'Auréliano. Malgré la coupe de cheveux et le bonnet d'un autre temps, elle lui trouvait un certain charme. Chevelure de jais, regard de braise, nez droit légèrement épaté à la base, lèvres charnues. Sans aucun doute, ce type avait un certain charisme.

— Figure-toi que j'en ai appris une bien belle sur son compte. Il est né à Funchal, sur l'île de Madère. Après le décès de ses parents dans l'incendie de leur maison, il a rejoint un frère de son père au Portugal, en 1972 exactement. Deux ans plus tard, la révolution des œillets a chassé la famille vers la France. L'enquête préliminaire sur la Malamousque mentionne aussi que l'oncle de Dos Santos est mort dans d'étranges circonstances.

Édith se rapprocha de l'oreille de sa nièce.

— Étouffé dans son sommeil, un accident de plus… Tu avoueras que ça fait beaucoup de coïncidences.

Elle se tut afin de ménager son effet.

—Le détective a fouillé son passé. Les dates concordent. Il a débarqué dans la région deux mois après l'enterrement. Plutôt curieux, non?

Maurine voyait parfaitement les insinuations de sa tante. Pourtant, elle ne pouvait se résoudre à croire Auréliano coupable. Ses yeux sombres inspiraient tant de bonté, même le meilleur des comédiens ne pourrait pas simuler avec autant de justesse.

«Il n'aurait pas fait quelque chose d'aussi affreux. Il en était incapable.» Cette réflexion de Marie-Céleste apportait un autre éclairage sur cette affaire non élucidée, et, secrètement, Maurine n'en était pas mécontente.

—Si tu veux mon avis, c'est lui le meurtrier, conclut Édith.

Suivant son idée, Maurine posa la question qui lui effleurait l'esprit depuis un moment.

—Il avait une liaison avec Marie-Céleste?

Édith la considéra d'un air profondément choqué.

—Voyons, tu es folle! Qu'est-ce que tu vas chercher? Ma sœur avait déjà épousé sa vocation. Ils étaient amis, un point c'est tout. Enfin, si l'on veut. Je crois surtout qu'il se servait d'elle.

—Comment ça?

—Avant de se retirer définitivement à la chartreuse, Marie-Céleste était infirmière-religieuse dans le civil. Chaque jour, elle prodiguait des soins dans les environs et travaillait avec le Dr Mazeret. Auréliano, l'un de ses patients, a profité de sa gentillesse pour la placer au milieu du différend qui l'opposait à Laucarte. Le conflit s'est envenimé à un point tel que Marie-Céleste a décidé de se retirer. À défaut de pouvoir alléger la souffrance de ses semblables, elle a choisi de prier pour le salut de leurs âmes.

— Mais son accident ? Et celui de Gilou ?

— Ce sont des recoupements un peu hâtifs, tu ne crois pas ? Rien ne prouve qu'il y a un lien. Ce sont des *accidents*, justement.

Maurine regarda sa tante qui n'avait pas cillé. Rien ne semblait faire infléchir cette femme au caractère bien trempé.

— Et pour les deux lettres du corbeau ?

— Deux ? fit-elle, inquiète.

— Nous en avons reçu une deuxième avant-hier soir.

Édith accusa le coup.

— Je l'ignorais, reconnut-elle, avant de supplier Maurine de faire attention.

Celle-ci lui avoua prendre ces menaces très au sérieux. C'est la raison pour laquelle elle s'était confiée à Antoine. Ensemble, ils allaient éclaircir l'affaire.

— Caro l'a invité à dîner ce soir. Il faut que je file.

Elle ramassa le dossier, laissant sa tante désemparée, et rentra directement au Lambert.

Aussitôt arrivée à la maison, elle appela de son portable le Dr Mazeret pour prendre rendez-vous. Sous le prétexte de commenter les résultats de sa biopsie, elle avait dans l'idée de le questionner sur le passé de Marie-Céleste. Car quoi qu'en dise Édith, Maurine avait besoin d'en apprendre davantage par elle-même.

12

Trois jours plus tôt, une bourrasque avait balayé le massif des Maures, annonçant l'arrivée du mistral et la promesse d'un temps frais et sec. Mais aujourd'hui, de lourds nuages plombaient le ciel, amenant la pluie dans leur sillage. Maurine avait terminé ses consultations et regagnait le Lambert. Elle accéléra afin d'éviter l'averse qui menaçait. Elle n'aurait pas le temps de se doucher, tout juste disposerait-elle de quelques minutes pour se changer. Une fois encore, elle était en retard et avait laissé Carole préparer seule le dîner. Après son départ du Frioul, elle avait été appelée en urgence dans une ferme isolée au col du Babaou, où un papé avait été victime d'un malaise. Elle avait dû alerter les pompiers et était restée jusqu'à leur arrivée. Carole n'allait pas aimer.

La châtaigneraie du Lambert apparut au loin, masse dense plongeant les sous-bois dans une brusque pénombre. Près des menhirs, le paysage avait pris une dimension apocalyptique. Maurine se gara sous l'auvent dans la cour et courut vers la grange pour éviter les premières gouttes. Depuis l'avant-veille, elle s'était habituée à y retrouver Nicolas et son fils qui venaient trier les châtaignes. Sous l'œil vigilant de son père, Arthur retirait les fruits véreux de la surface du fût.

— Déjà au travail ? lança-t-elle joyeusement.

— C'est bien la première fois que je le vois aussi concentré, souligna Devraux.

— Ouais, trop génial, la forêt !

— Tu seras un futur ingénieur de l'ONF, comme ton père, dit-elle en lui ébouriffant les cheveux.

Concentré au-dessus du tonneau dans lequel il aurait pu plonger tout entier, Arthur ne bougeait pas, les mâchoires serrées. Il ramenait une bogue dans son filet. Vagabond, assis à ses pieds, les oreilles dressées, attendait qu'une châtaigne tombe des mains de son jeune compagnon. Il la décortiquerait avec délice comme toutes les autres, le museau entre ses pattes, en lâchant de longs grognements de satisfaction.

— Tu te prends pour un cochon, le chien ? En général, c'est à eux qu'on donne les fruits abîmés.

Trépignant d'impatience, le griffon donna de la voix.

— Arthur a fait un heureux, on dirait.

— C'est à se demander qui est le plus heureux des deux..., répondit Nicolas en portant sur Maurine un sourire complice.

La jeune femme fut un instant troublée, mais elle se retint de rentrer dans le jeu de la séduction et se contenta de hocher la tête. Elle ne se faisait pas d'illusion. Le souvenir de Julia devait toujours hanter cet homme qui avait reconstruit sa vie autour de son fils et de son métier au grand air.

Il n'y avait pas de place pour elle. D'une certaine façon, elle comprenait ce choix, mais le regrettait terriblement.

— Au fait, s'écria Nicolas, vous aviez raison. Moins de vingt pour cent…

Tout content, il désignait le sac en toile de jute posé à deux mètres de lui. Maurine n'eut aucun mal à comprendre l'allusion. Comme elle l'avait diagnostiqué, la récolte de la saison tenait ses promesses.

— Pour fêter la bonne nouvelle, pourquoi ne viendriez-vous pas dîner à la maison ce soir ? Il y a Gilou, Carole, et on attend Antoine.

Nicolas hésitait à se décider. Elle insista.

— Allez, p'pa, s'écria Arthur. Dis oui !

— D'accord. Devant une telle coalition, je m'incline.

Son fils lui sauta au cou. Et Vagabond approuva en jappant joyeusement.

— On termine de vérifier ces deux sacs et on vous rejoint.

— Parfait. Je vais avertir Carole.

— Au fait, j'ai quelque chose pour vous.

Il sortit un livre de sa besace.

— Ça fait un moment que je voulais vous donner ce bouquin. Vous allez apprécier la façon dont l'auteur décrit la forêt.

Maurine accepta le cadeau, aussi curieuse de le lire qu'embarrassée de le recevoir.

— Oh, c'est très gentil à vous. Je suis ravie. Bon, je file à la maison, dit-elle en se demandant comment elle allait traverser la cour sans se tremper tant la pluie tombait dru maintenant.

— Prenez ça, fit Nicolas en lui couvrant la tête avec sa veste de chasse.

Elle le laissa faire, appréciant l'attention.

Maurine s'immobilisa dans le vestibule. La mélodie que fredonnait Carole dans la cuisine lui rappelait vaguement quelque chose. Après avoir accroché la vareuse trempée au portemanteau, elle se dirigea à pas de loup jusqu'à la porte entrebâillée et écouta encore un instant avant de se manifester. Sa sœur s'interrompit dès qu'elle la vit sur le seuil.

— Non, continue. J'aime bien t'entendre chanter.

Sans relever, Carole essuya ses mains dans son tablier puis enfourna le plat.

— Charles Aznavour, murmura Maurine. *Emmenez-moi*, la chanson préférée de papa…

Henri la sifflait tout le temps, quand il taillait les arbres, réparait le moteur du Land ou allumait un feu dans la cheminée. Entendre sa sœur la chanter l'avait émue, mais elle n'osa pas lui évoquer ce souvenir heureux.

— Je peux t'aider ?

— Il est un peu tard… C'est bon, tout est prêt.

Carole pouvait être fière de son efficacité. C'est à peine si l'on se doutait qu'elle avait préparé un savoureux dîner. Hormis l'appétissante tarte aux poires qui refroidissait sur la cuisinière, le plan de travail avait été nettoyé et la vaisselle rangée.

— Au fait, il y a du changement pour ce soir.

— Du changement ? De quel ordre ?

— J'ai invité Nicolas et son fils à se joindre à nous.

— Et c'est maintenant que tu me le dis ? Tu exagères ! J'ai prévu un loup de mer. Ce sera trop juste pour six !

— Attends, Nicolas et Arthur viennent nous donner un coup de main tous les jours, c'est normal qu'on les remercie, non ?

Maurine se pencha au-dessus du four avant d'ajouter avec malice :

— Quand il y en a pour quatre, il y en a pour six. Tu vois toujours large.

— Heureusement ! Avec toi, mieux vaut être prévoyante.

Elle n'insista pas, Gilou entrait dans la cuisine. Il détestait ces maudites béquilles et grognait.

— Vous ne savez faire que ça, vous chamailler ?

— Comment vas-tu ? s'enquit Maurine en l'embrassant.

— On fait aller.

— Patience... Un mois pour te remettre et oublier ce cambriolage, ce n'est pas si long. Et puis tu es bien ici, avec nous.

Elle l'aida à s'installer sur l'un des deux fauteuils provençaux qui présidaient à chaque extrémité de la table. Avec un peu de chance, Antoine aurait peut-être du nouveau.

— Un cambriolage..., marmonna Gilou, sceptique. Y a pourtant pas grand-chose à voler chez moi. Rien, si ce n'est mes souvenirs. Et la caisse du magasin est mise en banque tous les jours.

— Ton cambrioleur ne le savait pas forcément.

— Quand bien même. La recette quotidienne n'est pas mirobolante. Non, il y a une autre raison.

Maurine eut peur de comprendre.

— Eh oui, jeune fille. Je n'arrête pas de repenser à toute cette histoire, et aujourd'hui, je n'y vois qu'une explication.

— Laquelle ? déglutit-elle avec peine.

— Je crois qu'il s'agit de ton corbeau.

— Tu plaisantes ?

— Tu imagines que j'ai le cœur à badiner avec ces choses-là ?

Des images précises lui étaient revenues. Juste avant que le voleur le pousse dans l'escalier, il l'avait aperçu en train de fouiller dans ses papiers. Il n'avait pas pu vérifier si l'individu avait emporté ou non des documents, mais si son hypothèse du corbeau se confirmait, cette intrusion aurait une signification plus grave que celle imaginée par Maurine. L'auteur des lettres anonymes ne reculerait devant rien puisqu'il n'avait pas hésité à s'en prendre physiquement à quelqu'un. Mais pourquoi Gilou ? Qui pouvait lui en vouloir ? C'était impossible. Son parrain menait une vie tranquille, rangée. Sans histoire.

— Tu n'as rien à te reprocher, n'est-ce pas ?

— Bien sûr que non !

— Tu en es certain ?

— Mais t'es fada ? On serait en été, je te dirais que tu as pris un coup de *calourasse* sur le cabochon. Mais là…

— J'essaye de comprendre, c'est tout.

Ça n'avait pas de sens. Quel dénominateur commun existait-il entre le corbeau et cette agression ?

— Souviens-toi, reprit Gilou, je t'ai mise en garde dès que tu m'as parlé de Marie-Céleste. Ça sentait le soufre. Mais tu as persisté. Et vois ce qui se passe maintenant.

Il lui prit la main d'un air suppliant.

— Pitchoune, fais attention. Il y a peut-être dehors un tueur prêt à passer à l'acte. D'abord les intimidations, ensuite… Oh ! funérailles, laisse donc les gendarmes s'occuper de ça. Ce n'est pas à toi de brasser le passé, coquin de sort. Ce type n'est pas venu fouiller chez moi par hasard.

À peine avait-il prononcé ces mots qu'il se frappa le front.

— Bonne Mère, c'est pourtant clair !

— Quoi donc ?

Gilou se ravisa. Il avait trop parlé.

— Rien, tous les souvenirs n'ont pas besoin d'être déballés, voilà tout.

— Comment ça, « voilà tout » ?

Carole, intriguée à son tour, s'était approchée.

— Très bien, puisque vous insistez toutes les deux. Après tout, autant que vous le sachiez. Il y a des années, Henri a eu besoin d'argent pour moderniser la confiserie. Après le choc pétrolier, on était en pleine crise. Aucun banquier ne le suivait, tous plus frileux les uns que les autres. Alors je lui ai prêté les fonds.

— Et ? demandèrent-elles en chœur.

Gilou se tortilla sur le coussin. À l'époque, la boucherie lui rapportait de jolis bénéfices. Les clients payaient en espèces la plupart du temps. Il ne déclarait pas tout.

— Henri m'avait signé des papiers. C'était notre secret. Du reste, il m'a tout remboursé rubis sur l'ongle.

Sur l'instant, Maurine se demanda si la fameuse reconnaissance de dette dont avait parlé son père dans son délire était celle-là. Carole, qui n'avait rien dit jusque-là, intervint.

— D'accord, tu as fraudé le fisc. Mais il y a prescription aujourd'hui. Les bâtiments ont été refaits en 1976 !

— Dans le pire des cas, tu risques un contrôle fiscal sur les dernières années. Mieux vaut ça qu'être infirme ou mort, non ? renchérit Maurine.

— Ne me dévisagez pas comme ça, l'argent au noir, j'en fais plus depuis des lustres.

— On ne te juge pas, l'assura Carole, mais cette histoire est peut-être la clef de l'affaire, tu comprends ? Il faut en parler à Antoine.

— Je suis de ton avis, reprit Maurine qui cherchait mentalement à mettre un nom sur le corbeau. La seule fois où j'en ai parlé, c'était à la boucherie. Il y avait toi, Mlle Alban…

— Et Viviane, répliqua sa sœur.

— Elle n'a rien répété, j'en suis certaine. J'ai eu une conversation avec elle.

Carole haussa les épaules et retourna à ses fourneaux pour surveiller la cuisson du poisson. Gilou reprit la parole :

— Tu sais ce qu'on dit dans le Midi ? « Le soleil cogne si fort qu'il déforme la vérité. »

— Écoute, Gilou, je pense être encore capable de faire la part des choses, rétorqua Maurine, piquée.

— Je n'en doute pas, mais reconnais que Viviane parle à tort et à travers. Et ce n'est pas la pauvre Mlle Alban qui aurait pu me pousser dans l'escalier, tout de même!

Effectivement, Maurine voyait mal la vieille dame dans ce rôle et préféra se ranger à l'avis général. Impossible de nier le fait que Viviane était une pipelette.

Un bruit de moteur se fit entendre. À travers les trombes d'eau qui ruisselaient sur les vitres de la fenêtre, elle aperçut Antoine sortant de sa voiture. Cette fois-ci, il était en civil. Carole alla l'accueillir sur le perron. Maurine avait bien l'intention de rentrer dans le vif du sujet avec lui avant l'arrivée de Nicolas. Gilou serait plus à l'aise pour discuter de toute façon. La situation avait pris des proportions qui les dépassaient tous et le concours de la gendarmerie leur serait des plus utiles. Et puis elle avait fait une gaffe en parlant de Marie-Céleste à la boucherie, une gaffe qui risquait de mettre son entourage en danger. À peine Antoine les eut-il salués qu'elle l'aborda.

— Gilou a une théorie intéressante, déclara-t-elle en lui servant un verre de vin de pêche.

Elle sentit les regards de Carole et Gilou se poser sur elle.

— C'est bon, dit-elle, un peu agacée. Antoine est sans doute le mieux placé pour tirer cette affaire au clair. C'est bien la vérité que vous voulez, non?

Ils restèrent sans réaction, aussi résuma-t-elle les faits, tandis que Gilou et Carole confirmèrent ses dires.

— Qu'en penses-tu?

Antoine passa la main dans sa barbe naissante.

— Il ne faut écarter aucune piste. Les choses ont pris un tour sérieux.

Il s'adressa plus particulièrement à Maurine :

— Gilou a raison. Tu dois nous laisser agir en toute discrétion.

— C'est-à-dire ne plus t'en occuper, coupa Carole. Plus du tout !

— Absolument, reprit Antoine. Nous ne devons pas éveiller les soupçons et encore moins déclencher une psychose générale. La prudence est de rigueur. Dans un premier temps, notre enquête doit déterminer si tous les éléments sont liés. N'oublions pas l'accident de sœur Marie-Céleste...

— Marie-Céleste a eu un accident ? s'inquiéta Gilou.

— Oui, peu de temps avant le vôtre. Et d'après nos premiers indices, la piste criminelle semble plausible.

— Oh, *fan* ! Et que comptez-vous faire ?

— Si nous trouvons un point commun entre les lettres du corbeau et les deux « accidents », nous pourrons peut-être établir un profil.

Maurine se dirigea vers le buffet d'où elle sortit une pochette plastique contenant le deuxième message du corbeau. Avec un peu de chance, la police scientifique découvrirait une empreinte de l'auteur. Antoine l'examina avec attention puis la rangea soigneusement dans la poche intérieure de sa veste.

— J'ai envoyé la première au labo il y a quelques jours. Je n'ai toujours pas les résultats, mais, cela dit, les délais sont relativement longs, dit-il au moment où Nicolas et Arthur arrivaient.

Carole avait bien fait les choses, comme d'habitude. Les verrines d'aïoli aux crudités avaient été suivies d'un délicieux filet de loup présenté sur son lit de petits légumes fondants aux aromates. Sans oublier le dessert, une savoureuse tarte aux poires amandines. Un vrai chef. Ses recettes, élaborées selon l'inspiration du jour, relevaient le plus souvent de l'improvisation, pour le plus grand plaisir de ceux qui partageaient sa table. Sa cuisine était recherchée, légère et raffinée, à son image.

— Ma sœur est un vrai cordon-bleu, murmura Maurine à l'oreille de Nicolas alors qu'il l'aidait à laver les verres qui ne passaient pas au lave-vaisselle. Je ne lui arrive pas à la cheville. Mais promis, je ne vous ferai jamais l'affront de vous faire goûter ma cuisine.

— C'est déjà fait, dit-il d'un air faussement désabusé, et vous ne vous en êtes pas mal sortie si mes souvenirs sont bons. Mais si vous insistez, c'est moi qui me mettrai aux casseroles la prochaine fois que nous dînerons ensemble.

Maurine rinça le plat à tarte sous l'eau chaude. Par chance, Carole et ses hôtes poursuivaient leur discussion tout en sirotant un digestif. Maurine se persuadait mentalement qu'ils n'avaient rien entendu de leur échange. Pourtant, elle aurait aimé voir leur réaction. Nicolas ne venait-il pas de lui lancer une invitation ? Elle connaissait déjà ses talents de cuisinier, ce qui voulait dire qu'il ne cherchait pas à l'épater mais voulait plutôt la revoir. « Oh, doucement, disait sa raison. Qu'est-ce qui t'arrive ? Tu es en train de te faire un film. »

Mais elle devait reconnaître qu'elle était irrésistiblement attirée par cet homme tout en force et en douceur, un homme bien différent de ceux qu'elle avait fréquentés. Devraux lui plaisait et elle avait envie de le découvrir. Elle avait bien eu une histoire sérieuse il y a quelques années, alors qu'elle vivait à Toulon. Elle avait été sacrément mordue à l'époque, mais elle était passée par tous les stades du renoncement, acceptant toutes ses exigences sans imposer les siennes. La rupture avait été douloureuse et elle s'était réfugiée dans le travail. Ni son père, déjà affaibli, ni sa sœur, assaillie par les problèmes du quotidien, n'en avaient rien su. Elle avait géré cette crise toute seule. « Ce qui ne tue pas rend plus fort », pensa-t-elle.

— Vous me proposez un dîner? lança-t-elle, sans retenue cette fois-ci.

— Avec plaisir!

La spontanéité de Nicolas l'invita une fois de plus à se demander si elle ne s'emballait pas un peu vite.

— Je crois qu'on va rentrer, reprit-il en jetant un œil dans le salon. Arthur s'est endormi devant la télé. Il est tard, et demain il y a école.

Il essuya le dernier verre qu'il rangea dans son coffret et alla réveiller son fils. Arraché à son sommeil, le jeune garçon enroula ses bras autour du cou de son père qui le souleva délicatement du canapé. Nicolas mettait tant d'amour à combler le vide laissé par sa femme qu'il en devenait touchant. Sur le pas de la porte, Maurine glissa le manteau d'Arthur sur ses épaules. Au moment de dire au revoir à Nicolas, elle eut un instant d'hésitation qu'il interpréta comme étant une certaine forme de timidité, ou de gêne. Il s'engouffra dans la brèche et la devança :

— Je ne vous serre pas la main, j'ai les bras chargés. Je vous fais la bise.

À l'extérieur, la pluie avait cessé. Le vent soufflait par bourrasques glacées. Nicolas et son précieux colis s'enfoncèrent dans la nuit. Au moment où sa voiture passa devant le perron, il ralentit à la hauteur de Maurine qui lui fit un signe de la main. Il descendit la vitre de sa portière.

— On dit mardi soir ? Pour le dîner…

— D'accord. On fera le point sur le cynips.

Quelle cruche ! Comment avait-elle pu suggérer une telle chose alors qu'elle crevait d'envie de flirter avec lui ? Et voilà qu'elle paniquait au moment où une occasion se présentait. Elle resta un moment appuyée contre la porte, furieuse contre elle-même.

— Mais quelle cruche ! répéta-t-elle tout haut avant de rejoindre les autres.

Antoine s'apprêtait à partir lui aussi. Elle salua tout le monde et monta à l'étage. Arrivée dans sa chambre, elle se déshabilla aussitôt et jeta ses vêtements sur le fauteuil. C'est alors qu'elle aperçut, dépassant de son sac, le roman que Nicolas lui avait offert, *Les Châtaigniers du désert*[1]. Elle le saisit, se mit sous la couette et commença à le feuilleter machinalement. Un passage attira son attention :

---

1. Frédérique Hébrard, Plon, 2005.

Ce qui frappe dans une forêt de châtaigniers, c'est l'élasticité, l'épaisseur végétale du sol. À l'abri des arbres, les feuilles mortes ne sèchent ni ne pourrissent, mais, tapis permanent qui assourdit les pas et prépare les champignons, elles demeurent à la place où elles sont tombées. Peut-être depuis des siècles.

Rêveuse, elle referma le livre et le posa sur sa poitrine. Pendant quelques instants, elle laissa son esprit musarder. La forêt. *Sa* forêt. Nicolas…

Vivement mardi !

13

— Comment ça, « absente » ?

Un peu gêné, le magasinier hésita à rentrer dans le bureau de sa patronne. Il faut dire que ce qu'il venait de lui annoncer n'était pas banal.

— Enfin, Thierry, mais qu'est-ce que vous me chantez là ? s'insurgea Carole en fondant sur lui. Nous sommes en pleine période de glaçage et vous me dites que Viviane n'est pas à son poste ? C'est une plaisanterie ?

Sans attendre la réponse du jeune homme, elle descendit dans les ateliers. Sur la chaîne de production, les employés s'affairaient à conditionner les marrons par deux dans un sachet en voile de tulle.

— Quelqu'un a vu Viviane ? lança-t-elle à la volée.

Les visages se retournèrent mais personne n'osa répondre. Carole comprit alors que Viviane n'était pas là. Elle constata aussi que l'un des saisonniers n'avait pas les cheveux couverts. Après lui avoir signifié que la tenue réglementaire exigeait le port d'une blouse blanche, de gants et d'une charlotte sur la tête, elle passa son chemin et se dirigea vers l'atelier. Il n'y avait personne devant la raffineuse autoclave. Inquiète, elle inspecta chaque recoin de l'usine avant de sortir son portable de la poche. En trente-cinq ans de carrière, jamais Viviane Briand n'avait manqué une journée de travail. Quant à sa conscience professionnelle, elle n'était plus à démontrer. Première à prendre son poste, dernière à partir. Il y avait forcément un motif grave pour qu'elle manque à l'appel aujourd'hui.

— Réponds, bon sang !

Elle tomba sur sa boîte vocale, ce qui l'inquiéta davantage, mais elle ne laissa pas de message. Elle regagnait son bureau lorsque la sonnerie de son portable retentit. Contre toute attente, c'était Viviane.

— Désolée, j'ai fait une mauvaise manipulation et raccroché sans le vouloir, dit-elle. Je ne me ferai jamais à ces maudites *téléfounettes*.

— Viviane, qu'est-ce qui se passe ?

— J'ai une grippe carabinée. Je ne vais pas pouvoir venir travailler.

— Oh non, pas maintenant !

— *Bé,* si. Je suis tout *acafagniée*. Je sais, c'est un sale coup. Et tu me connais, si je pouvais, je viendrais. Mais là, j'en suis incapable. C'est à peine si je peux sortir de mon lit.

La faible voix de Viviane prit de l'assurance et elle entama alors un long monologue sur sa maladie, ses causes, ses conséquences… Carole trépignait d'impatience. Elle n'avait vraiment pas le temps de s'attarder avec elle. Mais Viviane poursuivit sa longue diatribe, rappelant qu'il y a cinq ans, sa voisine aussi l'avait contractée, la grippe. La jeunette ne s'en était pas remise, peuchère. Pleine d'énergie pourtant... Fauchée dans sa quatre-vingt-seizième année! Excédée, Carole tenta de mettre fin à ses digressions. Impossible de placer un mot. À la quatrième tentative, elle n'en revenait pas, le moulin à paroles avait enfin cessé de tourner.

— Tu en as au moins pour quatre jours. Laisse Maurine t'examiner, elle a peut-être un remède qui te remettra sur pied plus vite. Car là, je ne te cache pas que le moment est particulièrement mal choisi. Le glaçage des marrons va commencer et je ne vois pas qui pourrait te remplacer.

« Un peu de pommade ne fait pas de mal », se dit-elle avec l'espoir que Viviane soit sensible à cet argument et lui revienne dans les plus brefs délais. Elle s'en voulut aussitôt mais elle n'avait pas le choix. L'essentiel du chiffre d'affaires était réalisé en fin d'année. Édith lui avait bien proposé d'investir dans la confiserie, cependant elle n'avait plus jamais abordé le sujet par la suite. Il fallait absolument qu'elle lui en reparle avant de repousser définitivement la proposition Forbex. La situation devenait critique.

— Maurine ne fera pas de miracle, *pitchotte*. Il faut se faire une raison et prendre son mal en patience. *Té*, et Gilou ? Il se remet ?

— Oui, oui, parfait, coupa Carole un peu sèchement. Je te laisse, j'ai un double appel. Soigne-toi bien. Je te téléphone ce soir. Au revoir.

Quelle pipelette ! Comment faisait-elle pour ne pas se lasser elle-même ? Carole en avait le tournis. Par acquit de conscience, elle envoya un SMS à sa sœur. Mais il lui restait un énorme problème d'organisation sur les bras. Elle passa en revue toutes les possibilités de recours, même les plus improbables, mais hélas, elle ne vit aucune issue à son affaire. À cette période de l'année, les bons confiseurs s'arrachaient à prix d'or. Souvent, au cours des dernières années, son père l'avait incitée à former un remplaçant. Mais Carole avait rechigné. L'entreprise familiale ne pouvait pas se permettre d'embaucher un employé de plus. Un luxe qui lui aurait pourtant été bien utile aujourd'hui. Elle était prête à tout pour sauver la fabrication de ses marrons. Au besoin, elle s'y collerait personnellement. Pourquoi pas, après tout ? Plus elle réfléchissait à cette éventualité, plus elle lui trouvait des avantages. Si c'était la solution…

Elle décida sur-le-champ d'aller chez Viviane et de lui demander ses secrets de fabrication. La paperasse pouvait attendre, pas la production. Et ça ne sortirait pas de la famille, sa meilleure technicienne n'ayant aucune raison de lui refuser ce service. Pourquoi n'y avait-elle pas pensé plus tôt ? Sans doute parce qu'elle avait déjà trop à faire. Les clients et les fournisseurs d'un côté, l'administratif de l'autre, quand elle n'était pas elle-même sur la chaîne. Elle ne chômait pas. Et le départ d'Henri en maison spécialisée n'avait pas simplifié les choses. Mais malgré le retard considérable qu'elle avait pris dans ses dossiers ces dernières semaines, elle s'était arrangée pour aller le voir tous les jours à la clinique. Son père lui manquait…

Elle secoua la tête. Pas le temps de s'apitoyer, elle avait d'autres chats à fouetter et elle devait agir au mieux. Elle sortit de la confiserie, traversa le Pont-Vieux, la place de la Libération, puis remonta vers l'église Notre-Dame-des-Victoires. Les Briand habitaient juste là, dans une maison de village jaune pâle frangée d'une génoise. Elle sonna à plusieurs reprises, en vain. Étonnée, elle appela Viviane depuis la rue en espérant que celle-ci l'entendrait. Les volets restaient tirés. Loin d'être découragée mais soucieuse tout de même, elle rebroussa chemin. Jérôme devait en savoir davantage.

Depuis deux jours, il restaurait le moteur d'une Ford Mustang de collection. L'autoradio de la belle Américaine était poussé à fond et il n'entendit pas Carole rentrer dans le garage.

— Mais tu es complètement sourd ! s'écria-t-elle en baissant le son. Tu n'entends même pas lorsque quelqu'un vient.

— Oh, pardon ! dit-il en s'essuyant les mains dans un chiffon. Tu voulais ?

— Je cherche Viviane. Elle n'est pas chez elle ? Je venais lui remonter le moral, la grippe est mauvaise cette année.

— La grippe ? Quelle grippe ? Ma mère a la grippe ? Tiens donc… Quand je l'ai vue tout à l'heure, elle se portait comme un charme. La petite cachottière, elle sèche les cours maintenant ? Va savoir, elle s'est peut-être trouvé un mec…

— Jérôme ! Je suis sérieuse. Elle est malade, oui ou non ?

— Pas que je sache. Et si ça avait été le cas, je te prie de croire qu'elle l'aurait déjà clamé sous tous les toits.

Il posa délicatement le torchon sur l'aile du cabriolet.

— Laisse-moi deviner. Les marrons glacés ?

Bien qu'il l'agaçât prodigieusement, Carole devait lui reconnaître une qualité, sa perspicacité. Sous ses allures de play-boy, Jérôme était beaucoup plus fin qu'il n'y paraissait. Il abrégea son supplice.

— Elle est venue chercher sa Méhari il y a à peine une heure. Un rendez-vous à Grimaud, je crois. Elle avait l'air pressé.

— Pardon ?

— Tu connais ma mère, va savoir ce qui lui passe par la tête. Elle a dû juger que c'était extrêmement urgent.

— Plus que de venir à la confiserie en plein coup de feu ? Dis-lui que je l'attends. Elle a intérêt à rappliquer vite fait, sinon…

Carole n'alla pas plus loin, la colère était mauvaise conseillère. Si Viviane n'avait pas conscience du tort qu'elle causait à l'entreprise, il était temps de remettre les pendules à l'heure. Pour commencer, Carole reviendrait sur ce qu'elle considérait comme étant une haute trahison à son égard. Elle n'avait pas admis que Viviane, sa collaboratrice, et une amie de la famille dans le fond, l'ait dépeinte dans tout Collobrières comme une illuminée. C'est la raison pour laquelle

elle la battait froid depuis des semaines. Carole se mordait les doigts d'avoir évoqué la Dame blanche. Pourtant, au souvenir de cette soirée-là, elle frissonnait encore. Elle avait eu si peur.

— Jérôme, je compte sur toi pour transmettre le message à ta mère.

— Pas de souci, je le ferai. Au fait, pendant que j'y pense… Ton pote Antoine, c'est un bel enfoiré.

Carole revint sur ses pas, interloquée, mais curieuse d'en savoir plus.

— Hier soir, il m'a sucré mon permis. D'accord, je n'avais pas attaché ma ceinture et je roulais un peu vite. Mais il n'a rien voulu entendre, le bouffon. Résultat : je vais perdre mes six derniers points ! Comment je vais faire pour bosser, moi ?

C'est sûr, pensa-t-elle, loin de Saint-Tropez, son territoire de conquêtes était sérieusement restreint. Elle s'abstint cependant de le lui dire. Inutile de se montrer blessante avec Jérôme.

Carole rentra directement à la confiserie. Elle n'avait plus de temps à perdre. Mais une chose était sûre, elle n'allait pas laisser passer ça et Viviane s'en souviendrait. Elle commençait à peine son premier glaçage qu'elle entendit le moteur de la Méhari crachoter dans la cour de l'établissement. La jeune femme fut soulagée. Elle avait souvent vu Viviane élaborer ses glaçages, et elle connaissait le moindre geste. Mais pas les proportions…

— Mais qu'est-ce que tu fichais, cria-t-elle en se précipitant à sa rencontre. J'essaye de te joindre depuis des heures !

— Il faut que je te parle…

— Ça tombe bien, moi aussi.

Viviane, emmitouflée dans un anorak orange aussi voyant que sa voiture vert pomme, entraîna Carole un peu plus loin, à l'abri des oreilles indiscrètes. Son air solennel trahissait l'importance de la révélation qu'elle s'apprêtait à lui livrer.

— C'est vrai, je ne suis pas malade. Et si j'ai menti, c'est parce que j'étais certaine que tu désapprouverais.

— Laisse-moi juge. Je brûle d'impatience.

— Doris Filding, la célèbre médium, séjourne actuellement dans sa maison de Grimaud. Je l'ai rencontrée ce matin.

— Je rêve. Non, mais dis-moi que je rêve !

— Oh, *fatche*, pense ce que tu veux. Que tu le croies ou non, certains voyants ont un don extraordinaire. Doris Filding est de ceux-là. À vrai dire, c'est la meilleure. Même le FBI la sollicite.

— Résume, s'il te plaît, car figure-toi qu'il y a du travail, ici. À ce propos, je te signale qu'on t'attend pour le glaçage.

— Comme tu veux, mais tu devrais m'écouter d'abord. J'ai eu la chance d'avoir un rendez-vous avant qu'elle reparte en Amérique. C'est une femme charmante, tu sais, elle parle très bien français du reste. *Avé* l'accent yankee, mais bon. Je l'ai contactée par l'intermédiaire d'une amie et elle a accepté de me recevoir. C'était aujourd'hui ou jamais. *Fan*, j'ai pas hésité, j'y suis allée. Et je lui ai parlé de la Dame blanche. Je suis si inquiète, tu ne peux pas savoir…

— Ça suffit !

Carole n'avait pas l'intention d'en entendre davantage. Furieuse, elle tourna les talons et retourna à son poste de travail.

—Je te suggère de mettre davantage de sucre, murmura Viviane par-dessus son épaule, ton sirop est trop clair. Attends, laisse-moi faire.

D'une main experte, elle versa le contenu du sac de sucre aux trois quarts, jusqu'à obtenir la consistance souhaitée. Carole observait les palmes du mélangeur brassant la préparation dans le sens inverse des aiguilles d'une montre. Quelle était la règle ? Elle l'ignorait.

—Je voudrais que tu m'apprennes ta technique de glaçage.

—*Peuchère*, il n'y a pas de règle. À vue de nez, tu sais bien. Mais avant ça, je veux que tu m'écoutes attentivement.

Le secret de la fameuse recette en échange d'une histoire abracadabrante... Carole n'y couperait pas. Viviane ne se fit pas prier, du reste. Après avoir décrit la fabuleuse maison de star dans laquelle séjournait Miss Filding, elle entra dans le vif du sujet, au grand soulagement de Carole.

—Tu dois faire attention la prochaine fois que tu prendras ta voiture. Elle t'a vue avoir un grave accident au col du Babaou.

Trop ! C'était trop ! Elles avaient pris une journée de retard et Carole perdait son temps à écouter ces fadaises.

—Tu dois faire attention, répéta Viviane en la retenant par l'avant-bras. Cette femme a vraiment un don. Elle m'a décrit la scène précisément. Elle t'a vue, je te dis. Tu portais ton loden bleu marine. Comment peut-elle savoir que tu possèdes un loden bleu marine ?

— Viviane, je te promets de ne pas aller me perdre au col du Babaou en loden bleu marine. C'est gentil de te préoccuper de ma santé ou de mon avenir, si noir soit-il, mais, là, j'ai vraiment du travail.

Vexée, Viviane alla prendre sa blouse au vestiaire en bougonnant puis revint à sa table de travail. De très mauvaise grâce, elle communiqua sa recette de glaçage à mots comptés.

*

Si Antoine Aubry ne l'avait pas appelée en début de soirée, Carole aurait sans doute oublié leur dîner. Il lui proposa de reporter le rendez-vous, mais elle refusa. Après tout, et quitte à faire des heures supplémentaires, Viviane n'avait qu'à assumer ses responsabilités.

— Une maîtresse d'école, lança-t-elle sous forme de boutade en prenant place au restaurant, voilà ce que je suis. Une institutrice. On ne peut faire confiance à personne. Bref, inutile d'épiloguer sur cette histoire. Nous sommes là pour nous détendre. Mais dis-moi, c'est plutôt sympa ici.

Antoine avait réservé une table au Bougainville, à Cavalaire. Carole ne fut pas étonnée de ce choix. Le cadre, raffiné mais sans ostentation, convenait parfaitement à ce qu'elle espérait. Antoine se montrait prévenant, un brin cérémonial. Il avait même gardé la veste de son costume. Carole appréciait.

— À propos des Briand, reprit-il en jouant avec le manche de sa petite cuillère, j'ai verbalisé son fils.

— Oui, j'ai appris. Raconte…

La veille, lors d'un contrôle sur la route de Saint-Tropez, le brigadier-chef qui l'accompagnait avait eu maille à partir avec le propriétaire d'une Porsche qui s'était avéré être Jérôme. Antoine avait dû intervenir. Jérôme avait alors joué la carte du copinage, persuadé qu'il s'en tirerait à bon compte. Mais pour Antoine, nouvellement promu, la tolérance zéro s'imposait, surtout en présence de l'un de ses subalternes.

— Il n'a pas apprécié.

— J'imagine. Qu'est-ce qu'il va lui arriver maintenant ?

— Comme tout le monde, il sera convoqué au tribunal.

— Et son permis ? Il ne pourra plus travailler.

— C'est son problème. La loi, c'est la loi. Elle s'applique à chacun. Jérôme n'avait pas bouclé sa ceinture de sécurité et il venait de griller une bande blanche. Je ne pouvais pas fermer les yeux. Heureusement pour lui, nous n'avions pas installé le radar. Là, il aurait été bon pour le retrait immédiat. Tu comprends, j'étais obligé.

Carole ne lui donnait pas tort. Elle allait le lui dire, du reste, mais il venait de lui saisir la main et semblait ne pas vouloir la lâcher. À sa façon insistante de la dévisager, elle devina ses intentions.

— Et pour le corbeau, fit-elle par crainte que la situation ne lui échappe, tu as du nouveau ?

— Oui, justement...

Aubry avait confié les lettres anonymes à l'unité scientifique de la gendarmerie à Marseille. Leur équipe avait relevé une empreinte partielle qui ne figurait sur aucun fichier. À défaut, ils avaient analysé le papier, l'encre et la typo de chacune d'elles, et avaient conclu que l'origine des deux plis était la même.

— Toutes deux ont été tapées sur une vieille machine à écrire, une Olivetti Lettera à ruban, pour être exact.

— Il n'y aurait donc qu'un corbeau ?

— Je ne peux pas te l'affirmer, mais c'est fort probable. Bien que, dans ce genre d'affaire, le coupable brouille plutôt les pistes en changeant de matériel. Un corbeau prend toujours un malin plaisir à tirer les ficelles, il éprouve un sentiment jubilatoire de supériorité.

— J'en ai froid dans le dos...

— Il n'y a pas de raison.

Antoine se pencha vers elle.

— Je te promets qu'il ne t'arrivera rien. Tu peux compter sur moi. Je suis là.

Carole n'en doutait pas. Elle lui sourit avec tendresse. Antoine lui plaisait. Elle n'allait pas suivre l'attitude stupide de Maurine qui refusait d'admettre que Nicolas était amoureux d'elle. Un serveur déposa sur la table une marmite du pêcheur et une bourride aux poireaux.

—Mmmh, un pur délice! s'extasia-t-elle à la première bouchée. La lotte est tout simplement divine. Goûte.

Sans hésiter, elle tendit sa fourchette à Antoine qui fit de même en retour.

—Ah, que je sois damné sur-le-champ! Un avant-goût de paradis.

Dès lors, la soirée prit un tour inattendu. L'un comme l'autre se livrèrent sans retenue. Si bien qu'au moment où Antoine la déposa devant la porte du Lambert, Carole accepta une nouvelle invitation. Ils convinrent de se revoir en fin de semaine. Antoine était invité à un cocktail au château de la Messardière à Saint-Tropez, dans le cadre d'une manifestation officielle. Carole accepta avec joie, elle avait passé un très bon moment en sa compagnie et se réjouissait à l'idée de ce prochain rendez-vous. Alors qu'il lui ouvrait sa portière, Antoine se pencha à son oreille et murmura :

—Depuis le jour où je t'ai revue à la confiserie, j'ai envie de t'embrasser.

Il la prit dans ses bras et lui caressa le front, la joue. Puis leurs bouches se rencontrèrent...

14

Maurine marchait d'un bon pas, répétant mentalement ce qu'elle allait dire au Dr Mazeret. Son confrère lui avait donné rendez-vous à son domicile, à deux pas du cabinet. Elle fut introduite dans les appartements privés à l'étage.

— C'est une méchante tumeur, entama-t-il d'emblée. Je me suis procuré les résultats de ma biopsie.

Le vieux docteur ne se faisait guère d'illusion, une chimio s'imposait sans pour autant garantir le succès de la thérapie. Néanmoins, Maurine ne sous-estimait pas cette alternative. Dans certains cas, elle avait assisté à des rémissions exceptionnelles. Le moral du patient jouait un rôle essentiel dans le processus. Aussi, quand Mazeret lui annonça qu'il avait décidé de prendre sa retraite afin de ménager ses forces, elle se rangea à son avis.

— Je suis soulagé que tu prennes le relais, reconnut-il. Je sais que mes patients seront entre de bonnes mains.

— Si l'on excepte le cas de Marc Laborie. Avec lui, on ne peut pas dire que j'ai été à la hauteur.

— Sois plus indulgente avec toi-même, il s'est bien gardé de te mentionner ses antécédents ! Je crois qu'à un moment donné, il faut arrêter de penser qu'un médecin est le Bon Dieu en personne.

— Et vous ? Quel est votre avis là-dessus ?

Mazeret lâcha alors un profond soupir. Toute sa vie, il s'était battu pour sauver des vies. Souvent, la nature humaine l'avait surpris. Pourquoi certains malades s'en sortaient-ils quand la médecine ne pouvait plus rien pour eux alors que d'autres lâchaient prise sans que lui-même ait pu intervenir ? La science n'expliquait pas tout. Certains paramètres échappaient aux praticiens.

— Au cours de ma carrière, il y a une personne qui m'a vraiment fasciné, c'est ta tante Marie-Céleste. Elle avait le don de soulager les peines tout en prodiguant ses soins. J'ai travaillé avec elle avant qu'elle rentre au couvent. C'était une femme bien, une femme hors normes.

Maurine vit là l'opportunité d'en apprendre davantage sur la religieuse.

— J'ai entendu dire qu'elle était proche d'Auréliano Dos Santos ? Est-ce vrai ?

— Proche, oui, ils étaient même très amis. Il lui enseignait ses techniques de rebouteux. Pour ma part, je n'y croyais pas vraiment, mais je dois reconnaître que dans certains cas, c'était efficace. Bien sûr, je ne l'ai jamais avoué. Dos Santos n'avait pas bonne presse dans le coin. J'ai moi-même été lâche au moment des événements.

— Était-il coupable, selon vous ?

— D'être différent ? Sans aucun doute. Quant au crime dont on l'accusait, je ne sais pas. Avec le recul, je ne le crois pas.

Maurine posa alors la question qui la titillait depuis que Mazeret avait évoqué sa tante :

— Avait-il une liaison avec Marie-Céleste ?

— Non, comme je te le disais, ils étaient amis, même si certains prétendaient à l'époque qu'il sortait avec une femme mariée. Tu sais, les rumeurs allaient bon train au sujet de l'étranger du vieux moulin. Personnellement, je n'y attachais aucune importance, on disait tellement de choses sur lui.

Maurine nota cette précieuse information dans un coin de sa tête mais ne s'attarda plus sur le sujet. Mazeret s'était levé. Il la raccompagna sur le pas de la porte. Au moment de prendre congé, il la prévint qu'il prendrait rendez-vous avec l'un de ses confrères, cancérologue à Marseille. La jeune femme regagna son cabinet, à la fois songeuse et surprise par la décision de Mazeret de lui confier sa clientèle. La santé du vieux docteur la préoccupait tout autant et elle se promit d'aller prendre de ses nouvelles régulièrement. Des patients l'attendaient déjà dans la salle d'attente.

En fin de matinée, elle reçut un appel de Carole l'informant qu'elle l'accompagnerait voir leur père. Maurine avait réussi à se libérer et disposait de quelques heures après le déjeuner pour se rendre à la clinique, avant ses visites à domicile en fin d'après-midi. Elle proposa à sa sœur de passer la chercher à la confiserie.

*

Les filles s'apprêtaient à composer le code d'accès de l'entrée de la maison médicalisée lorsque les portes s'ouvrirent en douceur. Elles se trouvèrent nez à nez avec l'une des aides-soignantes qui s'occupaient de leur père. Elle poussait avec précaution un chariot rempli de plateaux vides et se dirigeait vers la cuisine centrale. Celle-ci salua chaleureusement Maurine et Carole à voix basse, respectant ainsi la consigne de ne pas faire de bruit à l'heure de la sieste. Du reste, la direction de l'établissement déconseillait les visites à ce moment de la journée. Mais Maurine n'avait pas pu faire autrement, et Carole n'avait pas trouvé d'autre créneau non plus. Maurine était heureuse de voir que leur dernière conversation avait resserré les liens entre elles. Comme autrefois.

— Votre papa est de très bonne humeur aujourd'hui, leur murmura l'aide-soignante, il n'a pas arrêté de plaisanter pendant le repas.

La jeune femme se surprit à espérer. Son père aurait-il remarqué le rapprochement entre ses filles ? Il somnolait dans son fauteuil lorsqu'elles rentrèrent dans la chambre silencieuse. Seule une bande de lumière échappée du store mi-clos pailletait d'or les rares particules de poussière qui flottaient dans l'air. À contre-jour, sa silhouette n'avait presque pas changé. Il se tenait droit, les mains jointes sur le ventre, calme et détendu. Puis, comme s'il eût senti leur présence, il ouvrit les paupières. Son visage s'illumina.

— Ah, mes filles…

La joie de les revoir perçait dans sa voix, tout comme une pointe d'orgueil. Maurine fut soulagée de constater qu'il reconnaissait Carole. Elle avait tant craint le contraire avant de venir. Elle se dit aussi qu'il fallait profiter pleinement de cet instant. Il serait fugace.

— Et la récolte ? demanda-t-il le regard étincelant.

Très émue, Carole approcha un siège et répondit avec enthousiasme. Toutefois, pour le ménager, elle omit de préciser certains détails, comme l'absence de Viviane ou la lenteur des négociations en cours avec Forbex. Maurine laissa parler sa sœur avant de prendre elle aussi la parole. La châtaigneraie du Lambert n'avait jamais autant donné. Pour preuve, elle avait amené un marron afin qu'Henri puisse l'étudier sous toutes ses coutures, ce qu'il fit. Il peina à l'éplucher et Maurine l'aida. La chair, pleine et bien remplie, ravit ses yeux d'expert.

— Avec ça, vous allez faire des merveilles, mes belles, déclara-t-il après un examen minutieux. Ce phénomène se produit rarement dans une vie, une fois tout au plus. Je me souviens d'avoir vécu une année exceptionnelle moi aussi. Les marrons étaient gros comme des œufs. Et il y en avait, mon Dieu… Des brouettes entières ! On les ramassait à la pelle à même le sol. En deux jours, la rumeur avait fait le tour de la région, et on a vu des producteurs d'Italie se déplacer en personne pour le constater. C'est bien simple, tout le monde en parlait. On a même eu droit à un reportage ! Il faut dire que la presse était déjà sur place. Tu penses, c'était juste après le drame de la Malamousque…

Maurine écoutait son père avec la plus grande attention. Carole n'avait pas prononcé un mot elle non plus, retenant son souffle. L'une comme l'autre avaient conscience de profiter d'un précieux moment de lucidité. Peut-être le dernier avant des semaines. Elles le savouraient avec d'autant plus de plaisir qu'elles retrouvaient le formidable bon sens dont leur père avait toujours fait preuve. Le vieil homme fit une pause et resta perdu dans ses souvenirs quelques secondes. Il luttait pour tenir le fil, avec l'esprit combatif qui l'avait toujours animé. Son regard se voila soudain. Elles crurent le perdre à nouveau. La maladie reprenait son cours insidieux.

—Tu disais? insista Carole malgré elle. Qu'est-ce que tu disais, papa, à propos de la Malamousque?

D'un geste discret, Maurine lui fit signe d'arrêter. Ce n'était pas le bon moyen d'obtenir des informations. Pourtant, tout comme sa sœur, elle avait envie d'en apprendre davantage. Mais en tant que médecin, elle savait aussi qu'il ne fallait pas brusquer un patient. Le sujet reviendrait peut-être dans la conversation. Ou pas. Et dans ce cas, un pan d'histoire s'évanouirait dans les couloirs du temps.

—C'était un automne comme celui-là, frais et sec, reprit-il alors qu'elles n'y croyaient plus, la fête de la châtaigne approchait. Le dimanche précédent, on était avec quelques collègues et le Dr Mazeret en train de bavarder au café de la place. Gilou nous avait rejoints. Laucarte est entré, furibard et éméché. Il m'a reproché devant tout le monde d'avoir emprunté de l'argent à Gilou pour moderniser la confiserie au lieu de m'adresser à lui. Je n'ai jamais su par qui il l'avait appris et je n'ai vraiment pas compris pourquoi il en était si contrarié. Toujours est-il que Laucarte était furieux. Vous l'auriez vu… « Je t'ai toujours dit que tu pouvais compter sur moi ! » braillait-il. Et puis il s'en est pris à Gilou. On a cru qu'il allait le frapper, alors on l'a mis dehors. Oh, il n'était pas commode le Patrice Laucarte. Et très impopulaire avec ça ! Y a qu'à voir comment il a terminé, du reste… Pour ma part, je n'ai jamais cru à la culpabilité de Dos Santos. On lui a fait porter le chapeau un peu trop vite. Il dérangeait, l'étranger du vieux moulin. Le pauvre, il n'a pas eu de chance. Si seulement il n'y avait pas eu cette histoire trois jours plus tôt.

Maurine l'invita du regard à poursuivre.

— Après cette dispute, Laucarte est venu nous présenter des excuses publiques, à Gilou et à moi. Alors, on a joué aux boules pour nous rabibocher. C'est là que Dos Santos est passé. Laucarte l'a regardé de travers et l'autre l'a mal pris. On n'a pas été trop de deux pour les séparer. Ils ne pouvaient pas se sentir. Pensez, Laucarte avait racheté le coteau et il lui avait donné deux jours pour vider les lieux avant de l'expulser du moulin. Dos Santos avait juré qu'il lui ferait la peau. Alors quand la Malamousque a brûlé, le coupable était tout désigné.

Henri montra un nouveau signe de fatigue, puis il se tut. Il n'irait pas plus loin pour le moment.

— On va te laisser te reposer, papa, suggéra Maurine en l'embrassant affectueusement.

Carole l'imita à regret.

— Pourquoi n'as-tu pas insisté ? demanda-t-elle quand elles furent sur le parking. Il était dans un bon jour.

— Justement, il ne faut pas l'épuiser. Repasse en fin d'après-midi si tu veux, moi je ne pourrai pas car j'ai mes visites. Et ce soir, je dîne chez Nicolas.

— C'est clair que je vais repasser. Tu te rends compte de ce qu'il vient de nous dire ? Dès que j'arrive au bureau, j'essaye de trouver ce fameux reportage sur le Lambert !

— Vas y doucement, s'il te plaît, répéta Maurine en démarrant. Papa est fragile.

Chaque fois qu'elle le put au cours de l'après-midi, elle essaya de recouper point par point les dernières révélations de son père. Une idée en entraînant une autre, Maurine était de plus en plus convaincue que Patrice Laucarte avait dans son entourage de nombreuses personnes susceptibles de lui en vouloir. De là à l'assassiner, la filiation semblait douteuse. Mais il y avait un lien, c'était une évidence. Tandis qu'elle roulait vers Collobrières de retour d'une visite, elle décida de faire un crochet au Frioul avec une idée en tête : interroger sa tante qui devait en savoir plus sur cette affaire.

— Pardon ? demanda Édith, choquée par ce que lui racontait Maurine. Tu n'es pas sérieuse ? Enfin, je veux bien que Laucarte n'ait pas été un saint, mais de là à remettre en cause la conclusion de l'enquête, je crois que tu y vas fort !

Elle prit le temps de s'asseoir sur une bergère du grand salon où elle avait emmené Maurine. Sa nièce ne se démonta pas et persista, trouvant de nouveaux arguments pour étayer ses dires. Plus elle réfléchissait, plus elle était persuadée de l'innocence d'Auréliano Dos Santos.

— Je me disais que tu pourrais lancer ton détective sur la piste Laucarte. La clef du meurtre est dans son passé, j'en suis persuadée. Cet homme n'était pas clair...

— Mais qu'est-ce que tu vas chercher ? Dos Santos l'a menacé devant une cinquantaine de témoins ! Tous ces gens ne peuvent pas être complices, tout de même. Un peu de bon sens.

Justement, la conclusion était bien trop hâtive. Et tellement pratique ! Maurine n'y croyait pas une seconde. Mais sans preuve irréfutable, sa théorie ne se défendait pas. Si elle parvenait à convaincre sa tante de lancer le détective sur la piste de Laucarte, il découvrirait peut-être le véritable mobile du meurtre. L'assassin, libre depuis des années et soulagé qu'un innocent endosse le crime à sa place, n'avait certainement pas apprécié de la voir déterrer cette vieille affaire. Maurine le dérangeait. Et il tentait peut-être de l'intimider par les lettres de menace avant de passer à l'acte. Si ce n'était pas déjà fait avec l'« accident » de Gilou. Maurine refusait de mettre son entourage en danger. C'est pour cette raison qu'elle était venue trouver Édith. L'investigation serait plus discrète. Et si elle en apprenait davantage, elle en ferait part à Antoine.

— Et tu oublies Marie-Céleste. Je présume que tu es au courant de ce qui lui est arrivé ?

— Oui, Mme Slotti m'en a parlé.

Cet argument eut l'effet désiré. Édith se résigna.

— De toute manière, je sais que tu n'en feras qu'à ta tête. Je n'ai pas le choix... Si je t'ai proposé les services d'un privé, c'est justement pour t'éviter de courir un danger. Je vais lui téléphoner.

Le soleil venait de disparaître derrière la crête voisine lorsque Maurine quitta le Frioul. Nicolas l'attendait pour dîner et elle avait à peine le temps de se changer. Arrivée au Lambert, elle salua furtivement Gilou puis alla prendre une douche avant d'examiner sa penderie, enroulée dans une serviette-éponge. Le constat était édifiant. Hormis sa petite robe noire et deux autres plus légères pour l'été, elle n'avait que des pantalons. Sa garde-robe en disait long sur sa vie sentimentale... Elle y remédierait dès samedi.

Une heure plus tard, elle arrivait chez Nicolas qui lui ouvrit la porte au premier coup de sonnette. Il portait un jean, une chemise blanche au col entrouvert et une veste en laine noire qui lui conférait l'air décontracté d'un gentleman-farmer des temps modernes. Son fils Arthur dormait chez son copain de classe, ils seraient donc seuls tous les deux, en tête à tête...

— Champagne ? lança-t-il d'un ton désinvolte.

— Nous avons quelque chose à fêter ?

— La récolte ! Elle est exceptionnelle, non ?

Il s'empara d'une bouteille dans le réfrigérateur, qu'il déboucha aussitôt. Maurine s'attarda sur ses mains larges et puissantes, des mains protectrices. Elle se hissa sur un tabouret au bar de la cuisine américaine. Secrètement, elle se surprit à espérer autre chose qu'une simple soirée entre amis. Elle avait envie d'en apprendre davantage sur Nicolas, sa vie avant le décès de sa femme et sa venue à Collobrières. Elle voulait surtout connaître la véritable raison de cette invitation. Avait-elle une chance? Bien qu'il ne fût pas exactement son genre d'homme, elle n'aurait pas su dire ce qui l'attirait le plus chez lui. Sans doute l'alchimie entre cette force qui émanait de lui et une certaine fragilité, qui la touchait. Il servit deux coupes qu'ils entrechoquèrent délicatement.

— À la récolte!

— À la récolte, enchaîna Maurine.

Il eut alors ce sourire espiègle qui la faisait chavirer chaque fois. « Ressaisis-toi », se dit-elle en trempant ses lèvres dans le verre. Fort heureusement, Nicolas mit fin à cet instant d'embarras qu'il semblait ne pas avoir remarqué en abordant le chapitre du cynips. Maurine s'en voulait d'avoir évoqué ce prétexte pour justifier leur dîner. De quoi avait-elle eu peur? Nicolas l'attirait. Et alors?

— J'ai eu une idée cet après-midi, reprit-il.

Compte tenu de l'ensoleillement du Lambert, et dans la perspective d'une récolte exceptionnelle cette année, il avait pensé qu'en greffant les meilleurs arbres des environs, il leur serait possible d'obtenir des marrons parfaits.

— Le marsol est une variété réputée pour sa bonne résistance aux maladies et son exceptionnelle vigueur. Les châtaigniers de la Malamousque, plus particulièrement, feraient d'excellents porte-greffes. D'autant plus qu'ils sont à vous maintenant.

— C'est vrai. Enfin… si nous sauvons les arpents du Lambert.

— Vous en doutez ?

Pleinement confiant, Nicolas lui prit la main.

— Venez.

Il contourna le bar et l'entraîna vers le canapé où il la fit asseoir avant de prendre place à côté d'elle.

— Nous les sauverons. Je vous le promets.

Bien plus qu'une promesse, c'était un défi. Nicolas était de ces hommes qui comprenaient le langage de la forêt. Il n'y avait qu'à voir la manière dont il caressait les troncs pour s'en persuader. Machinalement, il s'empara de la télécommande du jeu vidéo qu'Arthur avait laissé traîner.

— Grâce à vous, mon fils est aux anges, reconnut-il avec du soleil dans la voix. Il a été ravi de participer à la récolte. Je ne l'avais pas vu aussi heureux depuis…

— Depuis la mort de sa mère ? reprit Maurine.

Les mots lui avaient échappé. Elle s'excusa aussitôt de son indélicatesse. Nicolas la mit à l'aise, le sujet n'était plus tabou. Et le plus librement du monde, comme le feraient deux amis, il lui parla de Julia. Sans que Maurine eût besoin de lui demander quoi que ce soit, il anticipa ses questions. La mère d'Arthur avait été emportée par une méningite foudroyante en quarante-huit heures. Le choc ! Nicolas avait cru devenir fou. Par moments, la douleur avait été telle qu'il avait pensé ne jamais s'en remettre. Pourtant, il s'était accroché, avec un seul objectif en vue, son fils. Arthur n'avait plus que lui et il ne devait pas flancher... Pour tenir le coup, il allait quelquefois marcher une heure au grand air. Au fil du temps, il avait noté les bienfaits de ces promenades qui devinrent essentielles à son équilibre. Alors, pour ne plus vivre enfermé, il avait renoncé à son brillant avenir au siège d'un groupe privé et était rentré à l'ONF. Dans l'immensité des solitudes boisées, la nature l'avait ramené à l'essentiel.

— C'est fou, reconnut Maurine soudain émue, c'est exactement ce que je ressens quand je ne vais pas bien ! La nature m'apaise. Rien ne remplacera pour moi le bonheur que me procure une promenade dans mes châtaigneraies.

Entre deux rires, ils se regardèrent un bref instant, partageant le même désir. Nicolas lui caressa la joue délicatement. Quand ses doigts effleurèrent ses lèvres, Maurine les embrassa sans le quitter des yeux. Mais le charme fut rompu par la sonnerie de son téléphone. Dans un premier temps, ils firent mine d'ignorer l'appel. Il y eut alors une deuxième sonnerie, plus insistante. Maurine se résigna à consulter le nom qui s'affichait sur l'écran tactile de son portable : « Clinique Papa. »

— J'arrive tout de suite, dit-elle en raccrochant.

— Que se passe-t-il ? Vous avez l'air bouleversée.

— C'est papa. Il a eu une attaque cérébrale et on l'a transporté d'urgence à Toulon, répondit-elle au bord des larmes.

— Je vous emmène, décréta Nicolas en s'emparant de ses clefs de voiture.

Maurine ne l'en dissuada pas, bien au contraire. Ils partirent aussitôt. En chemin, ils passèrent chercher Carole qui avait été prévenue de son côté et les attendait. Quand ils arrivèrent à l'hôpital, Henri se trouvait en salle de soins intensifs. Dès les premiers symptômes, Maurine sut qu'il était trop faible pour endurer un choc aussi violent. Carole s'effondra. Sa sœur la prit dans ses bras et la berça doucement.

— Viens, allons à la cafétéria, tu as besoin d'un petit remontant.

Nicolas, qui était resté en retrait, estima ce moment trop intime pour qu'il impose sa présence. Il s'approcha de Maurine et lui glissa à l'oreille qu'il préférait les laisser seules avec leur père mais qu'elle pouvait l'appeler à tout moment. Maurine apprécia son immense délicatesse et le remercia.

Henri Casténat s'éteignit dans la nuit, ses deux filles à son chevet.

15

« Ni fleur ni couronne, avait souvent répété Henri. Plantez plutôt un arbre, un beau châtaignier sur le plateau. Je veux qu'on se souvienne de moi ainsi. » Maurine se rappelait les paroles de son père, pourtant, à cet instant, elle prenait conscience qu'elle lui disait au revoir pour toujours. Elle se tenait devant le cercueil, sa sœur à ses côtés. Unies dans un même chagrin, toutes deux regardaient les employés des pompes funèbres soulever le cercueil avant de le descendre dans le caveau familial. C'était leur enfance qu'elles mettaient en terre à tout jamais. Et bien qu'elle se soit préparée à cette épreuve, Maurine avait du mal à réaliser qu'elle ne reverrait plus jamais son père. Tout avait basculé si brutalement.

Sa main entra en contact avec celle de Carole, comme si, d'instinct, les sœurs Casténat avaient ressenti le besoin de se raccrocher l'une à l'autre. Au cours des derniers jours, Maurine avait été aspirée par le tourbillon des démarches administratives et des personnes à contacter pour organiser l'enterrement. Elle n'avait pas connu de répit, sa seule obsession ayant été de soutenir Carole dès la minute qui avait suivi le décès. À présent, la pression retombait, c'était l'heure du recueillement.

Le curé de la paroisse prononça l'ultime bénédiction. Au même moment, une bourrasque de mistral balaya le cimetière. Carole se signa. Maurine accompagna son geste, comme à l'époque où leur mère les conduisait à la messe. Depuis son décès, elle ne fréquentait les églises qu'à de rares occasions. Elle avait perdu la foi envers ce Dieu qui les avait privées de leur maman. Pour elle, il n'existait plus. C'était d'ailleurs un point de divergence entre elle et sa sœur qui, bien qu'elle ne pratiquât pas beaucoup de par ses activités à la confiserie, croyait en une vie éternelle.

Maurine se déporta sur la gauche pour recevoir les condoléances de la foule venue rendre un dernier hommage au défunt. Les gens s'étaient déplacés en nombre, certains même de très loin. Les allées du cimetière étaient bondées. À deux reprises, Maurine avait dû interrompre une discussion un peu longue entre Carole et une connaissance perdue de vue depuis des années et qui rappelait un passé heureux. À la peine s'ajoutaient des larmes de joie, des sanglots étreignaient les voix. Henri avait été aimé. Elles ne reverraient sans doute pas la plupart de ces visages malgré la promesse de rester en contact. D'anecdotes en souvenirs émus, Maurine découvrait que son père avait été généreux à l'égard de certaines personnes de Collobrières, souvent des familles modestes qu'il avait aidées à un moment difficile de leur vie. Elle l'ignorait totalement et se dit qu'elle aurait dû lui consacrer davantage de temps. Aujourd'hui c'était trop tard, elle se le reprocha amèrement. Combien de fois était-elle allée l'embrasser furtivement entre deux portes, presque irritée de devoir s'attarder à répondre à ses questions. En regardant le cercueil, les regrets l'assaillirent.

Nicolas venait d'arriver à sa hauteur et il la serra contre lui de tout son cœur. Elle se sentit soudain épaulée, libre de lui livrer ses sentiments les plus intimes et en toute confiance. Nicolas, lui, avait déjà franchi ce cap. Maurine le savait.

— Sincèrement désolé. Si je peux vous être utile en quoi que ce soit… Je sais ce que vous traversez, j'ai perdu mon père il y a sept ans, insista-t-il. Ça n'a pas été facile. Heureusement pour moi, j'étais très entouré. Alors si un jour vous avez besoin de parler, sachez que ma porte vous sera toujours ouverte. N'importe quand. D'accord ?

Il y avait tant de franchise dans ses mots que Maurine se sentit prête à fondre en larmes dans ses bras, mais elle se ressaisit en voyant les regards posés sur eux.

— Justement, j'ai une question à vous poser. Pour rendre hommage à papa, on va planter un châtaignier sur le domaine tout à l'heure. Pensez-vous que ce soit possible ? Je veux dire avec le cynips…

— Bien sûr, si vous évitez les abords de la zone contaminée.

— On pensait le planter en bordure de la terrasse, à côté de la maison.

— Le Lambert est suffisamment éloigné, il n'y a aucun problème.

Nicolas réitéra sa proposition et se retira. Maurine le regarda s'éloigner à regret avant d'être happée par Viviane. Un quart d'heure plus tard, la majorité des gens présents à la cérémonie se retrouvèrent à la salle des fêtes où le maire avait invité la population à partager le verre de l'amitié en hommage à son vieil ami Henri Casténat. Maurine put échanger d'autres souvenirs avec quelques personnes avec qui elle n'avait pas eu le temps de s'attarder au cimetière. Elle aperçut Nicolas devant le buffet et s'approcha.

— C'est gentil ce que vous m'avez dit tout à l'heure.

— Comme je vous le disais, je suis passé par là. C'est très dur au début. Après, c'est différent. Nos parents vivent à travers nous. Je ne vous cache pas que je parle encore très souvent à mon père. Il n'aurait pas aimé me voir m'écrouler.

— Le mien non plus.

— À sa mort, j'ai eu la chance de pouvoir me confier à Julia. Elle m'a beaucoup aidé.

— Je comprends.

— Vous savez, la véritable force est en vous. C'est votre père qui vous l'a transmise. Mais passez à la maison un de ces jours, nous en discuterons.

— Je vous le promets.

Carole les interrompit. Elle devait raccompagner Gilou au Lambert. Les deux sœurs convinrent de se retrouver là-bas.

Lorsqu'elle se gara dans la cour, Maurine vit aussitôt Carole pleurant sur l'épaule de Gilou. Le vieil homme était assis à ses côtés, dans le break Volvo. Ses sanglots redoublèrent en la voyant. Maurine fut presque soulagée de la voir craquer. Elle avait eu tellement peur que Carole intériorise sa douleur.

— Vas-y, pleure… ma belle.

Avec délicatesse, elle lui caressa longuement les cheveux. Carole sembla s'apaiser, sa respiration était moins saccadée. Maurine lui proposa d'aller planter le châtaignier de leur père. Gilou préféra les laisser entre elles et rentra directement à l'intérieur. Elles se dirigèrent à l'extrémité de la terrasse en gravillon. Là, en amont de la prairie aux menhirs, trônait le deuxième trésor du Lambert, l'arbre de Mme de Sévigné, ou plus exactement ce qu'il en restait après l'incendie de 1990 qui avait ravagé une partie de la châtaigneraie. Henri n'avait pas eu le courage de déraciner cette souche, large d'une quinzaine de mètres de circonférence. C'est ici, en effet, que la célèbre épistolière du Grand Siècle se reposait au détour de ses visites à la ferme. Carole s'immobilisa.

— Mais ne vont-ils pas se gêner ?

— Non, répondit Maurine en plantant sa pelle cinq mètres plus loin. De toute façon, les troncs finiront par se rejoindre. C'est l'endroit idéal, qu'en dis-tu ?

— Je te laisse juge. Tu connais mieux les arbres que moi. Mais oui, ça me semble bien. On pourra le voir de nos fenêtres sans qu'il coupe la perspective sur la vallée.

De concert, elles pelletèrent la terre meuble. Lorsque le trou fut assez profond, elles sortirent le jeune plan de la brouette et le placèrent au milieu.

— Voilà, papa, dit Carole tristement, comme tu nous l'as si souvent demandé, nous avons planté un de tes chers châtaigniers devant la maison.

L'espace d'une seconde, Maurine eut l'impression que leur père était à leurs côtés, en train de tasser les mottes. Elle se surprit à lever les yeux au ciel. Elle, l'agnostique ! Quelque part dans l'immensité, ou peut-être tout près, Henri allait maintenant veiller sur ses filles. Maurine chassa cette idée incongrue.

— Tu sais, le plus drôle, c'est que d'ici quelques années, le feuillage de cet arbre protégera la souche du Sévigné. Ainsi, papa va prendre soin de la marquise.

— Sauf s'il y a un nouvel incendie !

Avec son naturel pessimiste, Carole envisageait systématiquement le pire. La mort de leur mère n'avait fait qu'accentuer ce trait de caractère. Maurine se sentit responsable. Par devoir, et pour la protéger, sa sœur était devenue une femme grave, voire froide aux yeux de certains. Elle l'enlaça avec une infinie tendresse.

— Je suis ridicule, réalisa Carole. L'enfer de 1990 ne peut plus se reproduire, papa a planté des châtaigniers derrière la maison. Et vu comme tu t'en occupes…

Il n'y avait rien de sarcastique dans ce propos, au contraire, c'était même un compliment et une reconnaissance de ses efforts. Maurine le prit comme tel. Elle attachait le même amour au domaine que Carole à la confiserie. Deux fois par an, elle entretenait méticuleusement les sous-bois. Le reste du temps, Pompon et Grizou, deux ânes aux yeux malicieux, débroussaillaient le terrain en broutant les jeunes pousses d'herbe au pied des arbres. Quant à la prairie aux menhirs, les Casténat la louaient à leur voisin, un éleveur de moutons. Le domaine était propre, les flammes n'auraient plus de prise. Même la dernière parcelle par laquelle le feu s'était propagé avait été reboisée en châtaigniers. Il n'y avait plus aucun risque. Elles s'assirent l'une contre l'autre sur la souche du Sévigné.

— Pardon, je me fais du mauvais sang pour rien.

Pour toute réponse, Maurine posa sa tête sur l'épaule de sa sœur, le regard fixé sur l'arbre qu'elles venaient de planter. Depuis trois jours, elle n'avait pas eu une minute à elle et là, subitement, elle réalisa que tout était vraiment fini. Son père était mort et enterré. Prise dans un tourbillon, Maurine s'était laissé porter par les événements sans vraiment les appréhender. Elle n'avait jusque-là pas versé une larme, ni fléchi un seul instant. Rien. Rien qu'un vide vertigineux…

Carole frissonna et décida de rentrer. Maurine ne bougea pas, elle avait besoin d'être seule, de comprendre ce qui se passait. Le marsol qu'elles avaient planté serait bien ici. Ses jeunes pousses auraient tout l'espace et la lumière nécessaire pour s'épanouir.

— Tu seras bien, papa.

Maurine se trouva stupide. Elle parlait aux arbres maintenant… Son père était mort. La forêt s'assombrit d'un coup à l'approche de la nuit. Elle se mit à frissonner dans le froid mordant et elle regagna la maison à son tour. Sur la table de la cuisine, elle trouva un mot de Carole ainsi qu'une assiette de crudités. Touchante attention de la part de sa sœur. Elle déplia le petit billet et les larmes lui montèrent aux yeux lorsqu'elle découvrit le message.

Je n'aurais pas pu tenir sans toi ces derniers jours. Merci. C'est bon de t'avoir à la maison.

Elle ne devait pas craquer. Pas maintenant. Elle picora dans l'assiette de crudités mais ne la termina pas car elle n'avait pas très faim. Elle rangea le plat dans le réfrigérateur et monta se coucher. Au moment où elle passait devant la chambre de sa sœur, elle vit un rai de lumière s'échapper de la porte. Sa sœur ne dormait pas. Elle frappa doucement.

— Merci à toi pour le repas et… pour le mot.

— De rien, lui répondit Carole qui sanglotait dans son lit.

— Ma Caro…

— Il va tellement me manquer !

Elle laissa échapper un sanglot. Maurine s'assit sur le lit et l'enlaça.

— Il nous faudra du temps, souffla-t-elle.

Après quelques hésitations, elle lui proposa de prendre un somnifère. Elle connaissait la méfiance de Carole pour ce genre de médicaments.

— J'en ai déjà pris un.

—Tu sais, murmura alors Maurine comme pour se convaincre elle-même, c'est ce qu'il y avait de mieux pour papa. Il ne souffre plus.

—Tu as raison. Nous devrions être heureuses pour lui au lieu de réagir comme des égoïstes. Je suis sûre qu'il est bien, là-haut. Il a rejoint maman.

Cette idée apaisa Carole qui finit par s'endormir. Maurine, pour sa part, n'avait aucun espoir auquel se raccrocher, et pour une fois elle envia sa sœur d'avoir la foi. Avec précaution, elle s'allongea près d'elle et éteignit la petite lampe de chevet. L'une contre l'autre en chien de fusil, comme avant. Maurine eut envie de pleurer, mais les larmes ne vinrent pas...

Le lendemain à la première heure, elle se rendit au couvent sous prétexte d'une visite de routine. Sa tante se trouvait à l'accueil, dans la vaste salle en pierres blondes. Maurine avait besoin de comprendre.

—C'est quoi avoir la foi? lâcha-t-elle après avoir ruminé cette question une bonne partie de la nuit.

La religieuse sortit de derrière son pupitre et s'approcha de sa nièce, radieuse.

—Ton cœur le sait car il t'a conduite jusqu'ici.

—Oh là, pas si vite! Je posais seulement une question. Je ne suis pas en train d'avouer que j'ai été touchée par la grâce.

—Crois-tu?

—Oui!

—Remercie Henri de t'avoir fait ce merveilleux cadeau. Accepte-le! Il t'a montré la voie...

La joie apparente de sœur Marie-Céleste la désarmait au plus haut point. Elle semblait tellement convaincue de ce qu'elle avançait.

— Dieu nous enseigne la sagesse et l'humilité. Dans Sa grande bonté, Il n'écarte personne et nous montre le chemin vers la lumière éternelle. De là-haut, Henri veille sur toi.

— Mais comment peux-tu en être certaine ?

— J'ai la foi ! Tout comme toi aujourd'hui. Et tu es là parce que tu doutes… « Crois pour comprendre », disait saint Augustin.

C'était donc ça, la foi, cette notion abstraite qu'elle abordait pour la première fois avec sa tante ? Maurine lâcha un profond soupir.

— Mais je suis athée !

— L'être humain veut des explications rationnelles, la foi est divine. Encore une croyance qui t'empêchait de t'épanouir dans l'amour.

Marie-Céleste avait prononcé ces mots comme une évidence. Maurine pensa à son père. Il avait élevé ses filles, les avaient soutenues et aimées. Cet amour sans limite ne pouvait s'interrompre aussi brutalement, il en restait forcément quelque chose. Et si sa tante avait raison…

Une cloche retentit. C'était l'heure de la lecture liturgique et Marie-Céleste se retira. Maurine se rapprocha de la fenêtre et observa le cortège. Les moniales, en rang par deux, progressaient sous le grand cloître et se dirigeaient vers la chapelle. Dans le jeu d'ombre et de lumière des arcades, elle fut frappée par le bonheur qui émanait de ces élues de Dieu. Elles évoquaient immanquablement les oiseaux de Paradis que l'on trouve dans les livres de catéchisme. Maurine fut frappée par l'empressement qui animait leurs visages.

Elle quitta le monastère et se rendit à son cabinet. Elle n'avait pris aucun rendez-vous pour la matinée mais elle avait une pile de courrier en retard, et surtout l'envie de se retrouver seule pour réfléchir à la conversation qu'elle venait d'avoir avec Marie-Céleste. Prier pouvait-il être une source de bien-être et non d'ennui ? Toutes ces interrogations soudaines la déroutèrent.

Elle termina ses visites de bonne heure l'après-midi et rentra tôt au Lambert, ravie de passer la soirée au calme en compagnie de Carole et Gilou. Mais une déconvenue l'attendait. La voiture d'Édith garée dans la cour lui rappela qu'elle et Jean dînaient avec eux ce soir. Cette invitation lui était complètement sortie de la tête. Elle déposa ses clefs sur la console à l'entrée et s'arma de courage. Au moment où elle franchit la porte du séjour, Maurine se figea aussitôt. Sa tante s'était assise à la place d'Henri et elle trouvait qu'il y avait quelque chose d'indécent et de déplacé dans ce plan de table.

— Tu aurais pu attendre avant de les inviter, reprocha-t-elle à Carole lorsqu'elles se retrouvèrent à la cuisine.

— Édith et Jean sont nos plus proches parents. Et nous leur devions une invitation.

— Soit ! Mais de là à installer Édith à la place de papa.

Tout au long du dîner, Maurine fit bonne figure pour la forme. La sollicitude de sa tante et son air affecté l'irritaient prodigieusement.

Elle s'immisçait dans leur deuil comme si elle avait voulu s'acheter une légitimité. Par respect, Maurine évita de se montrer trop sèche. Elle surveillait Gilou du coin de l'œil. Son parrain avait l'air profondément abattu et avait perdu sa verve coutumière. Soudain, il fondit en larmes.

—Pardonnez-moi, je suis vraiment désolé. Mais Henri était comme un frère pour moi. Quand nous étions pitchounes, c'était le seul à l'école qui prenait ma défense. Et c'est dur, très dur, je vous assure, de perdre son meilleur ami. Avec lui, c'est aussi une part de moi-même qui est morte.

Les filles se levèrent pour aller l'embrasser.

—C'est la cruelle loi de l'existence... Nous sommes tous égaux devant la mort, philosopha Édith qui n'avait pas bougé de sa chaise. On n'y peut rien.

Maurine lui jeta un regard sombre. Comment pouvait-elle se montrer aussi insensible? Elle prit sur elle une nouvelle fois et s'abstint de répondre. Fort heureusement, Jean exprima le souhait de rentrer. Il n'avait rien dit de toute la soirée, manifestement gêné par l'attitude intrusive de sa femme.

À la fois soulagée de les voir partir et en colère, Maurine monta immédiatement dans sa chambre. Alors qu'elle s'apprêtait à prendre une douche, elle reçut un appel de Nicolas.

—Je voulais savoir comment vous alliez. Mais pardon, je vous dérange peut-être...

—Non, mais la soirée a été éprouvante, vraiment.

Elle était contente de l'entendre. Elle avait besoin de parler.

— Et si vous veniez chez moi ? demanda-t-il à brûle-pourpoint.

— Quand ? Maintenant ?

— Il n'est pas très tard après tout, et j'en serais ravi.

— Arthur est couché ?

— Vous avez deviné.

Maurine n'attendait que ça. Sans se faire prier, elle s'empara de ses clefs de voiture et descendit l'escalier sans faire de bruit. Elle n'avait pas envie d'expliquer ce coup de folie, sachant pertinemment qu'elle se mettrait à pleurer elle aussi si elle commençait à parler à Carole ou à Gilou. Elle se trouvait stupide et indigne à la fois, mais il lui serait plus facile de s'épancher sur l'épaule de Nicolas que sur celle d'un proche. Du reste, Nicolas n'était pas qu'une simple connaissance, une relation professionnelle ou un nouvel ami, il était bien plus que ça. Il lui plaisait et c'est certainement ce qui la perturbait le plus en ce moment. Comment pouvait-elle, alors qu'elle venait à peine d'enterrer son père, avoir une telle envie de voir cet homme qui occupait maintenant constamment son esprit ?

Maurine amorça le dernier virage avant l'entrée de Collobrières sur les chapeaux de roue, se demandant ce qu'en aurait pensé Henri. Il n'aurait pas désapprouvé. Au contraire, il aurait été ravi de lui indiquer le chemin qui rendrait son absence moins douloureuse. L'admettre n'était pas rogner sa peine. Marie-Céleste avait peut-être raison, il lui indiquait le chemin de l'amour. Non, c'était impossible.

Nicolas l'accueillit chaleureusement, comme le ferait un ami de longue date. Il la débarrassa de son pardessus et la serra contre lui. Et là, comme soulagée d'un immense poids, elle se laissa submerger par les larmes.

— Pardon, s'excusa-t-elle à voix basse afin de ne pas réveiller Arthur.

— Pardon de quoi ? Je t'ai dit que je serais toujours là pour toi. Et aujourd'hui tu es dans la peine.

C'était la première fois qu'il la tutoyait. Elle sentit ses bras énergiques et rassurants autour de ses épaules, sa chaleur, son odeur. Les sanglots l'assaillirent de nouveau. Nicolas l'entraîna par la main dans le salon. Elle se blottit à nouveau contre lui tandis qu'il lui caressait le visage avec une infinie douceur.

— Merci d'être là, reconnut-elle avec sincérité.

Dès lors, les mots jaillirent de sa bouche sans qu'elle puisse les interrompre. D'une voix monocorde, elle ne s'épargna aucun reproche, aucune critique. Elle avait négligé sa famille en partant faire ses études, laissé Carole gérer le domaine pendant la maladie de leur père. Finalement, elle n'avait été qu'une égoïste et sa sœur avait toutes les raisons de lui en vouloir. Nicolas la laissa parler sans l'interrompre. Elle sembla presque soulagée d'avoir pu exprimer tous ses regrets, car, dans le fond, c'est à elle seule qu'elle en voulait.

— Ça ne te fait pas peur ?

—Ton autocritique n'est pas des plus objectives. Mais c'est le début du deuil, et c'est normal de douter.

Maurine releva la tête. Nicolas prit son visage entre ses mains et la regarda avec tendresse.

—Tu ne me feras pas fuir avec ça, tu sais.

Il approcha doucement son visage du sien et elle s'abandonna au goût de ses lèvres.

16

Novembre s'achevait. En un mois, le paysage avait totalement changé. La lumière blanche de l'hiver saturait les couleurs et la végétation s'endormait, pour renaître au retour de la belle saison. Après un dernier sursaut, l'été s'était brusquement retiré. Le thermomètre avait chuté et atteint cinq à six degrés depuis que le mistral s'était levé. Trois jours ainsi, et l'air serait frais mais sec. Six, la pluie et le froid s'imposeraient. Neuf, et la Provence révélerait sa vraie nature, impétueuse et excessive. Seuls les oracles en comprenaient les signes avant-coureurs. Mais ceux-ci gardaient leur mystère et les secrets de leur langage.

Antoine Aubry ne tenait pas compte de ce genre de considérations. En tant qu'officier de gendarmerie, seuls les faits l'intéressaient. Il lui fallait des preuves. Preuves qui justement lui faisaient défaut en ce moment. Dans l'affaire du corbeau, il piétinait. Rien de tangible qui lui permette de remonter jusqu'à l'expéditeur. Le commandant de la brigade détachée à Collobrières estimait percer parfaitement la psychologie des criminels et ne demandait qu'une opportunité de le prouver à sa hiérarchie. Sa récente mutation dans la région l'avait profondément déçu. Avec ses états de service irréprochables il s'était attendu à de plus hautes responsabilités. Saint-Tropez, par exemple. Loin des clichés, cette affectation était un tremplin où Antoine aurait pu donner la pleine mesure de ses talents. En guise de promotion, il avait été envoyé à trente kilomètres de là. Ses supérieurs avaient sans doute jugé préférable de nommer cet élément, certes d'une probité exemplaire mais manquant peut-être de souplesse à leurs yeux, loin des enquêtes sensibles. Le commandant Aubry s'en moquait, il ne changerait pas.

Il parcourut à nouveau le dossier étalé devant lui. Il examina les lettres anonymes au cas où un détail lui aurait échappé, puis le rapport d'expertise, le procès-verbal de sœur Marie-Céleste, ainsi que la déposition de Gilbert Fabrégat après le vol de son appartement. Antoine s'attarda aussi sur les photos, puis il relut la plainte de Carole. Cette affaire devenait une histoire personnelle à plus d'un titre, et loin d'entrer en conflit d'intérêt, Aubry voyait là un formidable défi à relever.

Depuis le décès d'Henri Casténat quinze jours plus tôt, il évitait d'aborder le sujet lorsqu'il se rendait au Lambert, où Carole l'invitait régulièrement. Dans l'épreuve qu'elles traversaient, les sœurs Casténat n'avaient pas besoin de tracas supplémentaires. Pourtant, une piste s'était dessinée lors d'un dîner en présence de Nicolas. L'ingénieur de l'ONF avait déclaré avoir commandé une étude géologique du plateau, la fréquentation de plus en plus nombreuse du GR 90 et les sentiers environnants nécessitant de renforcer la sécurité des accès. Antoine avait attendu la fin de la soirée pour demander en aparté à Devraux s'il pouvait consulter le rapport d'expertise. Bien sûr, il s'était gardé de mentionner que c'était dans le cadre de son enquête afin de ne pas éveiller les soupçons. Il se méfiait des liens qui unissaient Nicolas et Maurine. Les proches des sœurs Casténat étaient des suspects potentiels… Devraux n'avait pas posé de questions et l'avait assuré de lui remettre le rapport d'expertise en personne. Si la stabilité des sols aux abords de la chartreuse de la Verne n'était pas remise en cause, selon son intuition, Antoine n'aurait aucun mal à persuader sa hiérarchie du bien-fondé de sa théorie, à savoir que la religieuse avait été victime d'un acte de malveillance prémédité. Cette enquête prendrait alors une tout autre dimension, ce serait peut-être l'affaire de sa carrière !

Les coïncidences n'existaient pas, Aubry en était persuadé pour l'avoir vérifié à de nombreuses reprises. La nature humaine est toujours la même, il suffit d'observer autour de soi pour la déchiffrer. À cet exercice, Antoine avait eu l'occasion de s'entraîner depuis sa plus tendre enfance. Il avait une dizaine d'années lorsque ses parents s'étaient installés à Collobrières puis lui avaient annoncé leur séparation. Il n'avait rien dit et s'était muré dans son monde. La tragédie de la Malamousque survenue six ans avant leur arrivée marquait encore les esprits. Fasciné par cette histoire, il avait cherché à en apprendre davantage. C'est de là que lui était venue sa vocation. À l'époque, cela avait été surtout un moyen de se valoriser auprès de Carole Casténat, sa camarade de classe pour laquelle il en pinçait. Mais Carole passait le plus clair de son temps avec sa sœur et Jérôme Briand. Antoine n'avait jamais aimé ce garçon trop sûr de lui, après qui toutes les filles couraient. Il lui suffisait d'émettre une idée pour remporter tous les suffrages quand lui devait batailler pour qu'on entende sa voix. Puis, après deux années dans les Maures, sa mère avait obtenu la mutation qu'elle escomptait, à Aix-en-Provence. Antoine avait dit adieu à son enfance avec la ferme intention de revenir un jour dans la région la tête haute. Il était entré dans l'armée avec de solides résultats scolaires et, plus tard, avait accepté différentes missions dont personne ne voulait. Lors de chacune d'elles, il avait pu mesurer les tréfonds de la nature humaine. L'amour, la convoitise ou l'argent étaient systématiquement au cœur des démêlés qu'il avait eu à traiter. Sa plus belle réussite était survenue l'an dernier, alors qu'il était en poste à Embrun, dans les Hautes-Alpes. Dans une bergerie isolée, le médecin du village voisin avait installé un laboratoire clandestin d'amphétamines et dirigeait un trafic particulièrement lucratif dont les ramifications s'étiraient jusqu'à Turin et Milan. Le démantèlement du réseau avait fait grand bruit. Aussi, lorsque Aubry connut le lieu de sa nouvelle mutation, il fut un temps déçu et désabusé, avant de caresser l'espoir de revoir Carole Casténat…

Jusque-là, sa vie sentimentale s'était soldée par une succession de désillusions, les règles fluctuantes de l'amour s'accommodant mal à sa droiture excessive. Toutefois, dans ses premières années d'homme adulte, Antoine avait essayé de composer. Il avait alors vingt-trois ans. Elle s'appelait Élodie et l'avait poussé dans ses derniers retranchements lors d'une soirée entre amis. Et ce qui aurait dû être l'histoire d'un été avait fini par un mariage en bonne et due forme. Antoine avait été stupéfié par la détermination d'Élodie de réussir leur vie de couple. Il y avait cru et s'était laissé entraîner par ses discours pleins d'espoir. La chute n'en avait été que plus douloureuse... Antoine n'oublierait jamais la scène. Il venait d'être élevé au rang de citoyen d'honneur lors des vœux du maire d'une ville en périphérie lyonnaise. Émilie avait refusé d'assister à la cérémonie. Le soir même, elle lui avait annoncé son intention de divorcer. Pour Antoine, ce fut un véritable tsunami. Il l'avait suppliée de renoncer, prêt à devenir un autre si elle le désirait. Il était resté trois jours prostré dans son appartement. Sa carrière, qui débutait, avait été pour lui une bouée de sauvetage. Il s'y était accroché afin de garder la tête hors de l'eau. Antoine n'avait pas rechigné à faire des heures supplémentaires, retardant l'instant où il se retrouverait seul chez lui à ressasser son échec. Insidieusement, il avait pris plaisir à accomplir son devoir. Par reconnaissance il défendait la loi, l'appliquait à tous et à la lettre quand certains, au sein de sa hiérarchie, s'accordaient quelques « tolérances ». Il se découvrit de l'ambition. Mais pour ramener un peu d'ordre, il devait prendre du galon. Il se prépara aux concours internes et gravit les échelons. Avec délectation. Ce fut une douce revanche pour lui, Émilie lui ayant tant reproché son manque d'ambition lors de leur séparation.

Au bas de la plainte de Carole, il nota la signature de la jeune femme. Une écriture ronde, parfaitement lisible. Appliquée, comme elle. Antoine passa la main dans ses cheveux. Carole avait été son premier amour. Il revoyait son regard inquiet et protecteur lorsqu'elle surveillait sa petite sœur après la mort de leur mère. Antoine la trouvait belle, bien qu'elle l'ignorât toujours aujourd'hui, ses responsabilités ne lui laissant guère le temps de s'en préoccuper. Quand il l'avait revue, elle l'avait fait chavirer en un instant. La maturité l'avait rendue encore plus désirable. Carole était différente des autres femmes qui avaient pu un jour le séduire. Elle était son amour de jeunesse depuis le lycée. Elle était parfaite en toutes circonstances et celle avec qui il aurait dû fonder une famille. Le destin les avait éloignés. Le jour de la fête de la châtaigne, Antoine s'était promis de prendre soin d'elle, de s'en occuper puisque personne ne semblait le faire. Bien sûr, il y avait Maurine. Elle non plus n'avait pas changé. Sa personnalité mettait toujours Carole au second plan. Rien d'étonnant que ce soit elle qui soit visée par le corbeau. Aubry avait la certitude que les lettres anonymes qu'il avait sous le nez étaient adressées à Maurine. Il y avait un lien direct, c'était évident. La solution était là, devant lui.

On frappa à la porte. L'un de ses adjoints l'informa de l'arrivée de Nicolas Devraux qui entra dans le bureau dans la foulée. D'un air détaché et se limitant aux stricts usages de politesse, Antoine lui désigna une chaise. En sa qualité de commandant de gendarmerie, il devait garder ses distances, les témoins pouvant quelquefois devenir des suspects éventuels. Dans le cas de Nicolas, Antoine s'était déjà forgé une opinion sur son compte. Un type sans histoire qui *occupait* Maurine. Aucun signe de lui dans le TAJ, le fichier de traitement des antécédents juridiques.

— Tu as le rapport ?

— Je viens de le recevoir.

Sans se montrer trop empressé, Antoine se rendit au chapitre traitant de la nature des sols du domaine de la Verne et resta interloqué par la conclusion.

— Comment ça, « instabilité du terrain » ?

— La roche est fragile sur le sentier des crêtes, principalement sur le tronçon entre le Lambert et la chartreuse de la Verne.

— On parle bien du chemin qui passe au-dessus du parking du couvent ?

— C'est précisément à cet endroit qu'il est le plus sensible. L'accident de la moniale ne m'étonne pas. Il était inévitable. Et si on ne fait rien, d'autres incidents de ce genre risquent de se reproduire.

Voilà qui contrecarrait sérieusement les plans d'Antoine.

— Tu es certain de ce que tu avances ?

— J'ai moi-même participé aux relevés avec l'équipe de géologues. Les mesures ne trompent pas. Depuis notre dernière inspection, on a noté sur cet axe un nouvel effritement de l'accotement sur plus d'un mètre de dénivelé. Il va falloir envisager un enrochement de la colline à ce niveau. C'est urgent. Sans quoi il faudra en fermer l'accès. Avec les hivers que l'on connaît depuis deux ans, ce n'est pas étonnant…

Antoine n'écoutait plus. Il se fichait des détails techniques, du gel ou de la fonte des neiges qui occasionnent des glissements de terrain dès les premières pluies. Les services techniques étaient là pour résoudre le problème. Son boulot à lui, c'était de faire appliquer la loi. Mais, présentement, sa théorie s'écroulait. Marie-Céleste avait été probablement victime de malchance. À la réflexion, il se rappelait la trace d'un petit éboulis sur la route à l'endroit de l'accident. Il ne s'y était pas arrêté, convaincu par Maurine de la thèse du complot. Elle l'avait induit en erreur. Il avait manqué de discernement.

— Très bien, déclara-t-il en lui tendant le dossier. Mais au fait, et ça n'a rien à voir avec cette affaire, tu es resté toute la soirée au banquet ? Tu sais, à la fête de la châtaigne…

Nicolas fit mine de ne pas comprendre. Antoine reformula sa question, ce qui eut pour conséquence de mettre son interlocuteur mal à l'aise.

— J'étais l'un des derniers à rester, j'ai quitté les lieux une ou deux heures après toi. Mais pourquoi tu me poses cette question ?

— Tu ne t'es pas absenté au cours de la soirée ?

— Non.

— Et quelqu'un peut le certifier ?

—Oui, bien sûr. Maurine! Elle était avec moi. Mais enfin, pourquoi me demandes-tu ça?

—Simple routine.

—Ah, d'accord, fit Nicolas d'un air amusé, je vois... Tu penses peut-être que l'accident a un lien avec l'agression de Gilou et tu me suspectais? Désolé, mais tu fais fausse route.

Devraux n'avait rien à se reprocher, c'était certain. Antoine nota qu'il n'avait pas mentionné les lettres anonymes. Omission volontaire? Maurine ne lui en aurait pas parlé? Sans rancune, Nicolas reconnut qu'Antoine faisait son boulot et il se retira après une amicale poignée de main.

Pour Antoine, le rapport d'expertise ne changeait pas grand-chose. Un corbeau menaçait toujours les sœurs Casténat. Carole s'écroulerait s'il arrivait un autre malheur à sa famille. Il était en mesure de l'aider et il ne se gênerait pas pour le faire. D'une certaine manière, il était rassuré que la «tentative de meurtre» contre la religieuse n'en soit pas une, comme il l'avait pensé au départ. Il gagnait un temps précieux, un sursis qu'il comptait bien utiliser pour démasquer le coupable avant que celui-ci passe à l'acte. Il se leva, saisit un marqueur rouge et traça un rectangle au centre du tableau blanc accroché au mur, au-dessus de son bureau. À l'intérieur, il inscrivit «Le Lambert» et sépara l'espace en deux. D'un côté il nota le prénom de Carole, de l'autre celui de Maurine. Ensuite, à l'aide d'un feutre vert, il plaça le nom de leurs proches: Gilou, Nicolas Devraux et son fils Arthur, sœur Marie-Céleste, Édith, Jean, et Jérôme, bien sûr, sans oublier sa mère Viviane. Il rajouta en dernier le père de Carole et Maurine.

Il dessina enfin avec un feutre noir des flèches partant du centre vers l'extérieur. Sur chacune d'elles, il mentionna le lien qui unissait les gens entre eux, puis il recula d'un pas et considéra le croquis dans son ensemble d'un œil aiguisé. L'un d'entre eux était l'auteur des lettres…

Au cours de sa formation, Antoine s'était intéressé aux affaires de ce genre. Les corbeaux sont toujours dans l'entourage, voire même au sein de la famille de la personne visée. Aubry avait eu l'occasion d'en discuter longuement avec Étienne Sesmat, le colonel de gendarmerie qui avait été en charge de l'affaire Grégory, lors d'une séance de dédicace de son livre-témoignage[1]. La parution de cet ouvrage avait ravivé des plaies dans la Maison. Pour Antoine, il avait été une source d'enseignements précieux.

Un nom retint son attention, celui d'Édith. De nombreux traits convergeaient dans sa direction. Il retourna à son bureau, consulta le TAJ mais n'y trouva rien. Il ouvrit une fenêtre sur Internet. La fondation Henri-Garcin, qu'Édith présidait, était référencée sur de nombreuses pages. On voyait cette dernière en présence de ministres, et même du chef de l'État. Toutefois, un détail l'intrigua à la lecture d'un article de *Var Matin*. Antoine, qui ne négligeait aucune piste, passa quelques coups de fil avant de prendre rendez-vous au château du Frioul. Édith Garcin pouvait le recevoir maintenant.

*

1. *Les Deux Affaires Grégory*, Belfond, 2006 ; Pocket, 2008.

— Que puis-je pour vous ? demanda très dignement Édith quand ils furent installés dans le grand salon.

— Vous n'ignorez pas que vos nièces ont reçu des lettres anonymes…

Édith écoutait, droite et impassible. Antoine poursuivit sur un ton assez froid :

— J'ai lu que vous aviez racheté la propriété de la Malamousque récemment. Quel était votre intérêt ?

— Mes nièces étaient intéressées par cette propriété mais n'avaient pas les fonds nécessaires pour l'acquérir, répondit-elle sans ciller. Et ce terrain était très convoité.

— Oui, j'ai entendu dire qu'Auréliano Dos Santos avait fait un travail remarquable sur cette parcelle. Ce nom vous dit quelque chose ?

— Mais vous êtes là pour quoi, au juste, commandant ? L'instruction sur la Malamousque a été rouverte ? N'y a-t-il pas prescription après trente-trois ans ?

— C'est exact.

— Et la justice a tranché, n'est-ce pas ?

Antoine nota une pointe d'agacement dans sa voix.

— Absolument.

— C'est si loin cette histoire, observa-t-elle d'un air désabusé. Je crains que ma mémoire me fasse défaut. Et pour être franche, je me moque bien de ce Dos Santos. Non, ce qui m'inquiète, ce sont ces lettres. Croyez-vous mes nièces en danger ?

— Je veille à ce que ce ne soit pas le cas, madame, dit-il en prenant congé.

Lors de ses enquêtes, Antoine utilisait une technique imparable. Il prenait d'abord contact avec les témoins, écoutait leurs déclarations, testait leurs réactions pour se faire une première idée, qui était d'ailleurs souvent la meilleure. Et jusque-là, il ne s'était jamais trompé. Il pouvait sentir le mensonge à des kilomètres à la ronde, comme s'il était équipé d'un radar invisible au-dessus de la tête. Ensuite, pour valider ses intuitions, il cherchait des preuves en apportant le plus grand soin à étudier chaque détail. C'est pour cette raison qu'il avait voulu consulter l'étude géologique du terrain au-dessus de la chartreuse de la Verne. Quoique, sur ce coup, il ait manqué d'intuition puisqu'il s'agissait visiblement d'un accident. Son hypothèse était donc mauvaise. Ici, son amour pour Carole l'avait induit en erreur. C'est d'ailleurs pourquoi on ne confiait jamais une affaire à un enquêteur directement impliqué. Mais avec sa visite chez Édith Garcin, il avait repris le contrôle. Cet entretien lui avait permis de mieux cerner sa personnalité. Et une chose était certaine, la propriétaire du château en savait bien plus qu'elle ne l'avait affirmé. Tôt ou tard, il découvrirait ce qu'elle cachait. Cette idée l'obséda une bonne partie de la soirée. Mais il finirait par trouver.

Une opportunité s'offrit à lui le lendemain matin. Il venait de saisir le mot de passe de sa session informatique lorsque Maurine frappa à sa porte.

— Entre, je t'en prie, dit-il en faisant un geste de la main, avant de s'inquiéter. Rien de grave au moins ?

— Non, rassure-toi, Carole va bien, répondit-elle en s'asseyant, comme il l'invitait à le faire. J'ai un truc à te montrer si ça peut t'aider dans ton enquête.

Elle ouvrit son sac à main et en ressortit une enveloppe qu'elle lui tendit. Antoine la saisit tout en l'écoutant parler. Elle était franche et entière, il n'avait aucun doute là-dessus. Selon elle, les accidents de Marie-Céleste et de Gilou étaient liés au corbeau. Il l'interrompit et déclara :

— Marie-Céleste a été victime d'un accident qui n'implique aucune intention criminelle. Il s'agit d'un éboulement de terrain, le rapport géologique de Nicolas est formel sur ce point.

À cet instant, Antoine réalisa qu'il avait commis une maladresse. Elle devait ignorer que Nicolas avait effectué une étude tout près de chez elle.

— Je suis désolé.

— Je l'ignorais, en effet, d'où ma surprise. Mais ne te formalise pas, tu n'y es pour rien.

La jeune femme revint sur le but de sa visite. À sa demande, un privé avait fouillé le passé de Dos Santos. Elle était intimement persuadée que la clef de l'intrigue était directement rattachée au crime de la Malamousque.

— En ce moment, le détective fouille le passé de Patrice Laucarte, la victime. Mais les recherches prennent du temps car il a vécu à l'étranger pendant trente ans.

Antoine nota le nom du détective. Maurine avait engagé le meilleur de la région, le plus cher aussi !

— C'est Édith qui l'a engagé, pour être exacte.

Ainsi donc, Mme Garcin lui avait menti, elle s'intéressait à Dos Santos. Aubry n'en fut pas surpris. Il avait vu clair.

— C'est gentil à toi de m'en faire part, conclut-il amicalement. Je verse ces pièces au dossier. Ces informations me seront probablement très utiles.

Aubry raccompagna Maurine vers la sortie puis revint devant son tableau blanc. Il s'empara du marqueur rouge et entoura le nom d'Édith…

En fin de journée, au moment où il quittait la gendarmerie, il reçut un coup de téléphone de Carole qui l'invitait au Lambert. Antoine dut décliner l'offre, ses équipiers l'attendaient pour une partie de bowling.

— En revanche, répondit-il, si tu n'as rien de prévu demain soir, je te propose de m'accompagner à un vernissage au musée de l'Annonciade.

— Avec plaisir, dit-elle. Je sais que papa n'aurait pas voulu que je me laisse aller.

— Je passerai te prendre à la confiserie si tu veux.

Il raccrocha, rangea ses affaires et quitta la gendarmerie aussitôt. Il voulait passer chez lui avant de rejoindre ses collègues au bowling. Il prit la direction de la Grande Rue. Par un heureux hasard, il aperçut Édith Garcin entrant dans la pharmacie. Le temps qu'il traverse la rue et elle ressortait déjà de l'officine, un sachet de médicaments à la main. Elle manifesta son étonnement en le voyant, puis regagna sa voiture sans même le saluer.

— Madame Garcin ! l'interpella-t-il d'une voix polie mais ferme.

— Commandant, sourit-elle tout en déverrouillant les portières de son véhicule, Jean attend que je lui ramène son traitement. Je n'ai guère le temps de m'attarder.

— Ça ne prendra qu'une minute… Hier, vous m'avez dit vous moquer de l'affaire Dos Santos. Dans ce cas, pourquoi avoir engagé un détective privé afin qu'il fouille dans le passé de la victime ?

— C'est ma nièce qui me l'a demandé. Vous ne la connaissez pas, répondit-elle presque amusée. Maurine n'est pas du genre à lâcher le morceau, si vous me pardonnez l'expression. Cette gamine est têtue comme son père !

Édith défiait le commandant de gendarmerie d'un regard de louve qui veille sur ses petits.

— Mes nièces sont ma seule famille. Et si cette histoire de corbeau est vraie, je ne les laisserai pas courir le moindre danger.

— Vous semblez en douter. Et les lettres ? On ne peut pas les ignorer ?

— Voyons, commandant, les villages sont peuplés d'envieux et de revanchards prêts à n'importe quel forfait pour pimenter leur triste existence. L'ennui et la jalousie sont sources de tous les vices. On ne vous apprend pas ça dans vos écoles ?

— Si, bien sûr. Mais je m'interroge. Pourquoi êtes-vous revenue dans la région, par exemple ?

Elle ouvrit la portière de sa voiture et le considéra avec indulgence.

— Commandant, vous regardez trop de séries policières. J'ai simplement voulu me rapprocher de mes nièces. Elles seront mes héritières. Et puis vous savez, à mon âge, les hivers rigoureux ne sont pas très conseillés. Alors la Suisse… Quant aux menaces, elles ne m'impressionnent pas. Je sais réagir en situation de crise. Toute ma vie, j'ai dû me battre. Ce nouveau défi n'en est qu'un de plus, c'est tout.

Son expression se durcit subitement.

— Mais une chose est certaine, personne ne s'en prendra impunément à ma famille.

Aubry n'ajouta rien. Il se contenta de la regarder s'engouffrer dans sa luxueuse berline et de manœuvrer pour sortir du parking.

17

Sur le seuil de la porte, Carole prit une profonde inspiration et tourna l'interrupteur. Ne pas penser. Surtout ne pas penser, se répétait-elle en traversant la chambre. Elle accrocha la persienne qui claquait au vent puis referma la fenêtre. La pièce était telle que son père l'avait laissée. Le secrétaire en noyer où il rédigeait ses courriers, son armoire dans laquelle Carole glissait des boules de lavande, entre les piles de linge, et ce lit dans lequel il avait passé sa dernière nuit chez lui... Plus que partout ailleurs dans la maison, la présence d'Henri Casténat était ici palpable. Soudain submergée par la tristesse, Carole s'assit sur le lit. Un joli boutis provençal recouvrait les draps qu'elle n'avait jamais pris le temps de défaire depuis qu'il avait quitté la maison, comme pour conjurer le mauvais sort. Elle ne put retenir ses sanglots et fondit en larmes. Son père aurait dû mourir ici, chez lui. Certes, elle admettait aujourd'hui qu'elle n'aurait pas pu faire face seule à la maladie, mais combien de temps durerait ce sentiment de culpabilité ?

Ces dernières semaines, dans l'effervescence de la récolte et des préparatifs des fêtes de fin d'année, elle était parvenue à oublier son chagrin. Elle avait fini aussi par s'habituer à l'absence de son père à la confiserie, lui qui avait toujours été auprès d'elle avant sa maladie. En revanche, ici, l'absence était devenue insupportable. Par moments, cette grande maison de famille remuait tant de souvenirs que le souffle lui manquait, jusqu'à l'oppresser. Qui aurait pu croire qu'elle éprouverait un jour le besoin de fuir le Lambert? Certainement pas elle. Mais elle savait aussi que ce serait temporaire. On ne se coupe pas définitivement de ses racines. Elle pensa alors à Antoine et à sa proposition de l'accompagner au vernissage ce soir, une invitation qu'elle avait du reste acceptée sans hésiter. Pour la première fois, elle tissait des liens avec une personne sans se sentir obligée de lui être redevable. Et cette idée la rassura. Elle essuya ses larmes avec un mouchoir et sortit de la chambre.

En début d'après-midi, Antoine l'appela. Carole ayant décliné son invitation à se rendre au château de la Messardière après le décès de son père, il voulait savoir si ce soir leur rendez-vous tenait toujours. Soulagée plus qu'elle ne le pensait de l'entendre, elle lui avoua au cours de la discussion son besoin de s'échapper.

— Et si je venais te chercher maintenant? Nous pourrions profiter de ce beau temps. Que dirais-tu d'une promenade avant d'aller à l'Annonciade?

Carole se réjouit de cette perspective. Après avoir raccroché, elle fila aussitôt dans sa chambre et chercha dans sa garde-robe une tenue appropriée. Elle opta pour une robe violine sur laquelle elle jeta une étole en soie qui mettait en valeur ses yeux subtilement maquillés. Il faisait doux en cette première journée de décembre, elle pouvait encore se permettre de porter des vêtements légers. Antoine passa à l'heure convenue, et, moins de vingt minutes plus tard, il se garait sur le parking de la citadelle à Saint-Tropez.

À peine descendue de voiture, Carole fut saisie par la douceur de la lumière. Lentement, elle se laissa imprégner par les sensations. Le soleil, exceptionnel pour la saison, jouait d'une palette de couleurs plus ou moins sombres à mesure que le massif des Maures se fondait dans les eaux de la Méditerranée. Carole savoura cet instant de magie, quand le port retrouve enfin son âme après la fièvre estivale. C'était le Saint-Tropez qu'elle aimait, l'autre Saint-Tropez, celui de Colette. « Merci, papa », dit-elle à mi-voix, consciente que de là-haut son père l'apaisait. Et comme s'il lui répondait, l'emblématique clocher jaune et ocre de Notre-Dame de l'Assomption sonna la demie dans le ciel d'un bleu intense.

— On y va, demanda Antoine ?

Carole accepta le bras qu'il lui tendait et le suivit. Bien vite, ils arrivèrent dans le centre. À l'angle de la rue Sibille, Antoine observa un instant une niche à pilastres dans un mur.

— Renaissance, déclara-t-il.

Cette remarque amusa Carole. *Renaissance*… Il ne croyait pas si bien dire. Ils flânèrent au gré de leurs pas dans les ruelles étroites. Les façades des maisons fraîchement ravalées ou blanchies par le sel inspiraient la douceur d'un art de vivre préservé. Ils bifurquèrent sur la droite et gagnèrent le port. Carole plissa les yeux, la lumière du couchant éclaboussait le quai. Elle serra davantage le bras d'Antoine. De temps à autre, le cri d'une mouette troublait la mélodie syncopée des drisses sur les mâts des bateaux. L'une d'elles plongea dans l'écume et disparut quelques instants, puis reprit son envol et alla se poser sur la cheminée d'un toit couvert de tuiles romaines.

—Cette sortie me fait un bien fou, reconnut Carole. Je ne pensais pas qu'il m'aurait fallu si peu de temps…

Elle s'interrompit. Antoine lui sourit. Elle n'avait pas eu besoin d'exprimer sa pensée, il avait compris. Elle le savait maintenant, et son sous-entendu à propos de la niche à pilastre était hautement symbolique, car pour elle, à présent, il s'agissait bel et bien d'une renaissance.

—Tu sais que Sénéquier doit sa réputation à sa pâtisserie?

—Ah bon? s'écria Antoine. Pourtant, à en croire les clichés, entre la terrasse en première ligne et les yachts, on ne voit que des people, sans parler des touristes qui ne savent plus où donner de la tête.

—Sa première réputation, je veux dire! Depuis cent vingt ans, cette confiserie est renommée pour ses mandarines confites et son nougat blanc. Un pur délice.

— Je te fais confiance, c'est toi l'experte !

Ils poursuivirent leur chemin et arrivèrent bientôt au musée de l'Annonciade. Dès qu'ils pénétrèrent dans la première salle de l'ancienne chapelle, Carole fut surprise par les connaissances d'Antoine en matière de peinture. Il décrivait les toiles de Signac avec une telle précision qu'elle en fut d'abord troublée, avant de se laisser porter par la caresse de ses mots.

— J'ignorais que tu t'intéressais à l'art. Tu en parles avec tant…

— D'amour ?

— Oui…

— Je suis fasciné par ce peintre. Un maître du pointillisme. Il a su saisir le mouvement avec tant de talent ! C'est particulièrement frappant dans ses huiles. Tiens, par exemple, regarde celle-là, *L'Orage*.

Sous un ciel menaçant, une petite embarcation semblait tanguer dans le vent du large. Avec sa voile blanche gonflée à bloc, le mât incliné dans la même direction que les vaguelettes à la surface des eaux du port, l'ensemble dégageait à la fois force et sérénité. C'est exactement ce que ressentait Carole. La force dans l'instant…

Elle apprécia particulièrement sa soirée. Mais le charme se brisa subitement sur le chemin du retour quand, pour la première fois depuis le décès de son père, elle aborda le sujet du corbeau avec Antoine. Elle s'étonnait de ne plus avoir de nouvelles. Et elle s'inquiétait surtout des réactions de Maurine. Par entêtement, sa sœur courait au-devant du danger, tout ça pour connaître le fin mot de l'histoire.

— Ne t'inquiète pas, je suis là pour veiller sur vous. Du reste, les informations de son privé me seront très utiles.

— Son privé ? Quel privé ? s'étonna Carole qui tombait des nues.

Antoine, persuadé qu'elle était au courant, réalisa sa maladresse et s'en excusa sincèrement.

— Non, tu n'y es pour rien. Maurine aurait pu m'en parler, c'est tout.

Pour le rassurer, elle se serra contre lui et le remercia une fois encore pour ces heures précieuses qu'elle venait de passer en sa compagnie. Arrivés au Lambert, ils s'embrassèrent comme deux amants qui acceptent de se laisser du temps. Puis Antoine s'en alla. À peine sa voiture avait-elle disparu qu'un jappement s'éleva dans la nuit. Vagabond surgit de nulle part.

— Eh bien, pépère, dit-elle en le caressant spontanément, d'où viens-tu ? Ta maîtresse n'est pas là ?

Pour s'en assurer, elle jeta un œil vers la grange. La voiture de Maurine était introuvable. Sa sœur était sortie. Mais cette fois, Carole l'attendrait. Une explication à propos de cette histoire de privé s'imposait. Malgré ses belles promesses, Maurine continuait à faire ses coups en douce. Et ça, Carole ne le supportait plus.

*

Bien qu'elle s'en défendît, Maurine était amoureuse. Pourtant, après son histoire lamentable à Toulon, elle s'était juré de ne plus replonger. La note avait été trop salée. Elle n'avait plus la force de s'engager avec quelqu'un, plus envie non plus de courir le risque de voir le désamour s'installer insidieusement une fois encore. Elle savait que la routine du quotidien use, abuse, et finit inexorablement par détruire une belle relation. Depuis sa rupture, elle n'avait pas eu d'autre liaison, et elle le vivait somme toute assez bien. Mais Nicolas était arrivé, et il avait remis en question ses convictions les plus fortes. Maurine avait à nouveau envie de faire confiance à un homme.

Ce soir-là, Gilou s'était couché de bonne heure. Quant à Carole, elle était avec Antoine à Saint-Tropez. Maurine avait tourné en rond au Lambert, en proie à de sombres pensées. Aussi, lorsque Nicolas lui avait proposé de passer chez lui, elle avait accepté sans hésiter. Ils avaient mis Arthur au lit et profitaient d'un moment d'intimité, assis l'un contre l'autre sur le canapé. Maurine souhaitait que leur histoire aille plus loin. Nicolas, lui, se montrait prévenant. Pourtant, au fil des jours et à mesure que leur relation s'installait, elle culpabilisait de ne pas lui avoir parlé du corbeau. Maurine hésitait depuis longtemps à lui en faire part. Au début parce qu'ils se connaissaient à peine et qu'elle n'avait pas envie de l'ennuyer avec ses problèmes, ensuite parce qu'elle ne savait pas comment aborder le sujet. N'y tenant plus, elle se lança :

— Nous recevons des lettres anonymes, avoua-t-elle froidement.

— Ah bon ? Et quel genre, ces lettres ?

— Du genre menaçant.

— Tu en as parlé à Antoine ?

— Oui, et il fait le nécessaire.

— Maintenant, je comprends mieux pourquoi il a voulu consulter l'étude géologique du plateau...

Sans qu'elle eût à le demander, Nicolas lui expliqua le travail qu'il avait effectué ces derniers jours au Lambert. Maurine fut soulagée de l'apprendre de sa bouche. Il ne lui cacha rien et s'attacha surtout à ne pas l'inquiéter.

— Merci

— De quoi ?

— De ta franchise.

Délicatement, Nicolas lui souleva le menton.

— Je tiens à toi, tu sais...

Par réflexe, elle fit la seule chose qui lui semblait raisonnable et se blottit contre lui. Maurine ne voulait rien brusquer. Nicolas entoura ses épaules de son bras et ils restèrent ainsi sans bouger, blottis l'un contre l'autre. Mais le désir fut plus fort. Leurs lèvres se cherchèrent, ils s'embrassèrent. À cet instant, la télécommande glissa du canapé et tomba sur le carrelage dans un bruit sonore. Ils se redressèrent de conserve, complices et confus. Nicolas alla refermer la porte de la chambre d'Arthur et revint vers le canapé, un sourire attendri aux lèvres.

— Il dort comme un loir. La maison pourrait s'écrouler, rien ne le réveille. Mais dis donc, tout à l'heure, quand tu es allée lui dire bonsoir, qu'est-ce qu'il t'a dit ?

— C'est un secret entre ton fils et moi, le taquina-t-elle en se réfugiant dans la chaleur de son corps. Je ne te dirai rien.

— Arthur tire des plans sur la comète à propos de nous, c'est ça ?

— Tu ne sauras rien.

Nicolas la chatouilla un peu et elle finit par admettre que c'était le cas.

— Il est heureux que je sois « ta chérie », m'a-t-il dit.

— *Ma chérie*… Ah, ces gosses ! plaisanta-t-il en la couvrant de baisers.

Le clocher sonna les douze coups de minuit. Il était tard et Maurine décida de rentrer malgré son désir de prolonger cet instant d'intimité. Nicolas la raccompagna à sa voiture. Mais le Land refusa de démarrer.

— Je te raccompagne, décréta-t-il.

— Et Arthur ?

— Il dort. Et puis je fais juste un aller et retour. Je serai rentré dans moins d'un quart d'heure.

En chemin, Maurine envoya un SMS à Jérôme pour lui demander de venir récupérer son 4 x 4 chez Nicolas le lendemain à la première heure. Quand ils furent arrivés au Lambert, Nicolas sortit de sa voiture le premier et alla ouvrir la portière côté passager. Maurine sourit de cette marque de galanterie et lui caressa la joue. Nicolas la regardait avec une tendresse infinie. Sans prononcer un seul mot, il l'embrassa doucement dans le cou, puis effleura sa bouche.

Maurine rentra à pas de loup dans la maison endormie et monta directement à l'étage. Elle allait se mettre au lit lorsque Carole fit une intrusion intempestive dans la chambre.

— Dis donc, toi, tu vas jouer ce double jeu avec moi pendant combien de temps encore? Oh, arrête de jouer l'étonnée, Maurine. Tu sais très bien de quoi je veux parler!

— Euh, désolée, mais je ne te suis pas.

— Vraiment? Et le détective privé que tu as engagé?

— Ah, ça...

— Oui, *ça*, justement. Bon sang, Maurine, je croyais qu'on ne se cachait plus rien toutes les deux. Pourquoi tu ne m'as rien dit? Tu devais bien te douter que je finirais par l'apprendre tôt ou tard.

— Antoine?

— Oui, Antoine, s'écria Carole qui était maintenant hors d'elle. Et peu importe comment cette histoire m'est revenue aux oreilles. Ce qui est grave, c'est qu'une fois de plus tu as décidé de faire cavalier seul.

— Mais enfin, je ne vois pas pourquoi tu te mets dans un état pareil. On était d'accord pour que je m'occupe de cette affaire, non?

— Tu ne changeras jamais.

Carole lâcha ce reproche avec aigreur puis tourna les talons, visiblement excédée. Maurine savait qu'il était inutile de vouloir la rattraper, au risque d'aggraver la situation. Elle se mit au lit avec le livre que lui avait donné Nicolas et reprit sa lecture là où elle l'avait laissée. Mais elle ne parvint pas à se concentrer. Elle aurait pourtant aimé poursuivre cette histoire passionnante. La colère de Carole l'avait perturbée. Celle-ci était cloîtrée dans sa chambre depuis vingt minutes, sûrement en train de ruminer sa rancœur. Maurine ne voulait pas qu'elle s'endorme sur une fausse idée. Elle se leva et alla frapper à sa porte.

— C'est moi, je peux venir ? dit-elle en passant timidement la tête dans l'entrebâillement.

Carole était couchée et feuilletait un album de photos de famille. Elle ne dit pas un mot mais lui fit signe d'entrer de la main.

— Je peux voir ? demanda Maurine.

Sans même attendre sa réponse, elle se glissa à côté de sa sœur dans le lit et regarda les clichés. Sur l'un, elles posaient toutes les deux avec leurs parents sur la plage des Canoubiers. Son regard s'arrêta sur une photo de groupe dans les Alpes. Une classe de neige avec son école.

— Tu te souviens de la prof de sport qui nous accompagnait ?

— Mme Constant.

— Oui, c'est ça, j'avais oublié son nom. Cette nana me faisait flipper à l'école. Un vrai adjudant ! Puis j'ai appris à la connaître. Elle était si drôle ! Je l'adorais.

— Comme quoi il ne faut jamais se fier aux apparences.

Maurine comprit le message.

— Écoute, Caro, pour le détective… C'est une idée qu'Édith m'a suggérée lors de la vente aux enchères. Elle avait peur pour nous après les lettres du corbeau.

— Je ne l'en blâme pas! Tu es assez irresponsable pour te mettre dans des situations impossibles. Et là, tu nous as tous mis en danger. Regarde ce qui est arrivé à Gilou.

— Je sais. Et je m'en excuse. C'est pour ça que j'ai finalement accepté la proposition d'Édith. Et puis il y a eu la mort de papa et je n'ai pas voulu t'ennuyer davantage.

— Eh bien, tu aurais dû!

— Peut-être... J'ai fait une erreur. Je le reconnais. Et je le regrette sincèrement.

Conciliante, Carole admit s'être emportée. Cette nouvelle l'avait déçue alors qu'elle passait une merveilleuse soirée avec Antoine. C'est pour cela qu'elle était en colère. Et puisque Antoine menait désormais l'enquête, elle souhaitait que Maurine ne s'en mêle plus. Ce qu'elle promit.

— Maurine? reprit Carole. Tu ne trouves pas bizarre que nous n'ayons plus de lettre du corbeau? Ça fait un moment en tout cas...

— Oui, j'y ai pensé moi aussi! À vrai dire, nous n'avons rien reçu depuis la mort de papa. C'est curieux, en effet. On dirait que le corbeau s'est arrêté d'écrire à ce moment-là. Et si ces lettres lui étaient destinées?

— Allons! Qu'est-ce que tu insinues? Papa était un homme droit, tout le monde le sait, et personne ne lui en voulait.

— Tu oublies Laucarte...

Carole jeta à sa sœur un regard inquiet. Maurine lui rappela l'altercation qu'avait eue Henri avec le propriétaire de la Malamousque à propos de cette histoire de prêt.

— Mais ils avaient fait la paix, non ?

— Qu'en sait-on ? Peut-être qu'en réalité ils ne se sont jamais réconciliés. Peut-être qu'ils se sont revus et à nouveau disputés ?

— Bien sûr... Et si je suis ton raisonnement, ce serait donc papa qui aurait mis le feu à la Malamousque et fait porter le chapeau à Auréliano ! Tu déRailles !

Pourtant, à la réflexion, cette idée ne lui semblait pas si saugrenue. Sauf que là, il s'agissait de leur père ! Il était incapable d'une telle chose. Carole avait raison. Elles revinrent aux photos avec une émotion partagée, s'attardant sur l'une d'elles qui montrait Anaïs et Édith. Leur mère regardait sa sœur avec un regard inquiet.

Maurine se leva de bonne heure le lendemain. Une appétissante odeur de pain grillé et de café s'échappait de la cuisine. Elle salua Gilou, déjà attablé, et se servit un bol de café. Au même moment, son téléphone sonna. C'était Clothilde Alban, la vieille institutrice, qui la réclamait d'urgence. Son frère venait d'avoir un malaise. Sans perdre de temps, elle fila dans sa chambre pour prendre sa trousse, enfila un pull à défaut de trouver sa veste, puis revint à la cuisine pour dire à Gilou qu'elle passerait comme promis chez lui après ses visites pour récupérer des vêtements chauds. Son 4 x 4 étant immobilisé chez Nicolas, elle emprunta la voiture de Carole et prit immédiatement la route.

La Volvo collait à la route dans les virages escarpés du col du Babaou. Plus qu'un petit kilomètre et Maurine serait arrivée. Ce patient qu'elle suivait depuis des mois l'inquiétait vivement malgré les examens qu'il avait subis lors de sa dernière hospitalisation et qui n'avaient rien décelé d'anormal. Elle roulait trop vite et dérapa sur les gravillons. Le break partit en tête-à-queue et termina sa course sur l'accotement. Plus de peur que de mal. Maurine était indemne et la voiture, à part quelques égratignures sur la carrosserie, n'avait pas subi de dommages. Pourtant, elle ne put repartir, la roue arrière tournant dans le vide. Pour se protéger du froid, elle enfila le loden de Carole resté sur le siège passager, puis décida de parcourir le reste du chemin à pied.

Massive et trapue, la ferme du Destéou était la plus isolée de la région. Les corps de bâtiment enserraient une cour en terre battue où picoraient quelques poules. À chacune de ses visites, Maurine était frappée par ce lieu qui semblait surgir d'un autre temps. Rien n'avait changé depuis le XIXe siècle. Comme son propriétaire, qu'elle avait découvert la première fois en bonnet et chemise de nuit au fond d'un lit à rouleaux ! Plus personne ne dormait avec ça sur la tête ! Sauf lui...

Clotilde Alban avait vu Maurine arriver par la fenêtre et lui ouvrit la porte avant même qu'elle frappe. Elle l'accueillit à l'ancienne, avec son mouchoir brodé à la main pour lui faire honneur. Tordue comme un vieux cep, la brave dame la précéda jusqu'à la chambre d'Amédée. Arrivée près du lit, elle se pencha sur son frère pour lui annoncer à l'oreille l'arrivée du médecin. La ressemblance de ces deux vieux, au sens noble du terme, avait quelque chose d'attendrissant. Maurine n'aurait su dire lequel des deux avait le plus besoin de l'autre.

— Par sécurité, on va l'hospitaliser, fit-elle après un examen complet. Les symptômes sont les mêmes que la dernière fois.

Clotilde Alban blêmit mais acquiesça. Maurine téléphona aux pompiers et avertit la vieille institutrice qu'elle allait les attendre. Elle devait aussi prévenir Jérôme que la voiture de Carole était immobilisée sur la route. Clotilde croisa le regard de son frère et fronça les sourcils. Livide et affaibli, Amédée respirait avec peine.

— Viens, suis-moi, on va le laisser se reposer.

Elle l'entraîna dans la pièce principale, une cuisine d'un autre temps. Ici, la cuisinière à bois était d'époque et l'évier avait été creusé dans une pierre des Maures, à en juger par sa couleur sombre. Maurine n'eut pas le cœur à refuser le café qu'elle lui proposait mais se le reprocha dès qu'elle but la première gorgée.

— *Pôvrette*, je n'ai jamais su faire le café. Je ne bois que du pisse-mémé, comme dit mon frère. Au fait, et Gilou ? s'enquit-elle. Il se remet de sa chute ?

— Dans quinze jours, il sera tiré d'affaire. Bien sûr, les premiers temps, il devra se déplacer avec des béquilles, mais il n'aura pas de séquelles.

— Le pauvre ! Il n'a jamais eu de chance…

Elle n'acheva pas son café et vida sa tasse dans l'évier. Elle proposa un thé à Maurine qui, elle aussi, avait renoncé à boire ce breuvage insipide.

Elle n'attendit pas sa réponse et mit la bouilloire sur le feu.

— Notre petite-nièce nous en rapporte de Saint-Tropez et elle ne jure que par celui-là. C'est vrai qu'il est bon, ma foi. Et puis, ces noms, ça fait rêver. Sur le Nil, Sakura, Rose d'Himalaya, Thé des Tsars…

La vieille dame versa l'eau bouillante sur des feuilles de Rouge Opéra et laissa infuser quelques instants le liquide dans la théière. Le thé libéra des effluves de fruits rouges et d'épices, rehaussés d'une petite pointe de vanille. Maurine prit le temps de le déguster. Du grand art…

— À propos de Gilou, reprit-elle soudain, qu'entendiez-vous par « il n'a jamais eu de chance » ?

Clotilde Alban se tortilla sur son siège, comme si elle se reprochait d'avoir trop parlé.

— Peuchère, non, il n'a jamais eu de chance, ça, je te l'assure. J'étais toute jeunette quand j'ai commencé à enseigner. Gilou, pauvre minot, a été l'un de mes premiers élèves. Je me suis tout de suite attachée à lui. Il était si grignet par rapport à ses camarades. Les sacripants, ils n'étaient pas commodes avec lui. Pourtant, il n'avait pas la vie facile…

— Pas facile ? Comment ça ?

— C'était un enfant battu…

— Qu'est-ce que vous me chantez ? Vous êtes sûre ?

— Oui, je ne te raconte pas combien de fois j'ai vu des ecchymoses sur ses bras ou sur ses jambes. Une fois, même, j'en ai parlé au maire. Mais tu penses, on ne s'attaquait pas aux Laucarte.

— Les Laucarte ?

— Oui. La mère de Gilou, qui était veuve depuis quelques années, s'était remise en ménage avec le vieux Laucarte. J'ai toujours été persuadée qu'il s'en prenait à Gilou. Mais à cette époque, il était hors de question de provoquer un scandale. Et malgré mon intervention, l'histoire en est restée là. Si tu veux mon avis, je reste persuadée que le vieux Laucarte le battait.

Maurine accusa le coup. Pourquoi Gilou n'en a-t-il jamais parlé ? Pour occulter un passé sordide et douloureux ? Et pouvait-elle croire les propos de la vieille Clotilde ? Pourtant, les instituteurs ne sont-ils pas les mieux placés pour remarquer ce genre de chose ? Les pompiers arrivaient, ce n'était plus le moment de s'attarder sur cette question qui la troublait au plus haut point. Et dans tout ça, elle n'avait même pas appelé Jérôme pour qu'il vienne la dépanner.

Arrivés à Collobrières, les pompiers déposèrent Maurine devant chez Gilou avant de filer à l'hôpital avec le vieil Amédée. L'appartement avait été entièrement remis en ordre. Elle connaissait chaque pièce par cœur et monta directement dans sa chambre. Elle se dirigea vers la grande armoire, l'ouvrit en grand et en sortit quelques pulls et un manteau. Au moment où elle allait refermer la porte de la penderie, elle remarqua une vieille valise sur l'étagère du haut, plus cachée que rangée. Intriguée, elle se hissa sur la pointe des pieds pour l'attraper. Et ce qu'elle y découvrit la tétanisa…

18

Carole étala la confiture de framboise sur un petit pain au lait qu'elle tendit à Gilou. Comme chaque samedi, elle avait apporté un soin particulier à la préparation du petit déjeuner. Elle avait sorti la porcelaine fine et l'argenterie héritées de son aïeul. Ce service avait une valeur sentimentale, un trésor de famille que son arrière-grand-père avait ramené de Chine au tout début des années 1920, juste après la Première Guerre mondiale. Carole aimait surtout le symbole romantique qui se rattachait à son histoire, celle d'un marin qui, au péril de sa vie, avait sauvé du naufrage cette ménagère qu'il voulait offrir à son épouse.

—À te voir aussi radieuse, nota Gilou, j'en déduis que ta soirée s'est bien passée.

—Très bien. D'autant plus que je me suis expliquée avec Maurine.

—Comment ça? Vous vous êtes encore esquichées? Oh, funérailles! Mais comment faites-vous, les filles? Vous passez votre temps à vous quereller.

Carole ne releva pas le sempiternel reproche et lui demanda calmement s'il était au courant pour le détective privé qu'avait engagé Édith.

—Un privé? Tiens donc... Et pour quoi faire, que diable?

—Maurine est persuadée que l'affaire du corbeau est liée aux crimes de la Malamousque. Et tu la connais, quand elle a une idée en tête. Par souci de discrétion, Édith a jugé plus prudent de confier cette enquête à un professionnel.

—Elle a bien fait. Et qu'a trouvé ce détective?

—Des informations sur Auréliano et Laucarte. Antoine les a versées au dossier. Après les lettres anonymes et ton agression, on peut tout de même se poser des questions.

—Va savoir... De simples coïncidences, si ça se trouve.

Carole eut le sentiment que Gilou avait changé d'avis. Pourtant, dès le départ, il avait soutenu l'hypothèse que le corbeau et son cambrioleur ne formaient qu'une seule et même personne.

—Après tout, on donne peut-être trop d'importance à cette affaire en cherchant des liens là où il n'y en a pas.

Il but une gorgée de son café comme s'il voulait changer de sujet, et lança à Carole d'un ton malicieux:

—Il m'a l'air d'un gentil garçon, cet Antoine. Vous formez un très beau couple.

—C'est vrai, j'apprécie énormément les moments passés en sa compagnie, répondit-elle en repoussant les miettes sur la nappe blanche.

Mais ne va pas trop vite en besogne, on vient seulement de se retrouver Antoine et moi.

Carole avait donné le change sans en penser un mot. Par expérience, elle ne croyait pas aux contes de fées et abordait les situations avec lucidité, en toutes circonstances. Sauf dans le cas d'Antoine. À l'évocation de son nom, son cœur s'emballait et elle était incapable de contrôler ses sentiments. C'est sans doute ce qui la perturbait le plus, car elle avait fini par s'accommoder au célibat, plus par résignation d'ailleurs. Aujourd'hui, elle découvrait la douce sensation de plaire à un homme. C'est à peine s'ils osaient en parler, se contentant d'évoquer le sujet à mots couverts. L'un comme l'autre semblaient d'accord pour ne pas précipiter les choses. Pour la première fois, Carole refusait de se projeter dans l'avenir par crainte de souffrir au cas où la magie n'opérerait plus. La découverte est souvent la meilleure part d'une relation.

Un bruit de gravillons provenant de la cour la détourna de ses pensées.

— C'est Antoine. Ça tombe bien, il va pouvoir m'emmener à la confiserie car j'ai prêté ma Volvo à Maurine, annonça-t-elle à Gilou. On a un problème avec la chambre froide. Tu vas t'en sortir ?

— Va. Et ne te tracasse pas pour moi.

Carole saisit son sac au vol et enfila une veste avant de rejoindre Antoine sur le pas de la porte. Elle lui demanda s'il pouvait la véhiculer, ce qu'il accepta sans se faire prier. En chemin, il lui expliqua qu'il était venu lui rapporter ses lunettes qu'elle avait oubliées la veille dans sa voiture. Carole n'était pas dupe, elle savait que ce n'était là qu'un prétexte pour la voir, et cette idée la réjouit.

— Tu es vraiment adorable. J'ai prêté ma voiture à Maurine et…

— Quelle désillusion, je pensais que tu allais me dire que tu étais heureuse d'être avec moi !

Carole se demanda s'il plaisantait ou s'il était déçu. D'instinct, elle posa affectueusement une main sur son épaule pour lui signifier qu'elle était touchée. Elle ne prolongea pas son geste et revint sur le problème des frigos qu'elle devait régler rapidement. Viviane l'avait avertie que les moteurs réfrigérants de la confiserie étaient en bout de course et attendaient d'être remplacés. C'était d'ailleurs le premier investissement qu'elle avait prévu de faire si elle ne voulait pas perdre le stock de crèmes glacées dont une partie du chiffre d'affaires dépendait.

— Heureusement, Jérôme est déjà sur place.

— Jérôme ?

Carole décela une pointe d'agacement dans la voix d'Antoine. Elle chercha avant tout à le rassurer. La société en charge de la maintenance du matériel étant fermée le week-end, Viviane avait demandé à son fils de les dépanner. Sous ses airs de séducteur qui irritaient parfois, à commencer par Carole, c'était un chic type, serviable, et surtout un excellent bricoleur. Plus d'une fois, il l'avait tirée de l'embarras.

Ils entrèrent dans Collobrières.

— Au fait, tu en es où avec Forbex ? Tu as pris une décision ?

— C'est drôle que tu me poses cette question maintenant. Figure-toi que j'ai rendez-vous avec eux jeudi prochain pour mettre fin aux négociations. Édith a tenu sa promesse de nous aider et a déjà versé les fonds sur le compte professionnel. Elle m'a annoncé le transfert il y a deux jours sans même que nous ayons reparlé de tout ça. Elle m'étonne, parfois.

Dès leur arrivée à la confiserie, ils vinrent en renfort à Viviane qui transférait les barquettes de glaces du réfrigérateur en panne à un autre. Jérôme, arc-bouté derrière l'appareil, sa caisse à outils à ses pieds, fixait la paroi de métal qui cachait le moteur.

— C'est bon, dit-il en s'essuyant le front. Je crois que j'ai réussi à réparer. Ça devrait tenir au moins ce week-end. Mais n'attends pas trop, je te conseille de faire venir le dépanneur en début de semaine.

Carole le remercia chaleureusement. Antoine n'en prit pas ombrage, bien au contraire. Il annonça au garagiste qu'il interviendrait pour retirer le PV qu'il lui avait dressé. Jérôme venait de rendre un fier service, et il avait besoin de son permis pour son travail. Mais il ne put s'empêcher de lui faire un petit sermon.

— Merci, vieux, fit Jérôme, soulagé, avant de s'adresser à nouveau à Carole. Il faut que j'y aille. Ta Volvo est en rade au col du Babaou. Les pompiers ont ramené Maurine à Collobrières.

— Les pompiers ? Elle a eu un accident ?

— Non, t'inquiète. Elle les avait appelés pour un patient. Mais elle a eu un petit souci avec la voiture qui est restée au bord de la route. Elle est donc rentrée avec eux à Collobrières. Et ce matin, j'ai dépanné son Land. Un problème de batterie. Dites donc, les filles, c'est la loi des séries, ces pannes ! Bon, je file.

Viviane, qui n'avait pas raté une miette de la conversation, se campa devant Carole.

— Le col du Babaou, l'accident… Ça ne te dit rien ? Quand je pense que tu t'es moquée de moi quand je t'ai parlé de Doris Filding ! Un concours de circonstances a voulu que ce soit Maurine qui prenne ta voiture. Eh bien, moi, je te dis que tu as eu de la chance. Après tout, si c'est toi qui avais été au volant, peut-être y serais-tu restée ? Alors tu me crois maintenant ?

— Maman, arrête d'ennuyer Carole avec ces histoires à dormir debout. Ce n'est vraiment pas le moment, la coupa Jérôme qui avait remarqué l'agacement de la jeune femme.

— Tu as raison, Jérôme, ce n'est pas le moment. Mais ta mère a probablement voulu nous aider et elle a cru bien faire. Viens, je t'accompagne jusque dans la cour. Et encore merci pour ma voiture !

*

C'était une valise noire, l'une de ces lourdes mallettes d'autrefois, avec de solides attaches métalliques à chaque extrémité. Maurine la souleva à deux mains et la déposa sur le lit. À la fois intriguée et anxieuse, elle n'osait pas l'ouvrir. De la cave au grenier, les endroits ne manquaient pas dans l'appartement pour entreposer des affaires, et si Gilou avait remisé cette valise dans cette armoire, c'est qu'elle avait de l'importance. Ou quelque chose à cacher... La curiosité l'emporta. Elle déverrouilla la fermeture et ouvrit lentement le couvercle.

Une vieille machine à écrire ! Maurine se pencha pour l'examiner et remarqua tout de suite qu'il s'agissait d'une Olivetti. Avec ses grosses touches en Bakélite, elle était en tout point comparable à celle que lui avait décrite Antoine. Même marque, même référence, la coïncidence était troublante... Ses mains se mirent à trembler. Gilou, le corbeau ? Non, c'était impossible ! Après tout, ce type de matériel était courant jusqu'à une certaine époque, et il n'y avait rien de surprenant à ce que son parrain en possède une. Pourquoi s'en faire ? Elle s'emballait pour rien. Maurine tenta de se raisonner, pourtant elle ne parvenait pas à refouler un mauvais pressentiment. Agacée par des questions auxquelles elle n'avait pas de réponse, elle remit la machine dans la mallette et l'emporta avec elle.

Elle quitta la boucherie et se rendit directement au garage de Jérôme pour récupérer sa voiture. Tout en marchant, elle repensait à ce que lui avait dit Clotilde Alban le matin même. Gilou aurait été un enfant battu. À la réflexion, elle ignorait tout du passé de son parrain, si ce n'est la version officielle qu'elle connaissait de son père. Henri aurait pris sous son aile ce gamin de sept ans son cadet par affection, le considérant un peu comme un petit frère. Elle était loin de s'imaginer que Gilou avait vécu à la Malamousque, chez les Laucarte. Son père l'aurait-il protégé ? Mais de quoi ? Personne n'avait jamais évoqué cette histoire devant elle. Comment avait-on pu lui dissimuler une chose pareille ? Bien que chargée, Maurine marchait vite. Les questions se bousculaient dans sa tête, elle ne sentait même pas le poids de la machine à écrire qu'elle portait à bout de bras. Le corbeau... Depuis le début, elle était convaincue qu'il avait un lien avec le double meurtre des Laucarte. Mais de là à imaginer Gilou dans la peau d'un assassin ! Tout cela n'avait aucun sens, il lui manquait des éléments de réponse. Et ces réponses, elle les trouverait au Lambert. Elle accéléra le pas. Tandis qu'elle traversait la cour du garage de Jérôme, elle aperçut Viviane venant à sa rencontre. « Non, pas elle », se dit Maurine.

— *Té*, qu'est-ce que je disais !

— Pardon ?

— Le loden ! Tu portes le loden bleu marine de ta sœur.

— Euh, oui...

— Et tu as eu un accident avec la voiture de Carole dans le col du Babaou.

Maurine tempéra les propos de Viviane. Elle avait juste dérapé et perdu le contrôle du break qui était allé dans le fossé. Ce n'était pas à proprement parler un accident, mais plutôt un simple incident.

— Je le savais ! Oh, *fan*, je le savais !

— Mais de quoi parles-tu, Viviane ?

— Carole ne te l'a peut-être pas dit, mais une voyante avait prédit cet accident. Sauf que c'est Carole qu'elle avait vue dans la voiture.

— OK, Viviane… Mais là, tu vois, je suis pressée.

Sincèrement peinée de voir que Maurine ne la prenait pas au sérieux, elle lui conseilla cependant la plus grande prudence. Le mauvais œil planait sur les Casténat, la Dame blanche s'était manifestée. Mauvais présage. Très mauvais présage…

Maurine ne voulait pas paraître désagréable mais elle ne fit aucun commentaire et se dirigea vers sa voiture.

— C'était les cosses de la batterie, reprit Viviane. Jérôme m'a demandé de te transmettre le message. Il n'est pas là pour le moment, il s'est arrangé *avé* Carole et je crois qu'il est parti chercher sa Volvo au Babaou.

— Merci, Viviane. Dis-lui que je passerai le régler lundi matin.

Le 4 x 4 démarra au quart de tour. Maurine avança de quelques mètres, avant d'être à nouveau arrêtée par Viviane.

— Je sais, tu penses que je radote, mais promets-moi d'être prudente. Ne prends pas les choses à la légère.

— Sois tranquille. Au revoir, Viviane.

Elle s'engagea sur la route du Lambert. À cette époque de l'année, le massif des Maures offrait un paysage de toute beauté. Sous la lumière franche de l'hiver, au détour d'une courbe, il n'était pas rare d'apercevoir à travers les sous-bois l'azur de la mer toute proche.

Maurine serra les mâchoires. Il manquait un détail, ça ne collait pas. À l'époque des crimes de la Malamousque, le vieux Laucarte était décédé depuis longtemps et Gilou n'avait plus de raison de vouloir se venger. Alors pourquoi s'en prendre au fils et à son épouse ? Une pièce du puzzle lui échappait, et elle avait la ferme intention de la trouver. Elle roulait vite sur la route escarpée, persuadée de n'avoir jamais été aussi près du but. « Mon Dieu, faites que ce ne soit pas lui, je vous en prie », se dit-elle mentalement.

Maurine immobilisa le Land devant le perron dans un crissement de pneus. Elle rassembla ses affaires, la mallette en premier lieu, sa trousse et son sac à main, puis porta le regard sur le jeune châtaignier planté en bordure de la terrasse. Elle eut soudain l'impression que son père était présent, là, à quelques mètres devant elle, une présence furtive qui lui donna à réfléchir un bref instant. Et si elle commettait une erreur ? En creusant cette piste, elle risquait peut-être de déterrer de bien plus lourds secrets. Mais elle ne pouvait plus reculer. Elle se dirigea vers la maison, résignée et volontaire comme un soldat qui monte au front. Au moment d'entrer, elle jeta un dernier coup d'œil sur le châtaignier et eut une ultime pensée pour son père. « Je vais enfin connaître la vérité », pensa-t-elle tristement.

Elle pénétra dans le hall sombre où seul le tic-tac de l'horloge perturbait le silence. Une curieuse sensation l'envahit aussitôt. L'escalier face à elle, le vase d'Anduze contenant cannes et parapluies, la cuisine sur la droite, le salon sur la gauche, chaque meuble, chaque aspérité de la rampe en chêne et des vieilles tomettes lui rappelèrent que des générations de Casténat avaient vécu ici. Une certaine sérénité flottait dans l'air, et pourtant Maurine eut l'atroce impression que tout allait voler en éclats.

Gilou lisait les pages sportives de *Var Matin* et ne l'avait pas entendue rentrer. Elle déposa les affaires qui l'encombraient, tout en cherchant mentalement les mots justes pour amener la conversation.

— Ah, tu es là, dit-il en levant la tête. Carole a été appelée d'urgence à la confiserie. Un problème de chambre froide, je crois. Elle ne devrait plus tarder.

Maurine tournait en rond dans la pièce sans le regarder. Gilou ne l'avait jamais vue aussi contrariée et s'en étonna. Soudain, son regard s'arrêta sur la mallette qu'elle avait déposée au pied du bonheur-du-jour. Il se figea, en proie à une sourde angoisse.

— Pourquoi as-tu ramené ça de chez moi ? Tu as fouillé ma maison ?

— Parce que je veux comprendre, Gilou. Je crois que tu me dois des explications.

Elle s'installa calmement dans le fauteuil face au sien et le fixa sans ciller. Blanc comme un linge, les mains tremblantes, son parrain avait la tête d'un voleur qu'on vient de prendre sur le vif. Il s'agita, le visage grave.

— Explique-moi, Gilou, dit Maurine avec une certaine douceur.

— Je t'avais dit de ne pas t'en mêler. Mais non, tu as insisté. Si tu crois que c'est facile…

— Qu'est-ce qui n'est pas facile, Gilou ?

— Oh, *fan*, pas la peine de faire cette mine avec moi ! Je te connais par cœur, tu sais. Tu es comme ton père. Quand vous avez une idée en tête, vous ne l'avez pas ailleurs.

Fabrégat lâcha un profond soupir. Maurine éprouva de la pitié pour ce vieil homme à qui elle demandait de rouvrir une vieille plaie. Elle se demanda même s'il ne valait pas mieux renoncer. Mais son parrain avait repris la parole.

— Ma mère a été veuve de bonne heure, peu de temps après ma naissance. C'était une brave femme, ma mère, mais trop fragile pour s'en sortir seule. Le père Laucarte en a profité pour entrer dans nos vies. *Pôvre*… Le malheur nous a frappés le jour où elle a décidé de le suivre à la Malamousque. J'avais six ans. Et qu'est-ce qu'on est à six ans ? Un minot. Laucarte n'avait pas de cœur, il était violent de surcroît, surtout quand il avait bu, ce qui arrivait tous les jours. Un soir, j'ai été réveillé par des cris et je me suis levé. Je me suis assis sur la première marche de l'escalier, tout en haut. À travers les barreaux de la rampe, je l'ai vu empoigner fermement les cheveux de ma mère et la frapper en plein visage. J'ai pleuré, j'étais incapable de bouger pour lui venir en aide. Quand Laucarte est sorti de la cuisine, il m'a aperçu et m'a ordonné d'aller me recoucher. J'étais pétrifié, tu comprends ? Je revois encore sa grosse main empoigner la rampe et son air menaçant alors qu'il fondait sur moi. Ma mère s'est interposée. Elle le suppliait de ne pas s'en prendre à moi. Mais Laucarte l'a repoussée avec violence. Elle a débaroulé au pied de l'escalier et est restée là, inconsciente. J'ai cru qu'il l'avait tuée. Alors je lui ai sauté dessus comme un misérable chat écorché... Il m'a serré le bras et m'a jeté dans le réduit à balais. Il allait me dompter, disait-il. Moi, j'étais mort de peur. En voulant nous protéger, ma mère nous avait plongés en enfer.

Pleine de sollicitude, Maurine prit la main de Gilou. Il avait énormément souffert et elle imaginait à quel point cette confession était douloureuse pour lui.

— On ne pouvait rien dire, tu comprends, à cause des représailles. Alors on mentait. On se coupait du monde, terrés comme des rats dans cette maison maudite. Une fois, mon institutrice, Mlle Alban, est montée à la Malamousque. Le père Laucarte a eu vite fait de la renvoyer avec une fourche qu'il tenait à bout de bras en s'avançant vers elle. Peuchère, quand j'y pense... Le seul qui aurait pu nous aider, c'était son fils, Patrice. Mais tu parles, il sortait presque tous les soirs pour éviter les foudres du paternel. Alors le vieux retournait sa hargne contre nous, et hop, au cagibi. Je n'avais qu'une envie, grandir pour être en mesure de l'affronter et de protéger ma mère.

— Je comprends.

— Et puis il y a eu ce fameux jour. J'étais resté seul à la Malamousque. Ma mère et les Laucarte étaient partis en ville. Moi, je devais ranger le bois. Des bûches et des bûches à entasser, tout ça parce que j'avais malencontreusement renversé le verre de vin du vieux au déjeuner. Profitant de son absence, j'ai récupéré une lampe à pétrole que j'avais dénichée au grenier et je l'ai cachée sous l'escalier, dans le réduit où il avait l'habitude de m'enfermer. Le vieux est rentré avant les autres. Il m'a filé une bonne trempe car je n'avais pas terminé de rentrer le bois, puis il m'a expédié dans le cagibi. Plus tard, au moment où je m'y attendais le moins, il s'est pointé comme une furie. Pris de panique, j'ai renversé la lampe et le pétrole s'est répandu sur le sol. J'étais totalement tétanisé. Il y avait tant de haine dans ses yeux… Il allait m'étriper, et moi, peuchère, tu penses bien que je n'étais pas de taille à lutter.

Gilou fixa alors Maurine droit dans les yeux.

— Par instinct de survie, j'ai fait la seule chose qui était à ma portée : j'ai craqué une allumette, et…

Gilou s'arrêta de parler, cherchant ses mots. Il était livide. Dans un souffle, il expliqua à Maurine que le vieux Laucarte avait succombé à ses brûlures durant son transfert à l'hôpital. Consternée, la jeune femme ne dit rien. Pour elle, il s'agissait d'un cas flagrant de légitime défense et on ne pouvait pas reprocher à Gilou la mort de cet homme. Il s'était défendu, c'est tout. Mais tout ceci était le passé et elle ne voyait pas le rapport entre cette histoire et la mort de Patrice Laucarte, et les lettres du corbeau aujourd'hui. Comme si Gilou avait compris ses pensées, il poursuivit :

— La gendarmerie a conclu à un accident domestique et ni moi ni ma mère n'avons été inquiétés. Plusieurs personnes l'avaient vue à Collobrières. Quant à moi, elle a prétendu que je l'accompagnais pour m'éviter les problèmes. Jusqu'à l'enterrement, nous avons cru en avoir fini avec les ennuis. *Fatche*! J'ignorais qu'un autre cauchemar allait commencer. Car Patrice ne fut pas long à découvrir que c'était moi qui avais mis le feu. Et c'est comme ça qu'après le père, je suis devenu le souffre-douleur du fils.

Un silence insoutenable s'abattit entre eux. Maurine était désemparée. À quoi bon faire revivre à son parrain de telles humiliations? Les larmes qui roulaient sur ses joues en disaient assez long sur la souffrance qui minait le pauvre homme.

— Ça a duré trois ans, tu entends, trois ans sans que je puisse en parler à qui que ce soit. Même ton père, qui était mon seul ami, n'en a jamais rien su. Et puis il y a eu l'Algérie, et ce salaud a été appelé sous les drapeaux. À la fin de la guerre, il s'est installé à Paris, et moi j'ai continué ma route. Mais quelques années plus tard, il est revenu s'installer à Collobrières avec sa femme. Pendant des mois, je l'ai évité. Lui-même ne venait jamais à la boucherie. Un soir, pourtant, il m'a demandé de monter à la Malamousque. Il n'avait pas digéré le fait que j'avais pu avancer de l'argent à Henri pour moderniser la confiserie. J'y suis allé, et là, il a commis une énorme erreur en remuant le passé. Pour me rafraîchir la mémoire, disait-il... Mais je n'étais plus le galinet d'autrefois, je suis sorti de mes gonds et je me suis défendu. On s'est battu dans la grange. Ce fou m'avait cogné si fort que je suis resté sonné un bon moment. Quand j'ai repris mes esprits, la maison était en feu. Depuis la grange, je voyais Laucarte se débattre dans les flammes qui l'avaient transformé en torche humaine. Je l'entendais hurler, implorer mon aide, mais je ne n'ai pas bougé. De toute façon, il était trop tard. La Malamousque était un vrai brasier.

Gilou s'interrompit quelques instants pour reprendre son souffle.

— Tu vois, Maurine, l'ironie du sort a voulu que le père et le fils soient morts tous les deux par le feu, dit-il froidement. Mais dans le cas du fils, même si je n'ai rien tenté pour le sauver, ni lui ni sa femme, qui était elle aussi prisonnière des flammes, je ne suis pas responsable de cet incendie. On n'a d'ailleurs jamais su ce qui s'était réellement passé, bien que j'aie ma petite idée là-dessus. Quand Patrice est revenu s'installer à la Malamousque, la maison était dans un triste état. L'installation électrique notamment. Peuchère, tu penses si je m'en souviens ! Ma mère me disait tellement de faire attention. J'ai toujours été persuadé qu'il y avait eu un court-circuit. C'était un accident, Maurine, mais le hasard a voulu qu'il arrive ce jour-là.

Il leva les yeux vers la fenêtre et regarda le châtaignier planté à la mémoire de son vieil ami Henri Casténat.

— J'ai passé des nuits blanches à me demander si je devais tout raconter à la police. Mais je n'ai pas pu. Je n'aurais pas supporté le regard des gens, ni leur pitié qui n'aurait pas lavé ma honte. Et il y avait tous ces journalistes, à chaque coin de rue... Tu n'as pas idée, on se serait cru sous l'Occupation. La moindre rumeur mettait le feu aux poudres. Puis il y a eu l'arrestation de l'étranger du vieux moulin. Ce fut le pire moment de ma vie. Un innocent allait être condamné pour une faute qu'il n'avait pas commise. Moi seul pouvais lui épargner la guillotine. Ce jour-là, j'ai appelé ton père et je lui ai tout raconté. Nous étions dans ce même salon, nous avions allumé la télévision pour suivre les actualités régionales. C'est là que nous avons appris le suicide du pauvre Auréliano. Je me suis effondré. Henri m'a alors dissuadé de me dénoncer.

Maurine fronça les sourcils. Elle ne comprenait pas l'attitude de son père. Mais à la manière dont Gilou la dévisagea à cet instant, elle réalisa qu'il n'avait pas tout dit et elle eut le pressentiment que sa vie allait basculer...

19

L'horloge égrenait son tic-tac oppressant. C'est à peine si Maurine osait respirer tant elle redoutait ce qu'elle allait entendre.

— Oui, c'est moi, concéda Gilou après une dernière hésitation.

— Attends… Mais tu me parles de quoi, au juste ?

D'un geste coupable, il désigna la mallette au pied du secrétaire.

— Du corbeau, pardi !

Non, pas lui ! Pas Gilou ! Maurine avait mal compris, forcément. Ce n'était qu'une galéjade de plus, certes de mauvais goût, il n'allait pas la laisser ainsi. Il plaisantait, comme d'habitude. Dans un instant, son visage grave s'illuminerait et il partirait dans un grand éclat de rire… Mais les profonds sillons de son front ne se déridaient pas. Le silence devenait pesant. Alors, incrédule, Maurine lui demanda :

— Tu es en train de me dire que c'est toi l'auteur des lettres ?

— Tu ne m'as pas laissé le choix.

Maurine se leva d'un bond, fit quelques pas vers la machine à écrire, avant d'exploser.

— Ce n'est pas vrai ! Pince-moi, je vais me réveiller. Ce n'est pas *toi* !?

— Je devais te protéger.

— Mais de quoi, hein, de quoi ?

— De toi-même.

— Et l'agression ? Ta fracture ? C'était prémédité ?

Gilou opina de la tête, reconnaissant les faits. Dès le premier jour, il avait su que la confession de Marie-Céleste raviverait les passions. Le comble, c'était de voir Maurine en personne attiser le feu alors qu'elle était la plus impliquée dans cette histoire et ignorait dans quel engrenage elle avait mis les doigts. Gilou avait enfilé le costume du corbeau dans le seul but de l'épargner. De la dissuader de continuer ses recherches. Un secret en entraînant un autre, la vérité la dévasterait au final. Mais Maurine s'était obstinée. Les lettres anonymes n'avaient plus suffi, il en avait pris conscience lors du dîner de clôture de la fête de la châtaigne. Fortuitement, il avait surpris une conversation entre sa filleule et Édith, apprenant que celle-ci avait recruté un détective privé. Gilou avait flairé le danger et s'était éclipsé. Il devait agir, vite, avant que les événements prennent un tour qui le dépasse. Il était rentré chez lui de bonne heure, pressé d'élaborer une nouvelle stratégie. En voyant la voiture de Maurine garée devant la boucherie, il avait décidé de profiter de la situation en simulant un cambriolage. Mais dans sa précipitation, il avait trébuché dans l'escalier et manqué de se rompre les os. Puis il avait tiré parti de son infortune.

— Mais pourquoi ? lui demanda Maurine qui nageait en plein cauchemar.

— Parce que je l'avais promis à ton père.

— Mon père ? Qu'est-ce qu'il vient faire là-dedans ?

Gilou ne répondit pas à sa question et continua son récit, résigné.

— Je le revois encore le soir où l'on a appris le suicide de l'étranger du vieux moulin. Il m'a retenu par le bras et s'est assis là, à la place que tu occupes maintenant. Jamais je ne l'avais vu dans un état pareil. Il était anéanti, dévasté.

Maurine déglutit avec peine. Le mauvais pressentiment qu'elle avait eu en rentrant au Lambert se confirmait.

— Marie-Céleste et Auréliano avaient une liaison. Dos Santos, ce diable d'homme… Tu penses bien que lorsque ta tante Édith a appris la nouvelle, elle a tout fait pour les séparer. Mais c'était trop tard. Marie-Céleste était enceinte. Pour éviter le scandale, Édith a voulu éloigner sa sœur de Collobrières le temps de sa grossesse. Elle avait dans l'idée de l'obliger à accoucher sous X, ce qu'elle a fait d'ailleurs. Être fille-mère, à cette époque, était le déshonneur absolu, un crime de lèse-majesté. Le malheur a voulu que Marie-Céleste soit venue dire adieu à son amant le soir de l'incendie. Sans avenir, sans argent, ils auraient fait quoi avec un bébé sur les bras, peuchère ? Tu connais la suite. Plus tard, quand elle est revenue dans la région, rongée par le chagrin et la culpabilité, elle a choisi de s'enfermer près du Bon Dieu. C'était sa façon à elle d'expier sa faute.

— Mais le bébé... Qu'est devenu le bébé ? fit Maurine d'une voix étranglée.

Gilou la considéra alors d'un air sincèrement désolé.

— Le bébé... C'est toi, dit-il dans un souffle.

Une trappe venait de s'ouvrir sous ses pieds. Maurine se sentit tout entière aspirée vers le fond, sans aucun repère auquel elle aurait pu s'accrocher, ni à Gilou, ni à cette maison qui n'était pas la sienne en réalité. Toute son existence avait reposé sur un mensonge, une illusion entretenue depuis des années par sa propre famille qui s'était jouée d'elle. Ils étaient tous complices !

Maurine étouffait, l'air lui manquait. Elle se précipita hors de la pièce, courut vers le perron et traversa la cour comme une furie. Partir, fuir le plus loin possible du Lambert qu'elle avait soudain pris en horreur. Sa foulée s'allongea sur la route du plateau. Au bout d'une centaine de mètres, elle bifurqua sur le sentier à flanc de colline qui grimpait vers la châtaigneraie. Son cœur battait à tout rompre. À bout de souffle, elle s'appuya contre un arbre pour reprendre sa respiration. Peu à peu, les murmures familiers de la forêt l'apaisèrent. Mais la réalité était bien là. Ils lui avaient menti. Tous. Sans exception. Elle avait été trahie, et elle réalisa soudain qu'elle était seule. Sans personne à qui se confier.

Elle se laissa glisser contre le tronc jusqu'à terre, se recroquevilla sur le tapis de feuilles dorées, genoux contre la poitrine. Comment avaient-ils pu garder un tel secret, et aussi longtemps ? Les sourires sur les photos, les instants de bonheur en famille, les preuves d'amour au quotidien... Tout ça n'avait donc été qu'une mystification ? Maurine avait envie de hurler sa colère et de pleurer sa souffrance en même temps. Mais ses émotions, toutes plus intenses les unes que les autres, se heurtaient en elle, l'étranglaient. Henri... Elle ne parvenait déjà plus à l'appeler « papa ». C'est sans doute à lui qu'elle en voulait le plus. Il lui avait tout donné, et avec un tel naturel. Jamais elle n'avait douté de leur filiation. Elle était si fière de lui ressembler. Il l'avait instrumentalisée. Et Anaïs, cette mère qu'elle pleurait depuis son enfance. Elle aussi était coupable. Doublement coupable. D'abord de s'être rendue complice de cette odieuse machination. Ensuite de l'avoir abandonnée si jeune, sans arme ni bagage, si ce n'est un énorme vide à combler.

Quant à Carole ? Était-elle aussi dans le complot ? Maurine ne jurait plus de rien. Elle en voulait aussi à Gilou de n'avoir rien dit, de s'être abaissé à tant de lâcheté ces derniers mois plutôt que de lui apprendre la vérité. S'il l'avait aimée comme il le prétendait, il aurait agi en conséquence. Et Marie-Céleste, dont on ne parlait qu'en termes élogieux. Une sainte... Une mère qui avait abandonné son enfant, tout comme Auréliano, ce géniteur qui n'avait rien fait pour la retenir. Maurine serra les mâchoires. Elle songea aussi à Édith. La grande Édith, une manipulatrice qui avait décidé du sort des siens dans le seul but de préserver les apparences. Par pur égoïsme. Elle ne perdait rien pour attendre…

Le museau de Vagabond vint soudain se glisser sous son bras. Sans ménagement, le griffon s'imposa de la tête. Maurine n'eut pas le cœur de le repousser. Ce fidèle compagnon était sans doute le plus sincère et n'attendait que ses caresses. Ils restèrent l'un contre l'autre un long moment, jusqu'à ce que l'animal s'impatiente à nouveau, provoquant sa maîtresse pour jouer. Maurine se remit en marche, sans un regard pour le Lambert qu'elle laissa derrière elle. Elle n'avait qu'un désir, celui de fuir le plus loin possible. Recommencer une nouvelle vie, la seule solution pour elle.

Une voiture ralentit à sa hauteur.

— Monte, lança Nicolas en ouvrant la portière.

Maurine hésita une seconde avant d'accepter. Vagabond avait déjà sauté dans la benne du pick-up sans demander son reste. La jeune femme ne dit pas un mot et monta dans la voiture. Nicolas respecta son silence pendant le temps du trajet qui les ramenait chez lui, se contentant de lui raconter que Gilou, inquiet, lui avait demandé d'aller à sa rencontre. Une dispute, selon lui. Maurine ne tenait pas à aborder le sujet. Une dispute… Tu parles ! Qu'il soit rongé par le remords !

— Vagabond ! cria Arthur en voyant le chien sauter du 4 x 4 et courir vers lui.

Le garçonnet le caressa joyeusement et s'approcha de Maurine et son père. Il se blottit contre eux et les remercia pour le formidable cadeau qu'ils venaient de lui faire en amenant Vagabond.

—Eh bien, fiston, quel accueil! Ça fait plaisir, se réjouit Nicolas.

Maurine se détourna pour cacher ses larmes.

—Tu peux rester jouer dehors avec Vagabond, décréta Nicolas, mais tu ne sors pas de la cour. D'accord?

Arthur ne demandait pas mieux et il fila avec le chien dans le jardin. Nicolas et Maurine entrèrent aussitôt dans l'appartement.

—Je suis désolée, fit Maurine, embarrassée.

—Ce n'est rien. Viens.

Nicolas l'entraîna dans le salon. Elle avait besoin de parler. Le mensonge est un poison qui ronge.

—Je suis une enfant adoptée, Nicolas, annonça-t-elle d'emblée.

La tristesse et l'amertume, ou la rancœur, avaient cédé le pas à la résignation. Car Maurine devait bien l'admettre maintenant, elle était la fille de personne. Elle avait trente-deux ans et on venait de la priver de son identité, de lui ravir son passé. Nicolas n'eut pas le temps de réagir. D'une voix blanche, elle relata les faits les uns après les autres, sans omettre un détail. Froidement.

—Ils se sont tous foutus de moi! Et ça, c'est...

Sa gorge se noua dans un sanglot. Nicolas lui prit la main et la fit asseoir sur le canapé. Il était désormais le seul en qui elle avait confiance. Quoique la signification de ce mot lui échappât désormais. Ils restèrent près d'une heure à discuter. Maurine en ressentit un immense soulagement, et lorsque Arthur fit irruption dans la pièce, Vagabond dans ses talons, elle était apaisée.

— J'ai une faim de loup, lança le gamin, les cheveux hirsutes et les joues rosies par le froid. Maurine, tu manges avec nous ?

— Bien sûr, répondit Nicolas qui ne lui laissa pas le temps de répondre. Il y a tout ce qu'il faut dans le frigo. Et ce soir, fiston, pas de console !

Arthur se mit au lit sans rechigner après le dîner, avec la ferme intention de lire une histoire à son compagnon qui, selon lui, comprenait tout comme les humains. Quand Maurine vint lui souhaiter bonne nuit, il se lova au creux de son épaule et la serra de toutes ses forces dans ses petits bras.

— Moi aussi j'étais triste quand ma maman est montée au ciel. Et je pleurais souvent. Mais papa était toujours là pour me consoler. Parce qu'il m'aime plus que l'univers. Et tu sais quoi, Maurine, moi aussi je t'aime plus que l'univers.

— Oh, mon bonhomme…

Maurine eut du mal à retenir ses larmes. Ce petit garçon si attachant venait sans le savoir de lui offrir un merveilleux cadeau. Un cadeau de la vie qu'elle n'avait jamais envisagé jusque-là, celui un jour de devenir mère… Elle aurait certes des instants de doute, se tromperait parfois dans ses jugements, mais elle avait tant d'amour à donner et à recevoir, et le mensonge n'avait pas sa place au moment des câlins. Elle avait hérité d'Henri ce principe aujourd'hui profondément ancré en elle. Mais lui s'était bien gardé de l'appliquer. Peu importe. Elle ne reproduirait pas ce schéma et saurait protéger son enfant des désillusions. N'était-ce pas le rôle d'un parent?

Nicolas avait allumé une flambée dans la cheminée. Il se releva lentement lorsque Maurine réapparut dans le salon. Carole avait pris de ses nouvelles, lui dit Nicolas, elle était inquiète mais il l'avait rassurée. Bien que cette idée lui soulevât le cœur, Maurine ne pouvait pas imaginer que Carole puisse être au courant de ce complot. Elle lui laissait le bénéfice du doute. À vrai dire, elle l'espérait de toutes ses forces. Mais elle réalisa que, tôt ou tard, elle devrait retourner au Lambert afin de régler ses comptes. Comme s'il avait deviné ses pensées, Nicolas lui caressa tendrement la joue et l'invita à rester chez lui pour la nuit. Gênée, Maurine prétexta la présence d'Arthur qui pourrait en prendre ombrage.

— Il est temps qu'il sache.

— Qu'il sache quoi? se risqua-t-elle à dire, le cœur palpitant.

Avec une infinie douceur, Nicolas plongea son regard dans le sien.

— Je t'aime. Je veux t'avoir près de moi, te protéger. Je veux te voir heureuse.

Submergée par l'émotion, Maurine s'abandonna à son étreinte.

Le lendemain matin, avec un naturel déconcertant, Arthur s'assit sur les genoux de Maurine qui prenait son petit déjeuner.

— Je savais que tu étais là, dit-il en se frottant les yeux. Vagabond était au pied de mon lit quand je me suis réveillé.

— Mais dis donc, toi, tu es bien perspicace…

— Tu ne serais jamais partie sans lui.

— Non, c'est vrai, fit-elle en l'embrassant.

Maurine savoura ce moment en famille. Le bonheur pouvait être si simple. Après avoir avalé la tartine que son père lui avait préparée et son bol de céréales, Arthur emmena Vagabond dans le jardinet, derrière la maison.

— Que comptes-tu faire maintenant ? fit Nicolas lorsque la porte se fut refermée sur son fils.

— Je ne sais pas. Sans doute aller parler à Carole.

— À mon avis, c'est ce que tu as de mieux à faire. Il te faut passer par cette étape si tu veux digérer tout ça.

— Je ne le pourrai jamais ! s'insurgea-t-elle. Ils m'ont menti. Ils m'ont trahie. Ils m'ont volé mon identité. Tu comprends ?

Bien sûr qu'il comprenait. Elle venait de vivre successivement la maladie de son père, puis son départ pour une maison spécialisée, son décès, et enfin cette révélation qui la dépossédait de son passé. Mais Nicolas connaissait aussi les étapes du deuil pour les avoir vécues après la mort de sa femme. Le choc. La colère. La dépression. Et l'acceptation. Il l'aiderait à surmonter ces épreuves.

— J'y vais, décida-t-elle, prenant son courage à deux mains.

— Tu tiendras le choc ?

— Oui. Ne t'inquiète pas pour moi.

— Prends ma voiture, si tu veux. Tu la ramèneras plus tard. C'est un bon prétexte pour nous revoir très vite…

— Si tu crois te débarrasser de moi comme ça, dit-elle le sourire triste.

Elle se fondit dans la chaleur de son cou où toute la nuit elle était restée blottie. En pleine dérive, anéantie par toutes ces révélations, Nicolas avait su la réconforter. Maurine se sentait en sécurité auprès de lui. Dans un soupir, elle rassembla ses forces et se décida à affronter la réalité. C'est à ce prix-là seulement qu'elle pourrait avancer.

— Aujourd'hui, demain, et tous les autres jours, dit-il en lui tendant les clefs du pick-up.

« Aujourd'hui, demain, et tous les autres jours… », répéta-t-elle quelques instants plus tard en montant dans la voiture.

Maurine sortit de Collobrières et prit la direction du Lambert. Elle roulait lentement afin de s'habituer aux réactions d'un véhicule qu'elle ne connaissait pas. Par mesure de sécurité, elle enclencha la transmission intégrale et prit de la vitesse. Elle allait amorcer une courbe quand elle vit, sur sa droite, la bifurcation qui menait au Frioul. Sans réfléchir, elle donna un coup de volant, maîtrisant un peu sèchement son virage, puis elle remonta la route jusqu'au château. Arrivée devant les grilles, elle hésita une seconde à remonter l'allée. Le sang cognait à ses tempes. Édith… La colère de Maurine se retournait entièrement contre sa tante. C'était elle la responsable de ce drame. Au mépris des lois de l'amour et de la douleur qu'elle avait infligées aux siens, Édith Garcin avait manipulé son entourage. Maurine comprenait mieux désormais la signification du regard d'Anaïs sur la photo de famille qu'elle avait dénichée l'autre soir au grenier... Cette expression d'infinie gratitude et en même temps de peur qui se dégageait de sa mère. Elle en avait fait la remarque à Carole, d'ailleurs, tout en ignorant pourquoi elle était si troublée. Mais aujourd'hui, tout s'expliquait. Édith et Anaïs s'étaient « refilé » le bébé. Pire, elles avaient instauré la loi du silence dans la famille. Et ça, Maurine ne pouvait pas l'admettre. Et elle savait très précisément qui était la principale responsable de ce désastre. Elle accéléra dans l'allée. Arrivée devant le perron, elle ne prit pas le temps de s'annoncer. Elle entra sans sonner et se dirigea directement vers le grand escalier.

— Tiens, quelle bonne surprise, s'écria Édith d'un air enjoué.

Elle était sur le palier du premier étage, en train de choisir des tissus muraux avec son architecte. Maurine monta les premières marches d'un pas alerte et ne s'arrêta même pas pour saluer l'architecte qui s'en allait. Édith comprit immédiatement que cette visite n'augurait rien de bon. Inquiète, elle se débarrassa de son nuancier et vint à la rencontre de sa nièce. Maurine eut un mouvement de recul instinctif lorsque sa tante voulut l'embrasser. Le dégoût, oui, c'était exactement ce qu'elle ressentait à l'égard de cette femme.

— Comment as-tu pu ? lança-t-elle d'une voix sourde.

— Je te demande pardon ?

— Je sais tout. Marie-Céleste, Auréliano… Et moi ! Comment as-tu pu ?

Sous la violence des propos, Édith fut prise d'un léger vertige. Elle empoigna la rampe d'une main et posa l'autre sur son cœur, comme pour se protéger. Maurine ne s'alarma pas. D'un coup d'un seul, la femme qui se cachait derrière la châtelaine respectable lui apparut très clairement.

Édith reprit ses esprits et se redressa, mais elle était visiblement ébranlée.

— Il ne fallait pas que tu le saches. Jamais !

— J'imagine…

— Oh, non, tu ne sais pas, reprit-elle d'un air sincèrement peiné. Il ne se passe pas un jour sans que je pense à ce que nous avons fait.

— Ce que *tu* as fait ! Car très franchement, Édith, cette idée vient de toi, n'est-ce pas ?

Maurine se contenait. Elle ne supporterait pas un mensonge de plus, ni la moindre tergiversation. Elle voulait la vérité, rien que la vérité, même sous ses traits les plus abominables.

— Oui, reconnut Édith qui était au pied du mur. J'ai cru agir au mieux.

— Pour qui ? Pour toi ? Dans le fond, tu as eu ce que tu voulais, non ?

— Si tu crois que c'est aussi simple…

— Ça aurait pu l'être, pourtant. Mais tu as préféré en arriver là !

— Oh, non, ma pauvre Maurine, reprit Édith la mort dans l'âme. Tu n'imagines pas à quel point la rumeur et la cruauté des gens peuvent ronger les âmes. Être fille-mère était une abomination, pour l'intéressée, mais aussi pour son entourage. Tu ignores…

— Et moi, dans tout ça ! Tu y as pensé ?

— Tous les jours. Cette histoire me hante depuis trente-trois ans, quoi que tu en penses. Dès l'instant où Marie-Céleste est partie, j'ai regretté ma décision et j'étais prête à l'aider. Et puis il y a eu le suicide d'Auréliano, et cette lettre qu'il m'a adressée.

— Une lettre ? Quelle lettre ?

— Juste après son arrestation, il m'a fait parvenir un courrier dans lequel il disait que la prison lui serait plus douce que de savoir Marie-Céleste et son enfant loin de lui. Il s'est donné la mort le lendemain, pendant son transfert chez le juge. J'ai veillé à ce que ma sœur n'en sache rien. Elle était déjà loin de toute façon. Sa grossesse se présentait mal et de nouvelles complications lui auraient été fatales. Et puis tu es venue au monde… Dès que je t'ai vue, j'ai su que j'avais commis une énorme erreur. Comment pouvions-nous abandonner un petit être innocent ? Alors j'ai songé à Anaïs et Henri. Ils rêvaient d'un autre enfant mais ne pouvaient plus en avoir. Et ils t'ont accueillie. Et si tu veux m'en blâmer aujourd'hui, tu es libre. Mais j'ai agi pour ton bien. C'est vrai, nous t'avons caché la vérité sur tes origines, mais as-tu idée de ce que c'est que d'être la fille d'un assassin ?

— Non, tu as raison, rétorqua Maurine sèchement, je ne le sais pas et je ne le saurai jamais. Parce que mon père n'en était pas un. Mais il n'aura jamais eu l'occasion de me le dire…

Elle était sur le point de partir mais revint sur ses pas.

— Dis-moi juste une chose, Édith. Comment peux-tu te regarder dans une glace alors que tu as arraché à ta sœur son propre enfant ?

Sa tante ne répondit pas, ses yeux étaient embués de larmes.

— On est bien d'accord, c'est monstrueux ! Maintenant, je te laisse à tes petites combines. Mais sache qu'à l'avenir, je t'interdis de m'approcher.

Édith se laissa choir sur une marche et se mit à pleurer amèrement, livrée à elle-même dans son grand château.

20

Maurine avait laissé sa tante à son misérable sort sans le moindre remords. Et encore s'était-elle retenue de la gifler. Ce genre de réaction n'était pas dans ses habitudes, et pourtant l'envie lui avait traversé l'esprit. Elle ne l'aurait pas volé. Comment avait-elle pu se montrer aussi cruelle ? Son comportement était tout simplement impardonnable. Du reste, Maurine ne cherchait plus à mettre de mots sur ce mensonge. Le sujet était clos. Édith était sortie de sa vie. Point final. Elle n'avait aucun regret et le sentiment de soulagement qu'elle éprouvait maintenant atténuait le traumatisme de la veille. Il ne l'effaçait en rien, bien sûr, ni n'en diminuait son chagrin et les conséquences que cette révélation engendrait, mais il lui permettait de se soustraire au rôle de victime, place où on l'avait cantonnée jusque-là. À sa manière, Maurine avait conjuré le mauvais sort, ses convictions profondes restaient les mêmes. Elles seraient dorénavant le seul héritage qu'elle revendiquerait. Pour le reste, elle ne voulait plus rien de cette vie illusoire qui avait été la sienne jusqu'ici. Dès aujourd'hui, elle prendrait ses dispositions afin de quitter Collobrières et ne plus y revenir.

Alors qu'elle remontait au Lambert, Maurine se demandait comment elle allait pouvoir remettre les pieds dans cette maison. Mais où aller dans l'immédiat ? Au cabinet ? Quitte à y camper quelques jours, cette solution lui sembla être la meilleure. Elle n'avait pas l'intention de vivre cette mascarade un jour de plus. Elle allait rassembler ses affaires personnelles, et pour le reste, elle chargerait une équipe de professionnels de déménager ses meubles.

Soudain, l'image de Nicolas se superposa à tout ce déferlement de pensées. Comment pouvait-elle envisager de partir comme une voleuse ? Impossible. Nicolas était sa seule raison de vivre aujourd'hui, et elle ne pouvait pas mettre en péril leur idylle naissante. Elle ne laisserait pas passer cette chance inouïe d'avoir rencontré un homme qui, la nuit dernière, lui avait dit qu'il l'aimait et l'avait prouvé par la suite. Elle aussi, juste avant de s'endormir, avait murmuré au creux de son épaule qu'elle l'aimait. Elle n'en rougissait plus à présent. Il n'y a rien d'indécent en amour, rien de déplacé quand la franchise s'impose. Dès leur première rencontre, elle avait été attirée par sa générosité, sa douceur. Ils avaient tant de passions en commun, et c'était un père formidable. Ce matin, alors qu'elle s'apprêtait à aller chez sa tante, il avait su trouver les mots justes pour la réconforter. « On trouvera la solution. » Un « on » d'ordinaire si anodin mais qui, dans ce contexte, avait pris une tout autre dimension. Nicolas serait toujours là pour elle, il l'aiderait à faire table rase du passé et à construire son avenir. *Leur* avenir, ensemble.

Bien sûr, il y avait Carole. La pauvre n'avait rien demandé et elle allait souffrir une nouvelle fois. Elle venait de perdre son père, et aujourd'hui sa sœur allait lui annoncer qu'elle ne l'avait jamais été et qu'elle partait. Maurine était presque convaincue qu'elle ignorait tout. Carole était bien trop droite et honnête pour avoir pu conserver un tel secret si longtemps. Mais Maurine avait besoin de se reconstruire loin de « sa » famille. Une famille d'accueil, rien de plus. Henri, Anaïs, et dans une moindre mesure Gilou l'avaient aimée, nul doute sur ce point, mais leur amour avait reposé sur un mensonge. Quoi de plus friable ? Elle ne se sentait pas capable de faire le deuil d'une vérité si lourde à porter. Le souhaitait-elle seulement ? Assurément pas. Aujourd'hui, seule la colère lui permettait de puiser la force d'avancer. Quant à pardonner, un principe si cher à Marie-Céleste, elle en était incapable. À chacun ses armes.

Maurine amorça le premier lacet sur la route menant au Lambert. Bientôt, le domaine apparaîtrait derrière les châtaigniers, la grille rouillée serait grande ouverte. Maurine s'engagerait sur le chemin de terre, se garerait dans la cour, traverserait la terrasse et rentrerait dans la maison où l'attendraient Carole et Gilou… Elle enclencha la troisième et accéléra. Autant les affronter une bonne fois pour toutes, il était trop tard pour reculer.

Bousculant l'ordre de ses pensées, une évidence la frappa brusquement et elle freina en plein milieu de la chaussée. Marie-Céleste, sa tante – elle n'arrivait pas à l'appeler autrement –, avait été mise à l'écart du secret. Édith, Anaïs ou Henri n'avaient pas jugé bon de lui avouer l'ignominie de leur acte. Maurine n'avait aucun doute là-dessus. D'une certaine manière, elles étaient toutes les deux des victimes. C'était à Maurine de lui apprendre la vérité, elle ne laisserait à personne le privilège de s'arroger ce droit. *Son* droit.

Elle fit demi-tour et prit la direction de la chartreuse de la Verne. Retiré dans l'épaisse forêt des Maures, le monastère avait enduré les affres du temps et s'était relevé après chaque destruction depuis l'époque où les païens avaient dédié ce lieu à Laverna, la déesse protectrice des brigands et autres brebis égarées. Arrivée devant la lourde porte en serpentine noire, Maurine entendit l'incantation d'un chœur. La ferveur des voix n'avait de comparable que la pureté du ciel en ce mois de décembre. *Agnus Dei, qui tollis peccata mundi. Miserere nobis.* À cet instant, si elle avait été croyante, Maurine aurait sûrement demandé à l'agneau de Dieu de lui donner de la force. Mais cette grâce lui était étrangère.

Il n'y avait pas âme qui vive dans les salles ou les galeries que Maurine traversa à pas feutrés afin d'éviter que ses talons ne résonnent sur les larges dalles. Les moniales célébraient l'Eucharistie dans l'église romane[1]. Elle entra dans l'édifice et se fit toute petite au fond de la nef, autant par respect pour l'office qui se déroulait que pour observer discrètement l'assistance. Au cinquième rang, sur la gauche, Marie-Céleste se leva et gagna la procession. Maurine ne parvenait pas à détacher son regard de cette frêle silhouette. Sa *mère*…

Elle allait la briser.

Après une dernière bénédiction, les sœurs regagnèrent leur cellule, à l'exception de Marie-Céleste qui venait d'apercevoir Maurine. Comme à son habitude, elle vint à sa rencontre avec un sourire à peine esquissé mais éclatant de bonté. Elle ignorait tout, c'était indéniable. Maurine s'en voulut subitement d'être sur le point d'anéantir une si belle personne par de sordides vérités. Mais avait-elle le choix ? Devait-elle se rendre complice de cet odieux mensonge à son tour ? D'une voix chaleureuse, Marie-Céleste l'invita à la suivre dans le cloître. Maurine cherchait ses mots, ne sachant pas comment aborder le sujet.

— N'aie crainte, fit la religieuse comme si elle lisait en elle. Laisse parler ton cœur. La peur est insensée. Avec elle, on repousse les choses dont on attend pourtant un secours. Vois cette terre nouvellement retournée. À cette période de l'année où rien ne pousse, elle semble stérile

1. À l'exception du mur exposé au nord, l'église romane du XIIe siècle se serait écroulée, selon certains, lors des guerres de religion en 1577. D'autres affirment que ce serait entre 1707 et 1715, suite aux attaques lancées par le duc de Savoie en représailles contre Louis XIV. Récemment, l'édifice a été rebâti à l'identique grâce à de généreux donateurs.

et désespérée. Pourtant, à la belle saison, elle embaume des parfums des pois de senteur, des roses et de la fleur de thym. Aie confiance en *Lui*.

C'était si simple... Maurine abandonna ses réserves et murmura tout de go, comme pour se libérer d'un fardeau :

— Je suis ta fille.

— Ma petite chérie... Je le sais.

Marie-Céleste la prit alors dans ses bras et l'embrassa. Elle aussi était très émue.

— Je l'ai compris dès que je t'ai vue.

— Mais...

— Tu ressembles tellement à ton père.

Submergée par l'émotion, Maurine aurait voulu parler mais aucun mot ne sortit de sa bouche. Pourtant, elle avait tant de questions à poser. Partagée entre rires et larmes, elle avait conscience de vivre un instant d'une extrême intensité. Et sans qu'elle eût à le demander, Marie-Céleste apporta les réponses tant espérées.

— La nuit où tu m'as veillée, j'ai été frappée par ta ressemblance avec ton père. Je te revois dans le reflet de la lune, assise près du lit. Tu as son regard miel, si doux, si bon.

— Comment était-il ?

— C'était un humaniste, un homme bien, discret. Trop, sans doute, ce qui lui a valu la méfiance des habitants. Pourtant, il savait écouter et comprendre les gens sans jamais les juger. Je l'ai aimé sur-le-champ.

Elle s'interrompit, rattrapée par la tristesse.

— À l'époque, quand je suis tombée enceinte, j'étais jeune, fragile et sans défense, donc très influençable. Édith m'a persuadée d'abandonner mon enfant. Mais quand tu es venue au monde, je n'ai pas eu le courage de t'abandonner. J'ai voulu te garder.

— Mais alors ? Que s'est-il passé ?

— L'accouchement avait été difficile et j'étais très faible. Tu n'étais pas avec moi dans la chambre. Deux jours après ta naissance, le médecin m'a annoncé que tu étais décédée.

— Quoi ?

— J'ai vu là le châtiment de Dieu ! Il m'avait punie en te rappelant auprès de Lui. Alors j'ai décidé de lui consacrer ma vie pour expier mes fautes.

— Comment Édith a-t-elle pu faire une chose pareille ?

— Ne la blâme pas, elle a cru agir pour le bien de tous.

— Tu ne lui en veux pas ? Mais enfin, ce qu'elle a fait est monstrueux !

— Sans doute. Mais vois-tu, il y a trente-trois ans, je n'aurais pas pu t'élever seule et tu aurais été malheureuse. Avec Henri et Anaïs, tu as reçu tout l'amour qu'un père et une mère peuvent offrir à un enfant. Tu as grandi dans la chaleur de leur foyer.

— Et toi ? Et Auréliano ? Et nous ? Regarde ce qu'Édith a fait de nos vies. Nous aurions pu être heureux tous ensemble, et Auréliano ne serait pas mort. Quand je pense qu'elle est allée jusqu'à soudoyer un médecin…

— Se tromper est humain. Pardonner, c'est divin.

Sidérée par cette remarque, Maurine la considéra en silence. Comment parvenait-elle à rester si sereine ? La rancœur, le ressentiment n'avaient aucune prise sur elle. Marie-Céleste était lisse comme un galet poli par des eaux cristallines. Elle avait découvert le secret de la plénitude. Maurine était fascinée.

— Apprends-moi ! lâcha-t-elle spontanément.

Pour la première fois, le mystère de la foi n'était plus une maladie contagieuse qu'elle devait combattre. Comme une révélation, croire était une perspective qui ne l'effrayait plus.

— Aime ton prochain, tout simplement, répondit Marie-Céleste.

Ce moment partagé avec sa mère, qu'elle avait tant redouté au demeurant, avait pris un tour inattendu. Maurine ne se sentait pas touchée par la grâce, non, mais elle découvrait un autre langage, celui où le mal n'a plus de sens. Marie-Céleste venait de lui offrir ce cadeau.

Sur la route qui la ramenait au Lambert, Maurine n'était plus aussi certaine de vouloir tirer un trait sur son passé, ni de vouloir conserver sa colère intacte. Que lui apporterait-elle au bout du compte, si ce n'est de ne jamais panser ses blessures ? Bien sûr, il lui était encore impossible d'accepter ce coup du sort. Mais elle savait déjà qu'elle pardonnerait à Gilou et à ses parents d'avoir agi comme ils l'avaient fait. Édith, en revanche, c'était une autre affaire, et elle était moins certaine de pouvoir un jour lui accorder quelque circonstance atténuante. C'était même impensable. « Pourtant, Marie-Céleste l'a fait... » Au prix d'un gros effort, Maurine prit sur elle et envisagea tout de même cette possibilité. Ce serait long, très long, avant qu'elle retrouve la sérénité.

Elle venait de franchir le portail de la maison. Sur le perron, Carole enveloppait dans un voilage d'hivernage les deux citronniers plantés dans les vases d'Anduze posés de chaque côté de la porte. Dès qu'elle entendit le moteur du Land, elle accourut vers sa sœur.

— Alors ? fit-elle vivement inquiète.

Maurine l'invita à s'asseoir sur le petit banc de pierre.

— Qu'est-ce qu'il y a ? Tu m'inquiètes.

Carole avait raison de s'alarmer. Pour elle aussi, ce serait un choc. Maurine avait conscience d'avoir ouvert une boîte de Pandore.

— J'ai découvert qui était le corbeau.

— Pardon ?

Calmement, elle reprit tous les faits depuis le début, évoquant le passé de Gilou, sa vie d'enfant battu chez les Laucarte, puis elle aborda le secret de sa naissance sans omettre aucun détail, y compris sa toute récente visite chez leur tante. Estomaquée, Carole porta alors la main à sa bouche.

— Tu es en train de me dire...

— Marie-Céleste et Auréliano sont mes parents biologiques.

— Mon Dieu ! articula-t-elle avec peine, les yeux brouillés de larmes. Mais alors, cela veut dire que nous ne sommes pas sœurs ?

— Oui, mais… Carole, rien n'a changé, tu resteras toujours ma grande sœur.

Terrifiée à l'idée de la perdre, Carole la serra dans ses bras de toutes ses forces et éclata en sanglots. Prise à son tour dans la tourmente, elle n'arrivait plus à se contenir. Jamais Maurine ne l'avait vue dans un tel état de panique, elle qui d'ordinaire était si réservée.

— Pourquoi ne nous ont-ils rien dit ? gémissait-elle. Pourquoi ?

— Je l'ignore. Moi non plus, je ne comprends pas.

— Et Marie-Céleste ? dit-elle en se dégageant. Elle est au courant ?

— Je viens de le lui apprendre.

— Comment a-t-elle réagi ? Elle ne savait donc pas ?

— Non, on lui a fait croire que son bébé était mort.

— Mais c'est horrible ! Qui a osé prétendre ça ?

— À ton avis, qui a pu avoir une telle idée ?

— Non, ne me dis pas…

— Et si, cette chère Édith ! Une fille-mère fricotant avec l' « étranger du vieux moulin », tu penses, ça faisait désordre.

— Je n'en reviens pas.

— Moi non plus, je te rassure. Pourtant, curieusement, je me sens beaucoup mieux depuis que je lui ai dit mes quatre vérités. Je sais, ça ne change pas grand-chose, mais ça m'a fait un bien fou.

Sonnées, Carole et Maurine restèrent silencieuses un long moment. On leur avait menti depuis des années et l'une comme l'autre allaient à présent partager ce fardeau. Mais face à cette nouvelle épreuve elles feraient front, plus soudées que jamais, comme deux sœurs peuvent l'être.

Épilogue

Trois semaines s'étaient écoulées depuis que Maurine avait découvert le secret de sa naissance. Peu à peu, l'inconcevable était devenu une réalité avec laquelle elle tentait de composer.

Elle se dirigea vers la fenêtre de sa chambre qu'elle referma et resta un instant à contempler la vue. Le massif des Maures avait revêtu ses habits de fêtes. Une fine couche de neige avait tapissé les sous-bois aux heures froides de la nuit avant de disparaître aux premiers rayons du soleil. Les châtaigniers scintillaient de mille éclats sous le givre. Maurine réalisa à quel point elle aimait ce pays, *son* pays, et l'idée de tout quitter l'avait complètement abandonnée.

L'avant-veille, Carole et Maurine avaient préparé le réveillon sans déroger à la tradition du Noël provençal. Les coupelles de blé planté à la Sainte-Barbe ponctuaient la table recouverte des trois nappes blanches symbolisant le Père, le Fils et le Saint-Esprit. Sept plats, en hommage aux sept plaies du Christ, composaient le menu. Salade de céleri, artichauts à la farigoule, morue frite, cardes, cardons, muge aux olives, pompes à l'huile, sans oublier les belles fougasses que Carole avait cuites elle-même ainsi que les treize desserts. Comme d'habitude, elle s'était surpassée. Elle y avait mis tout son cœur tant cette soirée hautement symbolique se devait d'être parfaite. Le premier Noël sans Henri… L'échiquier familial avait été bouleversé, mais les filles entendaient renforcer les liens avec leurs proches.

Le premier concerné par cette décision avait été Gilou. Maurine avait été très touchée lorsqu'il lui avait annoncé son intention d'aller se livrer à Antoine. Par ce geste, son parrain était prêt à révéler son passé afin de laver l'honneur d'Aureliano. Maurine l'en avait dissuadé. Il avait été la première victime des Laucarte, et il n'était en rien responsable de leur mort. Émue, elle l'avait alors serré dans ses bras et le vieux commerçant avait fondu en larmes. Le soir même, Antoine avait été mis dans la confidence, et de concert, ils avaient choisi de classer l'affaire sans suite.

Outre Nicolas et Arthur, qui avaient été conviés à la fête, Marie-Céleste avait obtenu la permission de sortir du couvent afin de partager le repas de la Nativité. Maurine s'était réjouie de voir réunie la famille recomposée. L'amour s'était substitué à la tristesse. Mais pour être en paix avec le passé, elle avait une dernière démarche à accomplir : se rendre sur la tombe d'Henri. Jusque-là, elle n'en avait pas eu la force. Hier, au moment d'aller se coucher, elle s'était enfin décidée.

Elle enfila son anorak et descendit au rez-de-chaussée. Dans l'entrée, elle aperçut dans la panière à courrier un pli à son attention. Elle l'ouvrit et découvrit à l'intérieur une autre enveloppe, ainsi qu'un mot d'Édith.

Auréliano m'a adressé cette lettre juste avant de mettre fin à ses jours. Elle te revient de droit. Quoi que tu en penses, j'ai toujours cherché à te protéger. Et si c'était à refaire, je n'hésiterais pas une seconde.

Maurine hésita un instant avant d'ouvrir la seconde enveloppe, puis la mit finalement dans la poche de son anorak. Il lui était impossible de lire la lettre d'Auréliano entre deux portes, à la va-vite. Peu importe ce qu'elle contenait, du reste, elle était surtout écrite de la main de son propre père et ce serait sans doute la seule trace personnelle qu'elle aurait de lui. Elle n'allait pas gâcher un instant aussi précieux. Quant à Édith, elle ne lui avait plus parlé depuis sa dernière visite au Frioul. Maurine n'avait rien pardonné, elle en était tout simplement incapable. Récemment, elle s'en était ouverte à Marie-Céleste qui l'avait pourtant encouragée à faire œuvre d'humilité. Mais la blessure ne cicatrisait pas.

Maurine se gara aux abords du cimetière et remonta l'allée vers le caveau des Casténat. Carole passait une à deux fois par semaine pour y déposer des fleurs fraîches. Cette fois-ci, elle avait pris soin d'amener les coupelles de blé qui avaient orné la table du dîner de Noël. Avec une vive émotion, Maurine s'adressa au défunt comme s'il se trouvait face à elle. Bien qu'elle contestât toujours le choix d'Henri, il n'en demeurait pas moins celui qui l'avait élevée et lui avait permis de devenir la femme qu'elle était. Aimer, c'était aussi accepter.

Ce n'est que plus tard, dans la châtaigneraie, au point de convergence entre le passé, le présent et l'avenir, que Maurine se décida à lire la lettre d'Auréliano. Son cœur battait à tout rompre lorsqu'elle décacheta l'enveloppe. Elle déplia une feuille de papier jaunie par le temps et découvrit l'écriture fine et soignée de cet étranger dont elle ne connaissait rien, si ce n'est les trop rares souvenirs que lui avait relatés Marie-Céleste.

Madame,

Vous êtes mon dernier espoir. Aidez-moi à prouver mon innocence, je n'ai tué personne. Pensez à Céleste et à l'enfant qu'elle porte. Je suis prêt à l'impossible pour eux.

Auréliano Dos Santos

Une missive qui est restée sans suite… Pour préserver la réputation de sa famille, Édith ne s'était pas manifestée. Elle n'avait rien tenté pour sortir Auréliano des griffes de la justice. Abandonné, désespéré de voir la machine judiciaire s'emballer, Auréliano avait mis fin à ses jours pendant son transfert chez le juge.

Une larme roula sur la joue de Maurine.

— Je te dérange ? dit Nicolas qu'elle n'avait pas entendu arriver.

— Non, au contraire. Viens.

Elle lui fit une place sur la souche où elle s'était assise et lui tendit le message.

— J'aurais tant aimé le connaître…

Nicolas l'enlaça tendrement.

— Auréliano serait fier de toi. En découvrant la vérité, tu l'as innocenté. C'est le plus bel hommage que tu pouvais lui rendre. Et puis n'oublie jamais que tu es un enfant de l'amour. C'est ce qui compte, non ?

Instinctivement, Maurine se blottit davantage contre lui. Nicolas lui donnait la force, l'envie aussi de se tourner vers l'avenir.

Son regard glissa vers le massif poudré de neige. C'est là, au cœur de ces forêts généreuses, que s'inscrivait son histoire, celle de l'enfant des Maures.

Composition :
Soft Office – 5 rue Irène Joliot-Curie – 38320 Eybens

Achevé d'imprimer par GGP Media GmbH, Pößneck
en novembre 2013
pour le compte de France Loisirs,
Paris

N° d'éditeur : 74809
Dépôt légal : septembre 2013
Imprimé en Allemagne